绿山——著

两裸

two trees

长江出版社
CHANGJIANG PRESS

目 录

袁木人生中的 第二个夏天来临。

夏天是留不住的，怎么办？每个人都无能为力地叹气。

别生我的气了，袁老师。
你打算哪天开始给我补课？

袁木，你觉得现在的我和以前的我，哪个好？

我们一起考去京市，大学四年一起拿奖学金，
你说好不好？

我还蛮高兴的，最后一年可以和你坐在一个教室里。

裴榆，我好像比我想象中还要重要一些。

裴榆，快看，我们坐上了一辆会下雪的列车！

Chapter 01

雨

夏天依旧是湿漉漉的。

即使连天不见雨，水汽也充沛，铺天盖地，充斥在每一口呼吸里。潮热的空气中充满静态的水，不动声色地没过人的头顶，藏在衣服底下，令身体不断闷出细汗。

裘榆右拐进街口，步伐突然变慢，携了一路的风戛然消匿。他微仰下颌，目光穿过人群，落在左边第一家水果店里。

店里只有袁茶一个人。饭点没什么生意，她坐在椅子上，正弓着背涂指甲油。

他不甘心，又在店子周围多扫视一圈，眨眼速度变得极慢。他懒懒地收回视线——没收全，一团影子迎面撞来。

裘榆没有退避，手疾眼快地用单臂横挡在胸前。对面那人被一肘子砸到额头，脑袋"嗡嗡"响，使劲咬了咬牙，两个鼻孔翕动，蓄势要骂人。

那人骂之前先抬眼，看清楚人后把脏话憋了回去，捂着头嘻嘻哈哈地挤出笑来："榆哥？"

"咋的？"

"不是，没冲你。"大陆看裘榆眉毛一挑就知道他的意思，说道，"刚才痛得恼火嘛，你的手是铁做的？"

这人住在这条街上，大家都叫他"光头"。因为他前年刚搬来的时候没头发，众人的注意力都聚在那颗锃亮的"卤蛋"上。

唯独裘榆叫他"大陆"。

第一次见光头时，有个人跟裘榆咬耳朵，说他觉得光头这张脸长得很陡峭，颧骨和鼻梁都很高，肉少，下巴长，眼珠大。

裘榆当下在心里给光头起了别名，某次不小心喊出了口。光头说听起来还挺新鲜的，问缘由。裘榆没讲真话，扯淡糊弄了过去，不过自那以后就没改过口。

"哪儿去？"裘榆随口问。

"活动室。"大陆问，"走不走？我请你。"

裘榆摇头："不去。"他无意聊闲天，只想快点儿回家冲个澡睡觉，"回了。"

但他回家的脚步被一个女声绊住了。

"裘榆哥！"袁茶在店里跟他挥手。

"那我先撤了。"大陆说。

裘榆朝他抬了抬下巴算回应，然后转身看袁茶，顿了几秒，走到店前，不掩疑惑地问："有事？"

女生大多爱与女生扎堆，和男生混不到一块儿，何况是袁家只知道埋头学习的乖乖女。虽然同在一条街上长大，十几年低头不见抬头见，但裘榆和她一年半载都搭不上几次话，实在没多少交集。

袁茶先咧嘴笑，笑完正色说："这个暑假裘禧准备来和我一起补英语，我想问问裘榆哥你要不要也顺便……补补？"

裘榆更迷惑了，面无表情："你，让我，跟你们一起补课？"

这话语调平平，不过的确是个问句，问号巨大。

袁茶以为他介意的是年龄差距，解释道："我哥说他备的英语课不分年级，裘禧比我高一级也没关系，那……那我想你这个高三的学生也可以和我们一道听一听。"

裘榆本来要提脚离开的，闻此言又站住了。

"你哥给你们补？"

"嗯，地点在我家，许嬢和我妈都商量好了。"袁茶跟背书似的，说话比刚才顺溜许多，"时间是周一到周五，早上来，周末休息，作业很少，节奏不快，不会太累。"

"噼里啪啦"那一长串词，裘榆没听进耳朵。

累不累的可能也不是关键所在。

裘榆："谁叫你来跟我说的？"

"啊？"袁茶卡壳，她的演练稿里漏拟了这个问题，她没接上话。

裘榆神色寡淡，看着她，低着眉眼状似思考，一副不是非要得到回应的姿态。

"裘榆哥……"袁茶深吸一口气，重整旗鼓。

她再抬头，就见裘榆意味不明地扯了扯嘴角。袁茶看不懂他这种不像笑的笑，紧接着听见他说："知道了，我考虑考虑。"

后来袁茶看他混入人群不见踪影了，才拍拍胸口，自言自语道："裘禧，你这个哥哥，好难相处。"

这一片住宅楼，二层往上是供人居住的，一层则全腾出来做商铺。卖菜卖肉，卖花卖果，售生禽售海鲜，还有米粉馆、面摊、理发店和按摩店——凭借顽强的生命力，他们硬生生在两排犬牙相错的居民楼中间凿出一个小型菜场，挣扎出一条蜿蜒曲折的闹市。

裘榆家住这条街的末段，此时他垂着眼皮自顾自地往前走着。

人的脚力真能大到把水泥路踩出千万个坑洼吗？

这日头能把鸡蛋烤熟，但为什么永远晒不干这条街的地面上的水？

"水雷街"的两大未解之谜，裘榆今天仍然在努力破解。

好巧不巧，一盆水倏地泼出来，砸在裘榆即将下脚的砖面上，溅湿他的半截裤腿。他朝旁边瞥，水从一个圆滚滚的大铁锅里来，锅是用来放热水拔鸡毛的，现在空了，剩几撮黑黄色的毛粘在锅边。

他并不计较，习以为常，脚步一秒没停，专心看路，跨过那片污地，开口嘲道："我这刘姨，看着一大把年纪，走路都费劲，手上力气倒是半点儿不输。"

他的声音不大，语速快，等刘姨勉强抓到话尾，抬眼看，他早走远了，头也没回。

刘姨在原地徒劳地骂："死兔崽子！"

裴榆听见了，转弯进楼道前再喊了一句："晚点儿我来你这里提鸡崽你别不给，抵我的裤子的钱。"

旁边烧烤摊老板娘在收拾东西，准备傍晚开门迎客，围观了全程，好气又好笑地帮嘴："裴盛世他家这个儿，老娘哪天硬是抓他来拿针把嘴皮子缝了。"

"你惹他了？"

"他惹我！上个星期我新烫的这个头发，这个卷儿，这么时尚的卷儿，他说像拖把！"

"你手上的这把？"

"啊，气得我想给他一拖把。"

两相端详比较，刘姨中肯地点评："你别说，真的是，这个娃儿眼睛真毒。"

"拖把头"失语，转身往屋里走去。

"你干啥去？莫气，我逗你玩的嘛。"

"拿针！"

裴榆一步迈两级台阶地爬到三楼，用力敲门。

门内的人"窸窸窣窣"地摸索一阵，响亮的拖鞋声响起来，裴禧拉开门："求求您，下次自己带钥匙好吗？"

"好的。"裴榆风风火火地从裴禧身边掠过。

她吸了吸鼻子，问："哥，为什么身上一股臊味？"

卫生间的门开了一道缝，裴榆把牛仔裤丢出来，说："帮我洗一下。"

裴禧半躺回沙发上，跟被抽了骨头一样，怏怏地问："不是吧，我看起来没事做吗？"

"五块。"

类似的交易是常态，裴榆没等裴禧继续发言，"砰"的一声关上了卫生间的门。

裴禧瞪眼，瞪着这令人讨厌的做派。

但有钱谁不赚。她用木棍把地上的裤子挑起来放到阳台的塑料盆里，烧半壶热水倒进去，再倒了一瓶盖的洗衣粉。

把杆子一扔，她搓了搓手回到客厅里。等她慢吞吞地把一切做完，裘榆已经换了身清爽衣物，顶着一头湿发从卫生间里出来了。

裘禧盯着电视："饭菜端去厨房了，纱罩下面。"

"不想吃。"裘榆坐到她旁边去，问，"袁茶她哥要给你们补课？"

"啊。"

"谁牵的线？"

"那肯定是妈妈啊。人家兄妹俩随时可以一对一地教学，加我一个外人进去还不明显吗？"

"妈也叫我去了？"

"怎么可能？她才懒得和你找架吵。"

"但袁茶今天让我也加进去。"

裘禧弹了起来："你啥时候和她这么熟了？"

"没熟过。"

裘禧狐疑地问："那你和袁木哥搭上交情了？"

裘榆觑她，心道：听起来，袁木和我搭上交情他很亏吗？

裘榆开口："不熟。"

裘禧露出惶恐的神情："那小茶疯了？八竿子打不着啊！"

裘榆确定了本就确定的事，起身离开。

她猛地转头："她不是崇拜你吧？"

裘榆十分肯定地掷下一个否定的词："不是。"趁五块钱还热乎，他关卧室门之前继续剥削劳动人民的剩余价值，"我睡会儿，六点叫我。"

裘禧撇撇嘴，握着遥控器调低了电视音量。

狂浪一样涌来的热气，吞噬着人的意志，使人昏沉疲软。

裘榆被窗台上"滴滴答答"的雨声吵醒。他想起床，手上虚握了一下拳，却握不实，力气被噩梦夺走了。西边还挂着夕阳，和雨共存，天色尚明。他神志混沌，恍惚地重新合上眼。

再次醒来是傍晚七点，裴榆看清楚时间后忽地从床上起来，跌撞着闯出卧室。

家里一片昏暗，裴禧不知道什么时候出门了。

裴榆疾步寻去阳台，对面二楼的窗帘没有拉开，灯也未亮。他松了一口气。

雨还没停，势头变小。

裴榆打了一个哈欠，懒散地站着，上半身趴在阳台护栏上。橘子味的洗衣粉也盖不住角落的盆中腥臭的鸡味，他不甚在意，默然地望向街口。

细雨挂在空中，结成一张雾蒙蒙的白网，落到草地里、屋檐上，摇身变为千千万万的虫。"淅淅沥沥"的声响，是它们在分食天地。

裴榆一直觉得，雨是一场嚣张、堂皇，却难为人知的阴谋。

他一会儿看那扇狭小破旧的褐色木窗，一会儿看人满为患的街面，一直站在那儿，守到天黑。

裴禧去了小吃街，还打包了两袋吃食提回来。看屋里漆黑，她以为家里没人，把灯拉开之后惊得往后蹦了两步。

"悄无声息，吓死个人。"裴禧嘟囔，"哥，来吃东西，南街的那家卤味绝了。"

她摆好餐具，没听到裴榆作声，又说："怎么老爱站在阳台上，有啥好看的？中午就没吃饭了，喂饱肚子你再去喂蚊子吧？"

"自己闭上嘴吃。"

裴禧知道裴榆这是心情不好，但思前想后确定自己没招惹他，于是有底气，小声嘀咕："闭上嘴怎么吃？"

临近九点，菜场许多店关门，剩几家烧烤店、夜宵摊开始喧哗。才第一轮就有人喝醉，朗声回忆自己的光辉岁月，兴起时抢起一个酒瓶往桌角砸碎，说他以前就是这样随性的。

那个人终于伴随玻璃碴四溅的声音出现在街口，走进这茫茫雨幕中。十七八岁的少年，远远地撑着透明圆伞，渐渐走近。

伞如剑，刺破这场雨，摇曳着，笔直地跃入裴榆的视野。

愈近愈清晰，裘榆先看他一路没有顾忌地踏水成花，再看他的白鞋被浸湿呈深灰色，然后看他挽高了裤脚露出脚踝。他的身影即将没入楼下商铺的蓝棚中，伞蓦地向后一倾，裘榆最后看清楚了他的头发半干，今天肩上没有书包。

伞下的人仰头，抬眼看向了三楼阳台。

那眼神明亮，穿过雨、风、尘埃和热气，轻飘飘地送上来。他的冷光聚于瞳孔中，眼底藏着湿润的凉意。

一方窥视，演变成两方对望。

而裘榆神情坦坦荡荡，甚至偷偷钻得时空的罅隙，揣摩起楼下这人周身的锐利与沉静气息。

天色靛蓝，眼边有粉红的招牌明灭闪烁。他的目光是虚物，却能在这夜里牵连出触觉——那目光像是坚硬的，猝然望过来，抵到了裘榆的眼睛里。

绵密的水汽，压低鸟的翅膀。它们被迫低空飞行。

袁木踏出楼道口，出神地看着电线杆之间布满的密密麻麻的鸟雀。

鞋面不能挡热，暴露于太阳底下，金光伴随不寻常的高温爬上来，像无形的火舌。

遭它舔舐，有灼痛感，他退两步缩回脚，折返去楼上拿伞。

天气热得异常，今天会有雨。

他摸出钥匙开门，碰到袁茶挎着一柄长伞，正穿鞋。

袁木顿了顿脚步，侧身而过。

"哥！"袁茶叫住他，把伞递到他眼下，"妈妈说，这个天气一会儿可能下雨，我还想着你没走远的话去追你呢。"

可这不是他的伞。

袁木看了看她，还是接过伞。塑料伞，伞面透明，洁白的弯手柄上有一按就能将伞打开的圆钮，十分优雅漂亮，属于女孩儿。

"谢谢。"袁木说，"那我先走了。"

袁茶不想只答"嗯"，显得冷漠，就学电视里的大人，老成地嘱咐："路上注意安全，过马路注意看车。"

袁木意识不到这种反差感出现在十四岁的妹妹身上是好笑的,只微微点头,离开之前又说了一次"谢谢"。

袁木很早就发现袁茶性格中有些天真无忧的气息,比如,她喜欢并且购买了这么一把华而不实的伞。如果这把伞是有色的,那么现在他就可以举起来挡一挡天上那不热死人不罢休的太阳。

可惜它不仅不实用,且不便携带。

地面很脏,袁木抬高胳膊让伞保持悬空,手指钩着伞柄,直直地提着伞让它与腿平行——显得矫揉造作。最后他让它横躺,像对待一根烧火棍般,握在手心里。

他避开街口的水果店,往相反方向绕一条小道,走出这条街。

路上他遇到的学生大多穿着一中校服,现在是七月下旬,全区乃至全城的学校的暑假已快过半了,剩这一所学校的准高三生还在补习。

下午是困顿的时段,街道安静,白晃晃的日光下,零星出现在街上的人都穿着一模一样的衣服,不相识,且全部默不作声,僵着脖子挪动四肢,向同一个方向迈步。

袁木发现这个场景诡异且怪诞,但因它无处不见,所以无人发笑。

他一路走进学校,走入教室,离上课时间不到十分钟,全班鸦雀无声。教室里的人不多,个个萎靡,头埋在臂弯里,倒在课桌上昏迷不醒。

袁木抢着用课前的空闲时间把桌面整理了一遍,其余人堆书似山高,而他习惯桌面上只留一书一本一笔。

14 点 29 分,不断有人涌进来。不过一分钟,空荡荡的教室神奇地迅速被填满。铃声敲响,所有人都从书堆里露出头来,眼神迷糊,七歪八倒地坐着,像被拖拉机碾过的稻谷,全部勉强支棱着脑袋等待着。

袁木拉开笔袋,发现自己的钢笔不见了。

王成星最先察觉不对劲,自己的同桌在旁边一动不动,头发丝儿也被人按了暂停键一样。

"袁木!"王成星猛拍他的肩膀,"上课了!"

袁木转头看向他:"王成星,你看到我的钢笔了吗?墨蓝色的。"

王成星看一眼他打开的笔袋，恍然大悟："昨天我用过，那会儿你去了老班的办公室，我找不到人，就没问你。"

"然后呢？"袁木不只是看他了，而是盯着他，眼睛黑沉沉的。

"然后……"王成星回忆，"然后我应该放回去了的。"

"嗯。"袁木点头，扯开笔袋，撕出硕大的口。拉链受不住冲击力，滚落到桌面上。他缓缓地问："那它现在在哪儿呢？"

平时的袁木不言不语，此刻，这种带有轻微的质问意味的话由他说出来，竟有咄咄逼人的意味。王成星愣住，心底生出一种世界失控的荒谬感。

座位是三人拼成一排的，另一边的杨岚清忍不住说："王成星，你昨天把笔留在桌上，没盖盖子，笔被人撞到地上摔成两截，地上全是墨水，劳动委员把笔丢进垃圾桶了。"

王成星条件反射地摇头，想说不知道。

杨岚清劝道："那支钢笔我从小学就见袁木用着，你还是……你最好道一下歉吧。"

鸭子死到临头剩嘴硬，但王成星好歹活着，别人给出的台阶他还是知道要顺势而下的。他吞吞吐吐，嗫嚅道："那……我下课就找劳动委员，我们凑钱赔给你，好吗？你别生气。"

别生气。

袁木想，自己好像真没怎么生过气。

他擅长遵守人类社会的规则与秩序，永远游离在易感情绪之外，坚持与绝对数量的人保持绝对的心理距离。人活在人群里，难免要付出异常多的东西，才能求到人群外的清净。

可为什么？

数学老师忍他们许久，点了袁木的名。他是她的课代表，却带头扰乱课堂纪律。

老师叫袁木的名字，袁木就站起来。老师说站起来会挡住后面同学的视野，袁木就收好书和笔走去后门。

王成星课后来找袁木道歉。

袁木看着他上下嘴皮一碰，唇边咧起弧度，一个"对不起"成形。

王成星接着说："钢笔我周一就会给你，我会尽量找到完全相同的，你不要生气。"

袁木不知道王成星是不是没有过领地被侵犯、心爱物被摧毁的经历，否则对方怎么会左右说的全是"生气"两个字？

明明是难过更多，其次是困惑。

袁木笑，笑出清脆的声音："没关系，不是很重要。"

王成星也如释重负地随袁木一起笑。

奇怪，说出"对不起"之后，每个人理所当然地对别人口中的"没关系"深信不疑。

袁木扬起嘴角，又笑了一遍。

下午第四节课是自习时间，班主任来教室巡视一圈后，把袁木带走了。不出所料，是数学老师向班主任告了状。以此为引子，班主任李学道单方面对袁木展开了长达一个小时的谈话。

"你这双眼睛有股聪明劲，专注到学习上来，相信我，老师给你打包票，你以后不得了。"李学道第无数次以这句话结尾，使劲看了看袁木，自顾自地点了点头，摆摆手让他赶紧回家吃饭。

袁木朝他深深鞠了一躬，道谢，走出办公室，背在身后紧扣的双手松开，卑恭认真的表情随之一松懈下来。

其实他不聪明，也天生学不会一心一意。

学习是得分的工具，也是无聊生活的消遣物。比不得别人百分之百的热爱与努力，所以能在中上游的门槛边徘徊袁木已经十分满足。

方琼更是如此想。她并不指望袁木飞龙入天，常常挂在嘴边的话是"你千万别走太远，要留在我们身边"。

由此更衬得李学道的希冀莫名其妙。

从高一入学开始，李学道便热衷于找袁木进行深度的心理访谈，而袁木在访谈结束时鞠的每一个躬都是一次抱歉。

不得了到底是怎样不得了了，袁木不好奇。

乌云铺开，天空掉雨点了。

教室里早就空无一人，袁木站上讲台环顾一圈，结论是劳动委员忘给他留任务了。

课堂上被老师点名的同学，当天须参与值日，这是高二分班后班主任定的规矩——然而只有一个人记得的规矩，并不叫作规矩。

李学道从门口路过，见他没走，问："小伙子带伞没？跟我上车送你一程。"

袁木说一句"不用了"，又说一句"谢谢老师"，飞速抓上书包和伞最后说了一句"老师再见"。

袁木溜出学校后挑了一条平日不怎么走的偏僻小路，比大路近得多。雨越下越大，他难顾及衣裤会不会被打湿，只能想办法加快速度回家。

他路过湖边，湖旁有大片绿地。除草工戴着原本用来防阳的宽檐帽，推着机器，正冒雨进行收尾工作。

青草散发着清香，在雨中若隐若现。人的嗅觉因雨出现故障，好像鼻子患上了鼻炎。

这种味道被袁木带着拐进一条长巷，他走至中段才散尽。若没有烟味掺和，它们大概可以停留更久。

墙边站着一排青年，四五个，挤在细窄的檐下避雨。他们叼着烟说说笑笑，用猩红的烟头互指额头，大声互骂脏话，然后打作一团。

袁木将伞檐前倾，目不斜视地走过。

然后伞的边缘被拽住，他听见有人说："把伞借给我们用用。"

如果是他那把蓝色格子伞，给也就给了，可这伞是袁茶的，他不想欠她任何东西。

袁木将伞扯回来，拇指搭上按钮，"哗"的一声，长伞收拢。

一瞬间，他全身湿透。雨打在身上是疼的，像钉子从天上扔下来，浑圆的那一头命中人，皮肉下的骨头也跟着颤了颤。

水淌在脸上，源源不断，让人有窒息感。

"什么意思？自己不用，收起来，就可以不给我们了？"他们没有恼怒和凶神恶煞，都歪着脑袋笑。五对一，他们是占据了制高点在恶劣逗弄袁木。

袁木低了低头，把伞带扣好，说："不好意思。"

其中一个人站直了，伸手扯他的书包："那你是不是得请我们吃顿饭？你哥们儿几个晚饭还没着落呢。"

有人嬉笑地附和："还有上网费。"

有个故意作怪："你这人脸真大，今天晚上的夜宵也给你包了要不要？"

这就是袁木很少走这条路的原因，省时，但费钱。今天他破了例，但谁能想到大雨天的他们也不休班？

"说话。"

而袁木要走。

"我叫你说话。"

穿着黄衣服的人追上来，一脚踹上袁木的侧腰处。袁木弓背捂住外涌的痛感，半晌直不起身。

这一脚熟练、利落、不留情、毫无道理，漠视生命和侮辱人格的行径，带给施暴者强烈快感。袁木还弯着腰，凝目看着他，捕捉那张脸上抽搐的得意之色。

"搜他的书包。"

袁木被拉得踉跄两步才站定，便猛地用力一扯，将包夺回了手里，单手捏成拳拎着，说："没钱。"

"让我们搜了才知道有没有。"

"没有。"

"如果搜出来有呢？"

袁木的目光扫了扫眼前这一排人，胸口一阵痒，他不自觉地咳了两声。缓了两秒，抬起眉梢，和他们一样笑，痞气和邪气更胜一筹："那就是有咯。"

话音刚落，袁木抡圆了书包往红头发那人的脑袋上砸去。

这顿揍袁木只可能挑一个人来挨。他放过了穿黄衣服的人，因为"红毛"才是老大。"红毛"从没出过声，但所有人说话都看"红毛"的眼色。

这么张扬的发色很少有人染，袁木今天也是第一次见，和批发市场五十块一捆的红毛扫把没两样。

袁木动作迅速，一切发生在电光石火间。他们拥过来把他和"红毛"撕开的时候，"红毛"已经晕得站不住了，要人扶。

于是一人扶人，三人打人。

袁木的肩膀挨了一拳，他跌到地上，在墙边蜷成虾状，护住了头和颈部。拳头、鞋底、木棍，都比圆钉大，比雨点密集，皮肉下骨头的颤动幅度超过承受范围，最后就断了。

尖锐的疼痛感袭来，他的呼吸跟着停了一轮。

袁木想起倒地时看到挂在半空的干干净净的电线。

天灰蒙蒙的，没有鸟了。刚刚多得恶心，现在它们去哪儿了？

雨下这么大，有没有那么几只鸟是有家的？

"红毛"确实是老大，他说先别打，所有人就都停下。他蹲到袁木旁边，把校服扯到眼前，看清楚绣字是一中，又丢下去。

如今的袁木摊手摊脚平躺在地上，成为湿淋淋、皱巴巴的一个薄片。他的左手一直在发抖，"红毛"提脚踢他的小臂："断了？"

袁木半闭着眼睛，咬牙喘了一口气。

"断了也还不了，几肘子、几膝盖我忘了，但你绝对跑不脱。""红毛"说，"一中好学生，你以后别想过安生日子了。"

袁木睁开眼，动了动喉咙，说："四肘，三膝。"

"红毛"骂了一句，嘴里的血沫喷到了袁木的衣领上。

袁木笑了笑，没什么声音。透过睫毛上连成一团的水雾，他盯着白茫茫的虚空愣了几秒，忽然说："扫把头。"

"你叫我什么？"

万立看着这人抬起右臂，手指抓住自己的衣领往下拽。这人的动作软绵绵的，但万立就是鬼使神差地遂他的意贴近了。小白脸张口说话，嘴唇在万立的耳边吐热气，声音和眼睛一样清亮——

"你敢不敢杀人？"

"听说袁茶她哥生病了。"

周末，许益清不上班，一早起来打扫完家里的卫生，之后专门去街尾买了一扇排骨回来，砍了两根炖上，中午做火锅吃。

她在厨房洗碗，听见裴禧这样说，问道："生什么病，感冒了？"

裴禧关上门，换了拖鞋，把装了葱、姜、蒜的塑料袋提去给许益清，说："应该是感冒，我在楼下遇到袁茶，她说要去诊所给她哥买退烧药。"

"怎么搞的，是不是被昨天那雨淋着了？"

裴禧耸肩摇头："不知道，听起来还挺严重的，说昨天就去过医院了。"

"大孩子发烧最难搞。你去冰冻层把排骨拿出来，一会儿我再卸两根下来，你给送到对面去。"许益清说，"去之后说话客气点儿，人以后一个月都是你的袁老师。"

裴禧最喜欢做这类走家串户的闲事，笑嘻嘻地满口应下，蹦跶着去客厅角落开冰箱。

裴榆不知道啥时候起的床，神不知鬼不觉地出了卧室，现在拎着一瓶可乐和一个玻璃杯在冰箱旁边站着等她。

他边低头拧盖倒饮料，边问："我刚才听见你在吼，说袁木生病了？"

裴禧："我没吼！"

"你听谁说的？"

"袁茶啊，她去买药被我碰到了。"裴禧说，"你让让，我拿排骨。"

裴榆挪开几步，边走边喝，仰头几口灌进一杯可乐，视线投到阳台上。对面二楼窗户没开，黑色帘子紧闭着。

"待会儿我去送。"他说

裴禧愣了："送啥？"

"排骨。"

她纳罕且警觉："今天啥日子啊，你跟我抢活干？"

"我要扔门口的垃圾，顺路。"

裴禧愤然："平时垃圾也都是我丢哇！"

裴榆挠了挠下巴，把开了盖的2升的可乐瓶放到裴禧怀里，再从她手里接过排骨，转头朝许益清说："妈，我来砍，给他家剁成小段的再送过去是吧？"

不对劲，有鬼，是诡计。

裘禧急忙追在裘榆身后喊："就算你今天帮我送去了——也别想赖掉昨天洗裤子的五块钱！"

裘榆拿着排骨下楼，穿过马路，走进对面的楼梯口，爬了二十三级台阶到二楼。

水泥砌的百叶窗漏不了多少阳光，楼道晦暗，墙面斑驳。每户闲置的家具和蜂窝煤都堆在层间的凹槽里，偶尔还有烟头、痰、塑料袋，挤在一起生霉发臭。

这里每栋楼的楼道景观都长这样，大同小异——说不定全世界的都大同小异，方方正正的盒子罩下来，人被困在里面，眼睛被蒙去大半，其余感官跟着蒙灰失灵。

裘榆起先没动，盯着面前这扇墨绿色的铁门干巴巴地站了一会儿。一梯两户，来之前裘禧特意嘱咐他，袁木家住左边。

故意贴倒的"福"字把猫眼遮得严实，红纸边缘翘起，风一过就晃。

脚步声响起，有人正从楼上下来。

裘榆抬手敲门，把失去黏性的胶带重新压下去。

袁茶原以为是方琼回来了，结果打开门看到了裘禧的哥哥，她脸上的笑容僵住。

"你一个人在家？"裘榆问。

"不是，我哥也在。"袁茶和他说话时嗓子很细，小心翼翼的。

"是这样，我家今天炖排骨，我妈匀了点儿让我送过来。"裘榆没提袁木生病的事。

袁茶惊愕，随后换成另一种客套又热络的笑容："真是麻烦裘榆哥了，谢谢许嬢。"

她马上退开几步，招呼裘榆进家里坐。

按道理不必进门，递肉过去再讲几句场面话就应该转身走人，但裘榆今天没有按这个道理，老神在在地立在门口，袁茶弯腰在鞋架上拿拖鞋，他还给人提建议："就那双黑色的吧，谢谢。"

袁木家房子的户型和裘榆家的截然不同，面积不大，隔间多，显得逼仄。

进门之后左边有一个房间，很小，门大敞着，一眼能扫尽所有。裘榆抬起眼皮看过去，却扑了个空，里面没有人。

"你哥呢？"他脱口问出。

"他在厨房里。"

厨房门是推拉式的毛玻璃门，合拢的，没留一丝缝隙。

"厨房。干吗？"

"做饭。"

裘榆停步，转头看向她，没什么表情地指了指桌上有药房印字的塑料袋，问："听说袁木高烧，多少摄氏度？"

袁茶不常和裘榆接触，偶尔会远远地望见他，看他总是一副懒洋洋的做派，好像和谁说话都是漫不经心的样子。仿佛什么物都入不了他的眼，什么事都不值当他放心上。

袁茶也就远远地想，裘禧的哥哥是一个没生气、没长心肺的活人。

现在裘榆笑着同她问话，情绪鲜明，很稀奇。更稀奇的是问句抛出来，他不要答案，眼睛里有不易察觉，却偏被她察觉到的冷讽和嫌恶之意。

袁茶不明就里，被他的眼神钉在原地。

玻璃门年岁大，滑轮不滑，被硬生生拉开，声音尖厉刺耳。

"我说了，这儿用不上你帮忙，你出去吧。"袁木在切葱，头也没回地说。

袁木从小说话就好听，舌头、牙齿和唇似乎都是玉做的，讲起话来碰在一起，"丁零当啷"，字正腔圆，清晰利落之余还留绵软的劲头，大概玉是软玉。

所以裘榆没有当即接茬儿，等确认袁木没话了，才说："是吗？"

袁木吓一跳，刀磕在菜板上发出好大一声响。他转身看人，眼睛里的惊惧散去，显得呆呆的。

裘榆本来就窝一肚子火，冲谁的都有。等到看见袁木转过来，裘榆的脸更黑了。

袁木不仅是病号，还是个行动不便的病号。

"你的手怎么了？"

袁木顺着裘榆的视线，一齐低头看挂在自己胸前的石膏臂，回道："骨折了。"关于这个他不想多说，只问，"你手里那是什么？"

又是一阵艰涩的"刺啦"声响起，裘榆反手把门关上了。他走去单槽洗碗池前，和袁木并肩站着。

"排骨，我妈让我送来的。"裘榆说着话，手上没停，将大碗反扣到锅里，拧开水龙头开始淘洗。

他又问了一遍："你的手怎么了？"

"你放那儿，我晚上再洗。"

裘榆埋着头："凭什么你洗？"

袁木偏头看向他，没有说话。

"袁木，我问你最后一次啊，你的手怎么弄的？"

袁木放低了声音："被人弄伤了。"

"谁？"

"不认识，一个红毛扫把。"袁木知道他还要问，接着说，"要抢我的钱，我不给。"

裘榆想起昨天的雨夜，难怪那么晚才等到人。那个时候袁木的手就断了，他没看出来。

"现在疼不疼？"

袁木又看向他，他迎上去，逼得袁木的目光立马移走。

"我只跟你说了，你别跟袁茶和我妈说。"

"我上哪儿跟她们说去？"裘榆说，"还有，为什么不让她帮忙？她一没发烧二手脚健全，切个葱能累死她吗？"

在"关你什么事"和"和你没关系"之间，袁木选了句较礼貌的。

厨房不宽，天花板也低，此刻没开窗，一句话讲完了，剩"嗡嗡"的余音盘旋几秒，显得袁木的语调很无情。

排骨滤出的第一锅水是红的，浮沫从指缝间漏走，血色的漩涡缓缓逃去洗碗池中央的洞底。裘榆从喉咙里哼出一声笑："哥哥当得不赖。"

"裘榆。"袁木叫他的名字。

袁木的嗓音沉沉的，仿若玉不再是玉，成了打不碎、焐不热的石头。

裘榆把最后一块肉丢到沥水的篮子里，侧身面对袁木："行，那我说一个和我有关系的事。你想给我补课是不是，为什么拐弯抹角地让袁茶来传话？"

袁木语气淡淡的："关我什么事？"

昨天袁茶整个下午都在盼着袁木回来。

周三那天，住在对楼的许益清来家里找方琼聊天，说想请袁木补课。她家的裘禧刚中考完，分数刚刚够到了一中，怕裘禧入学后跟不上高一课程，也怕整个暑假白白浪费了可惜……

方琼没等许益清继续铺垫，爽快得很，眼皮眨都不眨，一口应下："我说多大点儿事，补嘛，他们学校放假了就喊小禧过来。"

"妈妈，哥还没来呢。"旁听的袁茶干着急。先不说袁木马上进入高三关键期，凭袁木不喜闹这一点他就指定不乐意接这活儿。

方琼："我晓得，他来了我会跟他说嘛。"

话音才落地，袁木碰巧放学回家。他刚开门，袁茶赶紧凑上去把事复述一遍，征询当事人的意见。

袁木脱鞋脱到一半，得知暑假的安排即将被打乱，不知怎么的，嘴巴张开了但始终说不出来话。

许益清看他背着身一言不发，以为他是不高兴了，"打补丁"道："阿姨看看再帮你多招几个人，教一个是教，教一群也是教。"她话锋一转，笑得殷勤，"不过也看你有没有时间，不耽误你的事的话，我明天就去给你张罗，怎么样？"

袁木在想他说不出话的原因。可能是因为厌烦，但点头和乖顺是他的本能，心口不一导致脑神经不能畅通无阻地够到嘴巴。临时这一番自剖，他觉得有道理，也觉得有些好笑。

他便刚好顺着笑下去，回头问："裘禧想补哪一科？"

其实打的是补全科的主意，但袁木这样问，许益清不好意思直接讲，只说："这个倒无所谓，小袁老师你觉得哪科补起来轻松些就选哪科，裘禧妹妹哪科都差点儿火候。"

方琼假嗔："哎呀，那就都补嘛，没的事，我家袁儿哪科都好。"

许益清笑起来："我巴不得！我当然晓得袁儿全能，主要是想着他没时间，全部补太费心费力咯。"

"邻里邻居十几年了，你跟我还客气。"方琼嘴巴朝儿子的方向努，"那你看袁儿怎么说。"

方琼用眼神递来一个话筒，袁木适时发言："许孃，你不用替我心招学生的事，人太多没效果，我专心给裘禧上课，争取每科都给她带一带。"

"哎哟。"两个女人欣慰地看向对方，许益清拍大腿，"太懂事了，你咋教的？"

"从小就乖。"方琼美滋滋的，叫住了往卧室走的袁木，"袁儿，那要不要干脆一道给妹妹看一下她的英语？"

她对许益清说："刚好两个姑娘做个伴，学起来少点儿枯燥和紧张感。"

"好。"这次的顺从趋于熟练，袁木答得很快，没有失误，以后也可能不会再有。

许益清越看越喜欢："真的太听话咯，我家那个裘榆，越长大脾气越古怪，有你家这个十分之一好，我都抱着菩萨的脚烧高香了。"

"我记得他小时候挺乖的呀。"方琼不再把话题往袁木身上引，接道，"欸——现在不是流行说，每个孩子都有青春期嘛，正常。"

"什么嘛，那又不见袁儿有这……"

整个客厅都是她们说话笑闹的声音，袁木已经拧开房间的门锁，却停下了脚步。

"许孃。"他转头叫人，音量不大不小，没有起伏，"那叫她哥哥也来吧。"

三个人停下来看着他，都愣怔住。

"袁儿是说裘榆吗？"许益清最先接上话，"他那尊大佛可请不来，你呀，教两个妹妹就行了，她们听你的话。谢谢袁儿啊。"

她本来正跟袁木说事，却立即把头转向方琼，皱着眉头撇着嘴，要另一个当妈的人共情她的苦处："我现在都不想替他考虑这些事啦，白瞎。"

两个人拉扯开家长里短，又热火朝天地聊起来。

袁木回到自己的房间里，盘腿坐在床边。里层的窗帘是防蚊的轻纱。他睁大眼睛看了一会儿，对面三楼阳台一直是空的。

有人敲门。

这个家只有袁茶会敲他的房间门，方琼从来都是直接进，袁高鹏则从来不进。

袁木下床把门打开，缝隙只够袁茶看见自己，问："什么事？"

"哥，你是不是想裘榆哥来补课？"

袁木第一次听别人把他和裘榆放在同一个句子里，感觉有些奇妙。

袁茶接着说："我可以去试试把他请来。"

袁木问："你就这个事吗？"

袁茶使劲点头，殷切地看着他。

"不用了，谢谢。"

"我和裘禧的关系很好，如果我请不来，就去请裘禧和我一起找她哥哥。"以为袁木对她没信心，袁茶急忙补充。

"我只是随口一说。"

"我——不是——"

袁茶搞不懂了。她知道袁木不会随口一说，他是内心秩序严谨的人，历来一言一行都有依据。虽然不清楚这次的依据是什么，但她敢肯定这是袁木为数不多地在人前袒露所想所求。

"如果我去把裘榆哥请来了，你可不可以尽量不要再对我说'谢谢'两个字了，哥？"袁茶别无他法，只能一五一十地交代自己的企图。

隔着一堵墙，此时方琼和许益清在谈论袁茶三岁骑单车冲到煤堆里的窘事。袁木居高临下地看着袁茶，默不作声地听自己的妈妈叙述整个过程，绘声绘色，兴致高昂。

两个人即将爆发一场大笑时，袁木把门关上了。

袁木没料到后来袁茶真去了。

袁木拖着一身伤回来，遇到袁茶坐在家门口的楼梯上，一见他就跳起来乐呵呵地邀功："我去跟裘榆哥说啦！他说他会考虑！"

她总是这副没心没肺的样子。

夏季暴雨将他打得狼狈且疲累，裤管还在滴水，水沿着袜子流下去，浸到运动鞋的鞋垫里。黑暗中，袁木没有动，问："还说了什么？"

袁茶这只膨胀的气球瘪了一半，她皱着鼻子："没啥值得讲的。裘榆哥，唉，跟我说了五句话，四句都在打问号，他问啥我答啥。你要是去问他我说了什么，他倒可能讲得出个一二三四五六七来。"

袁木似乎笑了，袁茶听到了微弱的笑声，和低低的一句："你提我了吗？"

袁茶坚毅地摇头："没有，裘榆哥问是谁叫我去的，我没有说话！"

袁木要进门去卧室抽屉里拿钱，把袁茶的伞按开晾在鞋架上。他说："晚饭没吃的话凑合煮面吧，冰箱里有做好的臊子，我去一趟医院。"

借着灯光，袁茶才打量出不对劲，袁木额头上的水似乎不是雨，而是颗颗饱满的汗。

"哥，你怎么了？"

袁木说手骨折了得去医院接上，表情颇云淡风轻。而袁茶没遇过事，浑身僵住了，嘴里念叨着"没事的没事的"，手足无措地在原地打了几圈转儿，突然拔腿就跑。

她说："哥你在这儿等我，我去店里找妈妈！"

这实在不是值得兴师动众的事，袁木想叫住她，说自己一个人也可以，但慢慢走到楼梯口，真的站着等了很久。他想，在去医院的路上，也许还能告诉方琼，她第一次带他进文具店买的钢笔在今天被人弄丢了。

方琼该是什么反应？她会不会带他去再买一支？

可惜很久之后，袁茶是一个人回来的。

这也是袁木预想过的结果，不甚惊讶。确定袁茶身后空无一人后，他走出楼梯口，让她先回家。

可袁茶看起来比他难过很多："哥……"

手臂太疼了，引起各个器官和各处肌肉组织一遍又一遍地痉挛。袁木的脑袋昏昏沉沉的，只有一个念头：那只能寄希望于王成星了，他承诺过会尽力找来一模一样的钢笔。

外面依然有小雨，袁茶又叫袁木等她，她跑上楼拿伞。

这次袁木确实没有说"谢谢"了，但袁茶下楼来时已经不见他的身影。

袁茶被栏杆弄了满手灰，鞋带开了，裤子上有很多泥点。袁茶不明白，明明咳嗽、腹泻这类小病，袁高鹏和方琼都会半夜起来送她去医院，可是袁木骨折这么大的事，妈妈居然说她现在很忙。

她很忙！

水果店早关门了，麻将桌上的生意倒兴隆。

她很忙……

可能是因为觉得袁木可怜，也可能是清楚再也无力改变袁木会永远讨厌她的事实，袁茶独自呆呆地站了半晌，然后蹲下身，怀里抱着还在淌水的长伞崩溃地大哭起来。

Chapter 02

霓虹灯

疼痛一阵一阵从石膏包裹着的手臂里涌出来，源源不绝，蹿到胸腔、脖颈和头皮，安静而强势地啃咬着袁木。

袁木在梦里见过海，浩瀚、沉默。他平躺在床上，这股痛带着他重回梦境，潮涨潮退，控制着他的呼吸。

和以前体会过的痛完全不同，那是小溪流经脑子，时而尖锐，时常有杂音，不像现在温和静谧。

袁木可以听到窗外有飞蛾在扑腾翅膀，碰到窗上时发出清脆的撞击声，和果子熟透了掉在水泥地上的动静一样。

飞蛾的身体有那么硬吗？它不会疼吗？怎么疼还要不停撞呢？

八成是因为夜晚过于漫长，百无聊赖，它只能自己和自己玩乐。那么现时的他和它似乎没有区别，袁木转念对飞蛾表示理解。

钟表的时针转到"3"的时候，规律的撞击声消失。袁木等了几分钟，拿着床头柜上的手电筒下床，打开窗举着光柱晃一通，仔仔细细找了几圈。

他想知道飞蛾是不是死了。

没看见尸体，他收光关窗，顺便拧开枕边的白色小瓶，倒出一颗止疼药干咽下去，爬到床中间，拉上被子闭眼睡觉。

时针转到"6"，天阴阴地显出灰白色。

袁茶今天也上学，但没袁木起得早。他坐在沙发上边吃面包边整理练习本，听见方琼叫袁茶一定要记得加件薄外套。

他低头看了看身上的短袖，把最后一口面包混着牛奶吞完了。

一场大雨泼下来，潮气几天散不去。地面的水重新回到空中，雾气氤氲。

袁木不想走路，打算去公交车站等车。他打着哈欠出了楼道口，影影绰绰地瞧见前方立着人。

再沿街走几步，他看见裘榆站在雾的尽头处。

今天居然有日出，这一秒太阳拨开云雾钻出来，橙黄的阳光斜斜地打到裘榆侧边那块蓝色警示牌的金属立杆上，反射出一串粼粼的光，投到裘榆的黑色短 T 恤正面。还有几朵光斑散落在他的脸上，袁木注意到他皱着眉闭了闭眼睛。

这座城市多雨多雾，雨雾长年闷人口鼻、遮人眼目，而它终于在这个夏天，彻底变成一座透明的巨型游泳池——潮湿，金光闪闪。

裘榆原本在踹粘在井盖上的广告纸，看到袁木出现他就停下了动作。由于惯性，裘榆的工装裤上的银色细链依然晃得"叮叮当当"响，他将手从宽松的裤袋里拿出来，不动声色地捂住了。

袁木走到裘榆跟前去，面对面看他的睫毛铺着一层热烫的金辉，瞳孔被光影染作鲜亮的琥珀色。

裘榆不说话，袁木也就不说话。他垂下头接裘榆的班，和广告纸较劲，吊着石膏不方便，就把踹改成了磨和蹭。

即将成功之际，近在咫尺的人还是不吭声。井盖上一塌糊涂，袁木突然转身走掉了。

快要到公交车站时，裘榆倾身抓住了袁木的胳膊。裘榆将他的袖子挽起来，得见那截小臂一如既往光洁白皙，达到目的似的松开了他的手。

"大夏天的还穿长衣。"裘榆说。

袁木看懂了，原来裘榆是在求证心中的怀疑。可他的脑袋空了那么几秒，他不知道自己要想什么。

这个夏天才刚开始没多久的时候，裘榆意外发现袁木的小臂上有一道细长的疤。

　　明明是无须在意的印迹，暴露于他人眼前，却成了难堪的秘密。

　　"因为冷。"他慢吞吞地讲。

　　"中午会很热。"裘榆手指一滑，帮他把袖子放下来。

　　"那就中午再说。"

　　裘榆绕去左边，摸了摸他的绷带，问："衣服怎么穿进去的？"

　　公交车从远处一摇一晃地驶来，袁木扭头向排队上车的队伍望去，没回答他的问题。

　　裘榆也不在意，脚步挨着他，紧随其后地混入上车的队列。

　　于是摩肩接踵的人群在裘榆这一节点出了问题，后面的人怎么用力推挤，他都走不快，始终和前面的人隔开两小步的距离。

　　后面的人嘴里发出不耐烦的"啧"声，裘榆转头睨他："怎么了？"

　　"兄弟，走快点儿嘛！跨起大步子走！"

　　"瞎啊。没看我前面有人？"

　　"你这话，我前面也有人，我又能走得快！"

　　"所以说你踩我那么多脚呢？你还不爽了。"

　　把人噎得哑口无言后，裘榆回头，抬眼看见袁木诧异地盯着他。

　　袁木心里奇怪，怎么他也上车了？

　　"干吗，非得和他打一架？"裘榆指了指身后，变相催袁木走。

　　进了车厢，看见袁木递给售票员两张纸币，裘榆挠挠下巴，无声地笑了笑。

　　暑假没多少学生，早高峰人流量被削减小半，但上班族的力量也不可小觑。放眼一望，座位上人挤人，扶手上也攀满指头，眼看再往里走就是水泄不通的人堆，裘榆一把将袁木拽回来，让他站自己左边的空隙处。

　　裘榆跟着侧身，一只手握杆，另一只手扶座椅靠背，撑起半大的空间，勉强为袁木受伤的左臂腾出点儿位置。

　　"袁木。"裘榆低声叫他。

　　而袁木还在想裘榆挽他的长袖的事，暂时没有和他讲话的欲望。

公交车老旧，司机换挡起步，荡得车体一个大趔趄。全车人像遭遇暴风的树林，一齐朝一个方向歪倒，爆出一串惊呼声。

袁木上车后找不到东西扶，全凭绷紧腰腿的肌肉保持平衡。这一出害他失稳，差点儿砸到别人身上，裘榆及时伸手把他拉回来。

袁木转头看裘榆，裘榆淡淡地和他对视："怎么了？"

袁木又转回去凝视窗外，没有搭理他。

一路走过来，裘榆知道袁木的情绪不高，认为是前天的气还没消。

他当着袁木的面表达对袁茶的不满，而袁木一向不愿意别人提及他的家事。后来算是不欢而散，临走前袁木叫裘榆把碗拿走，裘榆不应，让他自己还。

结果至今袁木也没将碗送来他家里。

想着想着，裘榆发现袁木不看窗外了，总低着头，于是也跟着低头。

车像开在劣质的弹簧床上，一颠一颠，一个坐在奶奶怀里的小孩儿伸长了腿，碰到袁木的膝盖，随着车的节奏碰来碰去，还时不时仰脸注意袁木的表情。

小孩儿玩得正高兴，肉腿被裘榆提了起来。

袁木拍拍裘榆的手背，再掸了掸裤子："走了。"

裘榆手一甩，跟着他下了车。

车站离学校还有几百米，裘榆也踱着步跟着袁木去学校。到这会儿，袁木才确定，裘榆好像是在送他上学。

"你对每个人都笑得出来。"裘榆突然说。

他们挨得不近，中间还能再塞两个人。

袁木看他一眼，踢了踢脚下的绿油油的叶子。

没枯呢，你怎么掉下来了？

自己是对那小孩儿笑了，袁木想了想，说："他以为那是一种游戏。"

两个人到了校门口，只有零星几个学生，现在时间太早了。袁木环视四周，掉头往回走。裘榆停下，在原地站着看他。

"你吃早餐了吗？"袁木问。

裘榆今天五点多起床，洗漱完之后就去楼下等人。他怕袁木比他早，也怕袁木错过他。他想摸一摸肚子，反应过来觉得有点儿傻，手在空中转个圈又插回裤兜，向袁木走去。

油条是在两平方米不到的小房子里炸的，摊主再在路边摆两套桌椅，支把棚伞，成了个简陋的摊。

裘榆一个人要了三根油条一碗豆浆，袁木坐在对面等他吃完。裘榆细嚼慢咽，动作不慌不忙，穿着校服的学生渐渐增多，直到最后有人小跑着路过他们，袁木也没有催他。

油条酥脆，豆浆香浓，裘榆满意了。

"别生我的气了，袁老师。"他放下筷子问，"你打算哪天开始给我补课？"

袁木不知道自己该生哪门子气，也自动忽略了裘榆的最后一个问句。他盯着面前两个空荡荡的碗，沉声问："你带钱了吗？"

裘榆点头："带了。"

"嗯，我走了。"袁木撂下一句话就起身离开了。

目送他穿过马路进入校门，裘榆愣愣地坐了一会儿，转头喊老板："叔，再来一碗豆浆。"

"欸，续浆免费，自己过来打。"

吃饱喝足，裘榆没回家，而是在一中附近走了两圈。慢慢悠悠地晃了近一个小时，他锁定了一块绿地旁边的巷子。

巷子人少，偏僻，适合做偷鸡摸狗的勾当。另一头有在造的人工湖，场地开阔，湖边还有稀疏的竹林，适合逃跑。如果是他，他会选在这儿堵人抢劫。

裘榆走进长巷，巡视了一个来回，一无所获。他不死心，又顶着热辣的日头绕着人工湖转了一圈，最后在对面石亭边的草地里发现两本书。

书是被大力扔出去的，狼狈地劈成两半趴在草地上，纸张被草和泥浸成了黄绿色。裘榆翻过围栏，走近，然后蹲下盯了书两眼，指头挑开封面，扉页上赫然写着"袁木"二字。

整本书遭水泡软，后被太阳晒干了，皱巴的纸张挤歪了他的笔迹，变得不好看了，裘榆怎么努力抻也显不出原来的面目，透着一股骇人的丑。

啊，袁木是在这儿被打断了手，那天还下着雨。

裘榆蹲得像个小孩子，下巴搁在膝盖上，端详污脏的书。也许是真被这丑骇到，他感觉自己的心脏跳得很重，壮士擂鼓似的，险些把胸前的两条大腿弹开。

裘榆把书放到怀里，回到巷口。他把书丢去阴影处，自己也坐到地上，伸长腿在裤兜里摸。顿了顿，他又换一条腿，摸出手机。

这手机是他姨妈送他的十八岁生日礼物，他不常用，倒是裘禧闲着没事老爱央着说要玩贪吃蛇。

裘榆调到裘禧的游戏记录的界面，看清之后嗤笑一声，按了开始键。

他把声音设置成最大，蛇吃一颗，变长一截，游戏音响一阵，像硬币落进瓷碗一样好听。蛇没能吞到第三颗，咬尾自尽，游戏终结的那串声音也很骇人。

裘榆使劲捏了捏手机，把它握得发烫之后，还是转头看向了袁木的练习册。

一直到手机的闹铃振动，这个巷口都没有人来。

裘榆把书合上，把书脊竖在手心里，往一中的方向走去。他刚在校门对面的树下站定，下课铃响起。

袁木不爱穿校服，鱼贯而出的人群里数他最打眼。

也可能不是衣服的缘故。

他穿最简单的白色衣服，一个人出现，不似其他人三五成群，也不似其他人雀跃张望。他的眉目间神色淡淡的，视线常常垂着，过马路时认真看车，在人行道上时认真看路。

总之裘榆一眼可以捕捉到他。

倒不能用格格不入来形容，袁木是特别的，只怪其余人都充当了背景。

他没看到裘榆，裘榆也没有凑他跟前去的意思。两个人掉在人潮中，一前一后朝家游去。

裴榆的目光只抓他清秀伶仃的背影和他走动时腰间牵扯出的衬衣平直的纹路。

钱进奉命下楼给老爹买啤酒，远远瞥见裴榆夹着两本书进了街口，大呼白日见鬼，龙卷风似的刮过去，咆哮道："你去二手书店了？"

裴榆抹了抹自己一脸的唾沫星子，还回去："我去你老家了。"

钱进哈哈地笑："我老家就在顶上六楼呢。"

裴榆懒得理他："走了，回家吃饭。"

钱进想起一件事，拽住他："榆哥，你爸回来了。"

裴榆却下意识地往二楼，袁木那扇小窗看过去。那说明袁高鹏也回来了。

"回来就回来呗，还值得你禀告。"

好心被当作驴肝肺，钱进扇裴榆的衣服："你走，走，走。"接着他又指着那两本被裴榆掩得严实的书，义正词严地说，"藏好了，我下午就去你家突击，你别想独享好物。"

"哦，哦，谢谢你，都要突击了还记得通知我。"

袁高鹏和裴盛世是同事，两个人在一家大工厂里当小职工。工厂在郊区，一个月休四天假，他们通常会结伴坐车回家。

裴榆还没开始爬楼，就听到许益清的骂声，闷在墙后，字句不清晰，但声嘶力竭的疯劲是扑面而来的。难怪钱进消息灵通，眼前这动静，整栋楼的人应该没有不知道的。

裴榆攥拳敲门，用了点儿力气，门内的战争戛然而止。

"爸，回来了。"

裴盛世坐在沙发上，神色轻松，应道："儿子回来了，又哪儿玩儿去了？"

许益清冷着脸在布菜，将锅碗砸得"砰砰"响。

"吵什么呢？"裴榆问许益清，"都盖过楼下卖菜的那喇叭了。"

裴盛世乐着说："你妈发短信让我买米我忘了呗，你妈不准我穿这件红短袖配马裤我也忘了，她就把旧账翻到十年前去，自己惹自己

029

生气。"

裘榆默然看着裘盛世目不转睛地瞧着电视。合着婚姻的战场上就许益清一个人，裘盛世全然把自己摘出局了，把她的表现当戏看。

马上吃午饭，裘榆进了房间就不再出来。裘盛世和许益清轮流来喊两遍门没人应声，便也随他去。

裘榆躺在床上，客厅里，许益清禁止裘禧喝可乐："不能喝了。"

"为什么？"

"没有为什么，我不准。"

"我就只喝一口。"

"裘禧，你也不听话是不是？"

"我……"

"没人愿意听我说话了是不是？"

裘榆靠着墙，眼见面前桌上那杯水受风起涟漪，把杯子攥个稀碎的想法冲上脑门，"嗡嗡"地涌动，配着许益清十几年堆起来的声浪有几丈高的嘶叫声在膨胀。

"好了，不喝，我不喝。"裘禧弱弱地说。

裘榆翻身下床，拉开房门，打开冰箱，把里面的可乐瓶全抽出来抱在手里。他光着脚出了门，把怀里的东西通通狠狠地摔去楼道间的凹槽里，想把自己也砸进去。

很好，又多一股腌臜的味道。

裘榆返身进门，问："干净了吧？"

他回到卧室，坐到床上，双臂软软垂在床沿，没什么力，肌肉不受控地微微抽动。然后他无端开始大口地喘气。

要不，他给袁木买个书包吧？

袁木讨厌失去秩序，讨厌生活不似预期，那，自己再给他找一个一模一样的书包吧。

在汲取氧气的同时，裘榆突然这样想。

一声闷响，把餐桌边的袁木吓得一哆嗦，玉米滑回汤里。声音是从对楼传来的，他皱了皱眉。

"什么声音啊？"袁茶问。

方琼给她夹了一块排骨："谁家丢不要的东西吧，快吃你的。"

袁高鹏看袁木走神，也叫道："袁木快夹这个瓜丝吃，很嫩的。"

袁木点了点头，却只在碗中拨着饭粒："嗯，谢谢叔叔。"

"哲学的任务就是教会我们在愿望碰到现实的顽固之壁时，以最软的方式着陆。"

政治老师的棕色皮带上扣着一大串钥匙，随着他板书的动作晃荡，和窗外的蝉叫声一唱一和。他挺着啤酒肚，将衣摆扎进裤子，焐出的汗从皮肤上透出来，以皮带为地基长成一圈不规则的山峰。

他转过身来，右手闲逸地扣在"地基"上。

"这句话出自作家阿兰德波顿。"政治老师用灰白的指头用力戳背后的黑板，"啊，同学们，建议你们把这二十来个字，誊抄在我们教材的扉页上，时刻体会，勉励自己。尤其是某些四十个选择题错三十八个的同学。"

角落有人声调高扬地拆台："老师，是三十来个字。"

无聊，幼稚，不好笑，但因为这是此学期最后一节课，他们即将迎来高中生涯中的最后一个长假，大家心情都很激动，热烈地笑起来，个个抻长脖子，兴致勃勃地等待老师的表情和反应。

"哦，可以看出来黄晨遇数学很好，那你顺便数一数你面前那张专练卷上有多少个红叉。"

黄晨遇理直气壮地回："老师，三十八个。"

政治老师空手做了一个开扇摇扇的动作，虚他："为了给你留面子都没点你的名，你赶上来自取其辱。"

一群人又倒戈，转头去笑他。

整个教室里就袁木心不在焉，注视着探进窗棂的枝丫。

外面的世界十分灿烂，茂密的绿叶接住了被打碎的阳光，风拥过来，引发一场树的战栗、一阵光的闪动。叶与叶的碰撞声，像下雨的声音。

他想起那个雨夜，站在阳台上同夜幕一起俯视自己的裘榆。

"但是有且仅有一位同学，这张专练卷全对。"

有捧场的人，也有不以为意的人，然后大家都配合地喊起来："袁木——"

袁木收回目光，看向讲台，裘榆却还在他的脑海里。

袁茶讲裘榆脾气古怪难以相处，在她胆战心惊的描述下，袁木能想象出他刻薄的姿态。

裘榆常摆一副臭脸，不论对亲或对疏。他高兴的时候不会开怀正经地笑，不高兴的时候就更不屑于好好说话。在这个圆钝普通的世界里，他是尖锐的。

可在袁木的回忆里，他总有着柔和的轮廓、暖和的颜色。

"我先带你们看一道高频易错题。"政治老师抬了抬沉重的眼镜，"袁木同学起来说一下 16 题选什么。"

"C。"

"原因。"

"现象多样，而本质唯一。"

"很好，啊，知识点抓得很准确。"

袁木坐下后回了神，才把黑板上那句话完整地默读一遍。

顽固之壁确实蛮横地竖在现实生活的四面八方，但袁木从未软着陆过。也许是无法到达哲学教授的层面，靠看眼前这本薄薄的政治教材，他越学哲学越觉得世界荒唐。

他最讨厌政治，偏偏这门课分数最高——这是千万件荒唐事之一。

老师开始讲课，袁木再看向窗外，枝丫退了出去。课堂没有意思，它和风玩去了。

做树真好，自己是树就好了。

离放学铃响还剩几分钟，隔壁和楼上便响起推桌拉椅的动静，伴着一串串号叫和"隆隆"的跑步声，袁木周围的同学也被传染了似的躁动不安，蠢蠢欲动。

政治老师背手站在讲台边，不高兴地停了几分钟，最后妥协地摆手下课。

王成星挂上书包要跑，记起一件未解决的事，赶紧把钢笔从书包侧兜里掏出来递到袁木眼下："这个，和上一支差不离吧？"

袁木看了钢笔一眼，不见犹豫地点了点头。

"好嘞！"王成星欢呼一声，"拜拜，假期愉快！"一转眼就没影了。

上次杨岚清那支钢笔的历史追溯到小学时期，也就是十来年前，袁木细想也为这个数字吃惊。他忘了自己为它换过几次管芯，初中时甚至还请人补过漆，拿着一支五块钱不到的钢笔去店里，老板都笑说不值得。

但因为是方琼牵着他去买的，袁木就扔不掉它。那个下午，方琼第一次接他放学，袁茶还在家里等着吃奶，她却为他挑一支笔而停留了很长时间。

袁木出了校门，走在回家的路上，路过第三个垃圾桶时，把手里的钢笔丢了进去。

今天他又选了小路，即将拐弯进巷口时，停下了脚步。来人差点儿撞上他，急忙后退几步，慌里慌张地要逃开，又差点儿摔倒，干脆尴尬地僵着不动了。

"跟着我干什么？"袁木问。

火红头发褪色了，劣质扫把变成富贵牡丹花，可来人说话的语气还是那么冲："谁跟你了，路是你买的？"

袁木没兴趣吵小学生式的架，说："不是为了打架的话我先走了。"

万立睁睁地看袁木冷着脸离开，心气郁结，暗骂一句，抓了抓头发。

看人消失在笔直的长巷尽头，万立正想拔腿再悄悄跟上去，耳边忽刮来一道劲风，左肩被人推了一下。这力道把万立弄蒙了，他忘记捂头也忘记逃跑。

裘榆看着摔在地上的"红毛"。

"你叫什么名字？"裘榆开口问他。

万立挣扎了一番，无果，气恼地说："我是谁都不知道，你还来阴我！"

裘榆把万立夹在指间燃着的烟拿下来，把明灭的烟头捻熄。

"别给我来这套。"裘榆平静地说，"我最烦走在大街上抽烟的人。"

万立一身冷汗"哗啦啦"地淌："我什么时候惹过你？"

"你刚才跟的是谁？"

"我跟谁了？"

裘榆四处看了看，伸手捞起路边的一块砖头。

万立的耳朵紧贴地面，砖头被拖动时发出的摩擦声被放大了十倍不止。他有点儿崩溃，模糊不清地喊："我也不知道他是谁！"

"那你该知道他的手是谁打断的？"

"不是我，不是我弄的！"

"和你没关系？"

"有，有……但，但……"

"在哪儿打的？"

"就这条路，再……再前面一点儿。"

"什么时候打的？"

"五六点，一中放学的时候。"万立认了，裘榆问什么他答什么。

"他那天九点才到家。"

"这个……这个和我真没关系了，我们走的时候天还没黑。"

那时候雨势不大，万立跑出长巷时回了头，看见那人依旧躺在地上一动不动，就像死了一样。

"谁把他的书丢到湖边草地上的？"

"我……我的一个兄弟。"

"谁？"

"猴子。"

"书包呢？"

"丢进湖里了。"

对话停在这里，裘榆突然失语。万立看不到他的表情，也没有接多余的话。

"你跟着他想干什么？"裘榆的声音低了很多。

"他还叫我杀他。"万立忽然这么说。

他这一个多星期以来，一直惦记着袁木说那句话时的神态、语气、音调、手指抓他的衣领的力度、因好奇而发亮的眼睛。

万立也不知道自己为什么要来跟着袁木。

那天到了石亭，万立还在后怕，原来那个人不是吓唬他。

从医院出来后，浑浑噩噩地纠结了一个白天，万立还是在放学前赶到了一中门口。他身边的人都拼了命地活，他要来看看袁木这样的人是怎样过的。可今天他跟了袁木一路，发现这人居然连路边的塑料袋都要捡起来放进垃圾桶，活得比很多人好看。

裘榆又不说话了。

万立求饶："哥们儿，没骗你，我啥也没想干。我也住了几天院，现在头还晕，这件事平了吧。"

裘榆冷哼一声："怎么平？再进一次医院吧。"

万立咬牙，疯子，两个疯子。

他们失散过。

那年，袁木的消失没有预兆。

也就是五年级下学期寻常的周一上午，袁木的座位空了四节课。关于这个缺勤的同学，老师课上没有提，同学课下也没有讨论。裘榆憋闷到放学回家，书包也来不及搁，就直奔袁木家。

方琼说他去了乡下的爷爷家。

裘榆连袁木的爸爸都没见过，遑论爷爷。他站在门口恍惚地点了点头，说"谢谢阿姨"。

当时方琼忙着给袁茶喂饭，没有再招呼他。袁茶六岁，裘榆听袁木讲过他妹妹马上入学一年级，所以应该不是不会自己吃饭，只是耍脾气不愿意吃，于是她妈妈端碗拿勺地跟在后面追着哄。

场面兵荒马乱，那天方琼没有注意裘家那小子待了多久，也不知道他是什么时候替她关门离开的。

裘榆对袁木在上学日能去爷爷家感到困惑，打算等他回来向他取经，问一问这人是用啥办法说服他妈放他出去玩的。

可是裘榆等了一个月，等来了第三排袁木的座位被老师安排近视的高个儿同学去坐。

"老师，那袁木坐哪儿？"这是裘榆第一次在课堂上发言。

"袁木？"老师惊讶地看着他，"袁木早就办转学走了呀。"

后来他第二次去找方琼，问袁木哪天回来。

码牌的四个人都停下来看他，其中包括许益清。许益清难为情地朝上家方琼笑笑，从手包压着的一摞零钱里抽出一张戳到裘榆的手心里，说今天不做晚饭，让他去钱进家的面馆凑合一顿。

四具身体扭正，色子重新在方桌上的麻将堆里转起来。

在无数次被忽视之下，裘榆很早悟出成年人和未成年人之间的微妙区别。

就好比许益清叫裘榆下跪，叫他撕书，叫他自己打自己耳光，叫他一晚上不准睡觉，叫他脱光衣服在楼梯口罚站，他都没有反抗过。温驯、乖顺、怯懦，是他这个未成年人的自觉。

一样，这次也没有人在意裘榆在桌边站了多长时间。

"方阿姨，袁木哪天回来？"直到他又开口。

裘榆没有看许益清，但可以想到她怒目圆瞪的神情，因为掐在他的胳膊上的手实在太用力，他经常怀疑她有一双机械臂。

方琼打出一张八万，被对家杠了，她"哎呀"了一声，侧头对裘榆说："袁木被他爷爷接走啦，什么时候回要听他爷爷的，你想他的话——等等，碰！"她提起指间的九万但迟迟不落下，对着牌面和牌池皱眉，"你想他的话放假时可以找他玩。"

这有什么不能问的？挤牙膏似的终于被裘榆撬出模棱两可的答案来，大人们也明白个中原因难以启齿吧。

袁木明明是被送走的。

但接和送都不重要，反正都是"被"。

袁木的离开，除了让袁茶变成独生女，让袁家宽裕不少，让方琼和袁高鹏看起来轻松高兴很多以外，没有影响到任何人的生活。袁木最好的朋友钱进，也极迅速地和另一个玩伴复制亲密无间的关系。

裘榆想，袁木就是如此无足轻重。但他依然害怕自己忘记袁木，便一个人反复、持续地巩固有关这个人的记忆。

记事起，他们就同住这条街上。裘榆对袁木的印象仅限于长得比别人好看、白、话多、爱大笑。

他们读同一所小学，有时会在放学路上碰见，通常是裘榆单独走在他们一群人后面。虽然袁木和钱进那一伙人属于下课撒腿没，但一出校门就是没长腿，他们常常为路边的蚂蚁窝、工地上的钢筋和石板类似无聊的东西停留。

有一次，前面的袁木走着走着蹲下了，从旁边菜地里的玉米叶上扒出一枚一元的硬币。隔着十几米，他的尖叫声都险些刺破裘榆的耳膜。钱进和其余几个男生也欢呼，起哄要他请客吃辣条。

离得近了，裘榆听袁木一直向他们叨叨自己与这枚硬币缘分深厚。他恰巧路过这里，恰巧在路过这里时往旁边一瞟，硬币恰巧藏在他路过这里时看得到的地方。它就好像是专门待在那儿来等他捡的，不然怎么解释千万人都往这儿走，就他一个人看见了？

众人："嗯嗯嗯，请客。"

缘分深厚。裘榆以为袁木在为耍赖做铺垫，谁知他从另一个兜里掏出一张二元的纸币，抬着下巴说用它请，以示庆祝。

后来裘榆对袁木的印象又多一个。怎么说呢？脑子不好。

也有灵光的时候，比如袁木竟然记得他的名字。

某天深夜，裘榆又被许益清赶出家门，撕碎的书和扯烂的书包也一起被从阳台上丢了下去。他在门外站了半晌，听见许益清熄灯睡觉了，才摸黑下楼捡书本。

然后许益清蓦地从阳台上探出头来，不许他动，要求他跪在那张87分的试卷上。

严厉的喊叫声在寒冬冷冽的夜里十分突兀，裘榆仰着脖子看向她神经质的眼睛，顺便看向她头顶吞没一切的黑洞洞的天际，觉得这一幕非常适合做动画片里主角的诡异梦境的构图。

"跪！"许益清吼破了音。她不能容忍任何忤逆，听到命令后迟疑也不行。

裘榆跪下后，听到附近一些门一些窗被推开。他就不再看他的妈妈了，垂下了头。

夜晚重归平静，有人轻轻下楼走了过来，脚步声在身后，裘榆没有回头。那个人在他旁边蹲下，裘榆也没有抬眼。

"欸，裘榆。"

袁木穿的是成套的绒质睡衣，上身裹了一件羽绒服。他蹲时双臂环抱膝盖，只一会儿工夫，鼻尖被冻得通红，看起来比裘榆可怜。也可能有他那双神似小狗的眼睛的功劳。

裘榆早知道他五官标致，但从前是远远地看，此时近看、细看才直白地体会到"标致"的侵略性。

"裘榆。"袁木又叫一声，非要人应他。

"你有事？"

袁木睁圆睡眼，睡意全没，没想到这人跪着还这么傲，不过转念又感到庆幸，要是人哭了、蔫了他该怎么安慰呢？

"你妈妈怎么了？"

这个问句给了裘榆莫大的安慰。他承认，他对所有成年人存在偏见。之前在楼道里路过的叔叔阿姨都问：你怎么了？你做了什么？你为什么待在这里？他们以这样的方式问他。

他们的脑子是一个模子刻出来的，模子是庸俗虚伪的，毫无新意。

"你起来，跟我回家吧，我还有一件羽绒服。"见裘榆不回答，袁木又说，"睡一觉，天亮了我们再一起去读书。"

他已经开始伸手帮裘榆拢地上的书了。

如果被许益清发现，她会不会也叫袁木一起跪？裘榆判断不出来，毕竟以前没人这样尝试过，无例可参考。

"你别碰。"

袁木看裘榆一眼，讪讪地住手。

袁木想了想，说："不要也可以，你跟我走就行了，书和笔记我借给你复印吧。"

裘榆似乎清楚袁木对自己这样好的理由。下午的时候，袁木和钱进又在别人的小工地上捡石头玩，美其名曰当"宝藏特工"。

钱进的妈妈寻过来时，"宝藏特工"们钻进了横倒的大空桶里。

作为被拷问的目击者，裘榆说没见他们，应该是还在学校打扫卫生。

钱进的妈妈走了之后，他们在底下朝他挥手，拉长声音道谢："谢啦兄弟——"

那时袁木可没叫他的名字。

裘榆问："你怎么知道我叫裘榆？"

袁木第二次睁大他的狗狗眼，推人及己："你……你不会，不知道我叫什么吧？"

众所周知，裘榆的妈妈很恐怖，这条街上没人能在非上下学的时间段看见裘榆的身影。钱进说某天他送豌杂面到裘榆家，发现裘榆被锁在家里做初中数学题。

但是，但是，就算没一起玩过，裘榆真两耳不闻窗外事到不知道邻居兼同班同学的名字的程度吗？！

"袁木。"裘榆说。

"哦，哦。"袁木拍了拍胸口。

那晚裘榆没跟袁木回家，但袁木留下了自己的羽绒服，第二天在楼下等他上课，到学校后领他去了招牌是"华夏图文广告"的复印店。

在裘榆把这件事的细节翻来覆去想了大概七百遍时，袁木回来了。两年，袁木遵循生长规律，变高、变瘦、变黑——剩下的裘榆看不见了，因为面对面的时候，袁木低着头。

裘榆在钱进那大喇叭嘴里得知消息时，袁木已到家一个星期。

袁木能回来的表面原因是乡下的初中教学质量差劲，根本原因是袁木的爷爷死了。

"袁木。"裘榆在楼道里守了他一整天，晚上九点，守到了他捏着钱下楼。

袁木慢吞吞地抬头："欸，裘榆。"

科学家研究出，每个人的指纹和虹膜独一无二。裘榆认为还有一样，是科学家无法证明的，他在袁木身上领悟到的，每个人的眼神也举世唯一。

裘榆靠眼神认定，他是两年前的袁木。

"不好意思，让一下。"袁木埋首，看着手中的钱。

他又好像不是了。

裘榆想起很久以前，他和袁木聊天，偶然听到袁木称袁高鹏为叔叔。为什么袁木管自己的爸爸叫叔叔？

袁木惊诧："他不是我爸爸。"

这种饭后谈资连隔壁那条街的人都在攒着聊，没想到漏掉一个裘榆。

"哦，你们家是叫作重组家庭。"裘榆说。

"嗯。"袁木点头。

"每个重组家庭都有一个后妈。"

"我不知道，你从哪儿听说的？"

"我总结的。"裘榆说，"如果你是亲生的，方阿姨就是你妹妹的后妈。"

"不是，我妹妹也是我妈妈生的，我们是亲的，我和妹妹只是爸爸不一样。"袁木补充，"每个重组家庭都有一个后妈或后爸，叔叔是我的后爸。"

那是裘榆首次意识到，袁木很爱方琼和袁茶。

如果袁木没回来，裘榆纵使有百般情绪，也落不到地上。但袁木回来了，对他说的第二句话是"不好意思，让一下"。

裘榆就在那一刻恨上方琼。她配不上袁木的爱，袁茶也配不上。

袁木在开学后重读了一次初一，上下学时间和初二的裘榆完美错开，也没人再见过他跑去街角玩卡牌、捡子、逮贼的游戏。袁木成了独行者，和所有同龄人像是两条平行线。

袁木的卧室搬到了他家原来的杂物间，方琼在街口盘了家店卖水果。这些改变让裘榆能望见他的地点增多，一是阳台，二是水果店。

之后的岁月，裘榆敏锐地感知到，袁木与这个世界的联系越来越弱，弱到近乎没有。他走路的姿势、谈话的言辞、朝人注视的目光，每一样都在昭示他的易碎、脆弱和不留恋。

万一这个人哪天化作一缕风、一阵雨飘走，裘榆求不回来。

结果，有人来告诉裘榆，你日日夜夜担忧的事是对的，是会成真的。

"他还叫我杀他。"

凌晨两点半，袁木的窗户被人从外面打开。他靠在床头没睡着，也没反应，静静凝视着窗边，等待着什么。

裘榆跳了进来。

袁木拧开床头的台灯，轻声问："你从哪儿来的？"

他身上有一股泥土和寒露的气息。

裘榆把窗户拉回来关好，说："外面。"

声音这么大，这还是句废话。

袁木蹦下床捂他的嘴："这房子隔音什么样你不知道啊？"

裘榆高袁木半个头，但此时喉咙嘶哑，眼睛通红地求袁木："以后别再对别人说那种话了。"

就算你是真的那么想，也该找我聊聊啊，袁木。

十岁之前的袁木也爱往杂物间跑。这条街附近有一个烟厂，他推开杂物间的窗户便可以直直地看到烟厂招牌。招牌是通电的，晚上七点半准时亮起，灯光一个小时换一种颜色。

小时候的他执着于抓到霓虹灯变幻那一瞬，每天晚上都定好闹钟守在窗边扒着窗沿等候。七彩差三色，顺序为红蓝紫绿，他认真把这件事记录进了周记本。

袁木将日记本递交给语文老师，她批阅后留下了简短的评语。字迹潦草，袁木捧去请方琼辨认。

"已阅。"方琼冷静地、保持中立地把这句话念了出来，接着翻了翻日记本说，"不要写，也不要做这种没有意义的事情。"

袁木感到难堪，也为她们的冷漠感到不解。

没有意义。这句重话死沉死沉地压在他尚幼嫩、不牢固的肩膀上。于是在很长一段时间里，"意义"两个字在他的世界里颠了个儿，从名词变成贬义形容词，有时又是权衡万事万物的量词。

后来方琼也不准他再进杂物间，那是被全家人遗忘的垃圾堆，积满灰尘和病菌。他一个人一进一出，成倍增加家务负担。

十二岁以后，袁木搬进杂物间，成为那扇窗户的拥有者、专属人。使用权在他手上，他就更爱待在窗边了。

也是那个烟厂，厂周竖着一座座红砖砌的烟囱，沉默地伸向天空。

你们天天待在那儿吐滚滚黑烟有什么意义？

哦，哦，创造烟草和财富。

说不定烟囱真能捅破薄薄的天空？

漏出来的棉花云就是证据。

再长一岁，袁木渐渐对烟厂厂牌和烟囱失去兴趣。他开始厌倦它们的存在，既然已经琢磨透了有关它们的一切，那么窗户也跟着失去意义。

在那时，袁木注意到对楼的裘榆常常出现在他家阳台上。

"袁儿，下来去我家看电影！"

夏季夜空晴朗，太阳久久不落，独占完白昼，还与月亮星辰分着夜幕。

钱进站在楼下喊袁木，仰脸朝他招手。钱进身边站着裘榆，裘榆的头扭向长街的尽头。

"我就知道一抬头肯定能在窗边找到你。"钱进得意扬扬地说，"怎么样，走不走？我们今晚看恐怖片哟！"

钱进的妈妈是整条街上最和善好客的家长，小的时候哪家孩子都爱往钱进家里钻，在那儿可以自由地吃零食、看动画片。长大了也没变，他家面馆打烊后，便拉下卷帘门，容一群男孩儿女孩儿凑在里面为所欲为。

袁木也望了一眼街的尽头，黑黢黢的，没什么好看的。

"不去。"他撑着窗沿，懒懒地摇头，脚后跟在他们看不见的地方轻抬轻晃。

话音刚落，裘榆把头转回来，不咸不淡地看了他一眼。

"啊呀！"钱进粗着嗓子吼，"走嘛！好不容易等到你们一中放假。"

拖鞋"啪嗒"一下，被袁木玩掉了，打到了堆在地上的试卷。

"好吧。"袁木笑着说。

"快下来，我们等你一起走。"

"先去吧。我换件衣服。"袁木抱着手臂离开了。

"耶！"钱进十八岁了，还模仿奥特曼飞向外太空的动作，"榆哥，我们先去把碟子找好。"

裘榆指了指远处的矮巷。

钱进心领神会："不会吧，你胆子这么大？"

裘榆不置可否。

钱进跃跃欲试："我和你一起。"

裘榆把他推开："一起个鬼。"

钱进跳得离他几步远："还没看呢就鬼鬼鬼的，它今天晚上真来找你。"

袁木没换衣服，也就加了一件速干外套，拉链拉到顶，戳着下巴。他没关灯，手指套上钥匙环，趿一双凉拖就锁门下楼了。

方琼在棚伞底下支上了麻将桌，边看店边输钱。袁木往那儿瞟了几眼，走去反方向的钱进家。

走至光源不充沛的那段路，袁木穿着人字拖格外谨慎，谨记中间偏右有大坑，中间偏左地砖松动，生怕一脚踩下去双腿遭殃。他一步一步似扫雷，适时想起来裘榆叫它"水雷街"。

这时，小巷口冒出一只手，钳住袁木的胳膊直往里拽，他瞬间消失在主道上。

袁木靠在墙面上，魂半天未归位，背上有硌人的细沙砾。幸好他穿了外套，不然今晚穿什么睡觉？

裘榆看他裹得严严实实的上身，配着未及膝的运动短裤，说："上下还分南北半球，你上面过冬呢？"

袁木不舒服地动了动，说："你管好自己得了，别随时随地发疯。滚开，我要去看电影了。"

"不是说不去吗？"

"恐怖片啊。"袁木学钱进那股傻劲。

裘榆抿着嘴忍笑。

袁木到了面馆才知道，夏天的大家都无所事事，一条街上大大小小的孩子全聚来这儿了。电视机里在放《古惑仔》系列的片段，连袁茶和裘禧都看得津津有味。

袁茶最先发现他："哥！"

其他几个小孩儿也跟着喊："袁木哥。"

钱进举高双臂去拿早早准备在影碟机旁边的光盘，想起裘榆还没到，又小心翼翼地搁回原位。他折返安排袁木的座位，顺便把手心里的瓜子分出一半给他。

小板凳过于密集，两个人像在水田里踩着高跷躲秧苗，腿高高拔起轻轻放下，挪到了人最稀疏的侧面坐下。

"嘿，榆哥够久的。"

袁木笑了笑，算回应。

"我们一会儿搞点儿烤串来吃，趁我妈还在麻将桌上，钱比较好要。"钱进咂嘴。

"我和你去啊。"

钱进把他摁回去，挤眉弄眼地说："榆哥来了的话，你撺掇他去把我家冰柜里的饮料拿出来。"

"我撺掇他？我撺掇不动。"

小时候袁木和裘榆的性子截然不同，两个人根本没机会处得如胶似漆。长大了袁木倒寡言少语起来，跟裘榆的脾气八分相像。那更不行了，两个人都不爱说话，友谊靠谁建立？

钱进表示理解，点头："袁木哥，那你去把饮料拿出来吧。"

袁木："……"

"我顺便去把榆哥带回来。"钱进郑重其事地按了按他的双肩，跨着大步走了。

钱进找到裘榆时，他正隐在暗处。

钱进说："和我去常嬢家烤点儿串串。"

"他们呢?"

"他们乖乖地等着我们回去呢!"

钱进磨破嘴皮子去他妈那儿为一群人讨来"粮票",裘榆看不过去他抠抠搜搜拣烤串的样儿,又添了些钱。钱进感激涕零地抱他的大腿,要说钱进叫他哥就是因为他大方。

五年级,袁木转学之后,钱进对玩就不怎么上心了。一是马上小升初考试,二是和谁玩他都提不起劲头。

没人的脑瓜比得上袁木的聪明,他什么东西都能搞出新花样;也没人的嘴皮子比得过袁木的利索,其他人讲的笑话又老又烂。

但没多久,楼下的裘榆突然表示要和钱进一起上学,替代了当时的固定玩伴张……什么明。虽然裘榆话少,没袁木有意思,但钱进也发自内心地乐意和他待一块儿混时间。因为裘榆的脑瓜和袁木的一样好用,他是雷打不动的全班第一名。

而且裘榆放学路上会请他吃辣条和薯片。

可以说,裘榆揽下了钱进小学、初中、高中的零嘴费。

常嬢在刷酱的空隙瞅了瞅裘榆,问:"我这次发型好不好看?"

裘榆一头雾水。

钱进接话:"好看!"

常嬢又说:"不像拖把了吧?"

"哦,哦。"裘榆想起来了,"不像了。"

头发被拉直了,溜溜的,像挂面。

回去的路上钱进问出原委,笑得直咳嗽,差点儿断气。他问:"你怎么和以前的袁木越来越像,嘴这么损。袁木也越来越像以前的你,老不说话。你们可真奇怪。"

"他以前嘴损吗?"裘榆问。

钱进悟出今晚自己还有一项任务,为他们建立友谊,赶忙说:"损啊,全街的人都被他起了外号。但损归损,人不招恨讨打,哪像你当面也敢说,是袁木进阶版吧。"

"他给我起的啥外号?"

"这个我还真忘了……"钱进磨磨蹭蹭回忆半晌,盖棺定论,"好像就没起。"

人人都有，凭什么略过我？

钱进说："不过我给你起过，想不想知道？零摄氏度面瘫。"

招恨讨打的不就是你本人吗？

钱进挨了一脚，怀里的串都被踹散了。

两个人拉门进去时，袁木确实很乖。里面十来个人，他坐在人群最后面，手肘靠着旁边的桌子，桌腿边放一箱饮料，桌面整整齐齐地排开四个一次性塑料杯。

屋里全部的人闻香而动，屁股不离板凳，一个个屈着腿平移过来，以裘榆和钱进为中心点围成一个圆圈。

钱进当大哥哥："不急，不急，人人有份儿啊，小志明和狗蛋再搬一张长桌过来。"他转脸问袁木："我的哥，你咋摆四个杯子呢？"

袁木说："刚才大陡说也要过来。"

钱进奇了："你说谁？"

"光头啊。"

"不是，你怎么也叫他大陡？"

这什么话，这问的，我怎么回答？袁木指向裘榆："我听人人这样叫啊。"

在钱进眼里，袁木可不像人云亦云的"学人精"，何况哪里来的人人哪，不就裘榆一个吗？

钱进拆盒子和袋子弄得满手油，脑子还在打转："你是不是知道大陡这个外号的含义，不然为什么会跟着叫？"

裘榆把一串鸡屁股戳钱进嘴里："挺好吃的。"

炮火转移。

钱进："对啊，你快说说大陡这外号咋回事，你凭啥起的，我特别好奇。"

裘榆顿了顿，也往自己嘴里塞了一串鸡屁股："你问他，他不也叫了吗？"

"我不是跟着你叫的吗？"袁木极速回答道。

钱进眼见友谊还没建立就要在袁木的铁齿铜牙下破裂，当起和事佬："不说了，这事过了，过了，翻篇。"

"事不是你先挑的吗？"两个人异口同声，讨伐他明明挑事第一人还装息事宁人的嘴脸。

裘禧和袁茶围观全程，在战火边缘目瞪口呆。

钱进在战火中央瑟瑟发抖，问："大陆哪儿去了？"

"拿他家的卤花生去了。"

大陆裹着一大袋卤食进门，引起第二轮欢呼和争抢。

"停！坐成一排，我要放电影了！"

众人手忙脚乱："不看了！"

钱进缩回凳子上："有没有要饮料的？"

大陆挥手："要喝的拿碗过来。"

钱进再次尝试主持大局："好，大家乖乖坐好，坐好了哥哥们带你们玩真心话大冒险。"

裘禧举手，她和袁茶吃饱喝足申请退出。

钱进："退哪儿去呢？家里多无聊啊，街上的人全在这儿，没人和你们玩。"

裘禧说："我和小茶去逛两元店。"

裘榆："要么就回家，你们现在去逛街太晚了。"

"也不是逛，小茶说她每天都涂的雪花膏今天找不到了，我们去买了就回来。"

裘榆沉默几秒，点头："去吧。"

裘禧和袁茶这一趟带走了几个女生，剩一个魏芷萱死活要留在这儿。

魏芷萱和她们年龄差不多大，三岁起就扬言长大要嫁给袁木哥哥。虽然她真正懂了结婚的含义之后不再讲这种幼稚话，但在玩真心话大冒险时，还是直白地表现出了对她的袁木哥哥极浓厚的兴趣。

"袁木哥，你最喜欢的颜色是什么？"

"好像没有。"

"最喜欢的食物呢？"

"没……"

"最喜欢的运动呢？"

"没有。"

钱进拍桌："什么破问题，浪费机会！"

魏芷萱："你懂什么？！"

之后她固执己见，逮着机会就挖袁木的爱好，其他人也想知道，让她一气问完。

"袁木哥爱吃甜的还是辣的东西？"

"都可以。"

"袁木哥有最喜欢的明星吗？"

"没吧。"

"袁木哥最爱看的书是哪本？"

"没有最爱的。"

"袁木哥喜欢女孩子短发还是长发？"

"都能接受。"

裘榆不吃串了，不喝饮料了，抱着手臂看两个人你来我往。袁木坐在他侧边，眉眼间没有丝毫不耐烦之色，人问什么他答什么，虽然答案都差不离，但都是经过仔细思考的结果。

裘榆知道，他对"最"和"喜欢"这类字眼都很慎重。

袁木什么都不喜欢，他的喜欢本身就是件稀罕物。

魏芷萱有点儿泄气，没了亮晶晶的眼神："袁木哥最喜欢的……地方？"

袁木说："游泳池。"

才现一点儿苗头，钱进警告："没完没了，允许你问最后一个问题啊。"

"袁木哥认为自己和谁关系最好，相处最舒服？不限于在座的。"

袁木看了看左边，理所当然地笑着回答："钱进哪。"

裘榆收回了目光，站起身："不好意思，让一下。"

钱进笑嘻嘻地放下刚才敬完袁木的空杯子，说："我也一起去放一趟水。"

"就一个卫生间，你一起什么？"裘榆说。

钱进的心和脑子都大到能装下太平洋："你不知道吧，我家楼上有两个！"

钱进边系裤带边踢门出来，发现裘榆根本没撒尿，就站在矮矮的落地窗边吹风。

钱进单方面勾上肩搭上背："哟，还等我呢！"

裘榆把落地窗关了，手搭上他的背推了推他，钱进的五脏六腑颤了几颤。他缓半天神，由于打不过就习惯性碰瓷，使劲吊着裘榆的手臂："喀喀，谋杀亲弟。"

裘榆拖着他下楼，商量道："你别叫袁木那啥……袁儿是吗？别叫他袁儿了。"

"为啥？我从小叫到大，改不了啊。"

"难听。"

从小就难听，大了尤其难听。

裘禧咒骂这阴晴不定的初秋，早晨云薄也不见露日，以为就此秋高气爽了，没想到中午十二点不到，太阳又溜出来低挂着烤人，烤得她几近要自燃。

秋根本就是夏的幌子，哪里来的四季！她愤愤地踹开门丢掉钥匙，两手一叉，要把半湿的背心脱下来，然后在手臂的缝隙中看到了坐在沙发上的裘榆，半途改道，只把衣摆卷至胸口底下，露着肚子冲去风扇面前。

风扇恪尽职守地左右摇头，她紧紧抱着不让动。

电视里在播《虎胆龙威》，裘榆没看她一眼，只动嘴："裘禧。"

"一分钟。"裘禧对着高速旋转的扇叶讲话，传出来的声音颤巍巍的，像没有感情的机器人的机械音，怪有磁性的。

她配合着把调子变冷漠："哥，放心，一分钟不会感冒的。"

裘榆才瞥她一下："禁止独享公共资源，你给我撒手，躲远点儿。"

裘禧哼哼唧唧地抱怨好热，还是放了手，风扇僵直着头不转了。

裴禧惊恐万状："完了，死了，怎么办？我只是抱了它一下。"

"拍一拍后面的按钮。"裴榆说。

裴禧依言去做，有工夫斗嘴了："好熟练，看来你也没少干这种事。"

裴榆捏紧遥控器："找削是不是？"

她提着电线把风扇挪得离沙发近些，自己也坐过去，从屁股底下扯出一本宣传册，有点儿像献宝般，亮在裴榆眼前。

小册子遮住他看电视了，裴榆歪了歪头。

裴禧用小册子直往裴榆面前扇风，着急地说："还看电视呢，快关心一下你的前途！"

册子封面有黑色铅字加粗印的一句话——一人当兵，全家光荣。

"什么东西？"

"我们刚才在解放路碰见志愿者，听人说当兵挺好的，你好好看看。"

"你怎么不去，让我和爸妈光荣光荣？"

裴禧叹了一口气，愁眉不展："我上周末梦到在街上遇见一个叫花子，抬起头来一瞧是你，吓得我醒来一身冷汗。欸，马上高三了还游手好闲的，你看，我都替你急。"

"皇上不急太监急。"

裴禧朝后瘫倒。天花板斑驳，勾勒出一张女人的脸，圆滚滚的身子插着四只马蹄。

裴榆转脸看着她："你受什么刺激了？"

裴禧说："好想吃西瓜，但一小盒三块钱，好贵。小茶她哥说请我吃，我没好意思要。"

如果这句话里面没有"袁茶她哥"四个字出现，裴榆大抵还是多少能领会得出裴禧在担心他以后混不好，到没钱给她买西瓜的地步。

"你和谁去逛的街？"

"小茶和她哥啊。"裴禧说，"补一个星期课了，袁木哥说还是配套辅导资料教学比较好。"

当时一起挑好了工具书，裴禧和袁茶结伴去了漫画区，她们和袁木约定自由活动一个小时，之后去收银处会合。结账时，裘禧发现袁木买了两套高考真题卷，问他提前一年是否会太早。

袁木说他习惯早做准备，多练一些，希望一年后的考场上没有把握的题能尽量少些。

袁木是裘禧接触过的最体面、最可靠的异性。听说袁荼家的大部分家务由袁木包揽，他讲课时也十分耐心从容，说五分钟帮她们解决这个知识点，就真的可以掐秒地完成任务。

裘禧偷偷问袁荼她哥哥是不是在家演练过，袁荼笑她脑子是不是热得死机了。

在裘禧心中，袁木的形象又高大了一截。他井井有条地安排着自己的生活，也游刃有余地为别人的生活负责。不像和她同龄的男生那样无知、无分寸和不安分，也没有父辈的老成世俗和好为人师，当然，也丝毫不见和裘榆一样一身懒骨。

袁木似乎是个完美的舵手，十分清楚自己的航向，并强势掌握着。想要的东西提前一年就开始争取，不想要的还会考虑别人要不要。

比如他今天在解放路接到宣传册，立即说："抱歉我暂时没有这方面的打算。"不过也认认真真通读一遍，貌似想起旁边这家也有男丁，于是说，"欸，可以拿回去给你哥看看。"

裘榆按音量键的声音很密集，音量正一格一格增大。

裘禧忍不住建议："哥，一直按住它，加得更快。"

裘榆充耳不闻，继续一下一下地浪费力气。

他们怎么就不声不响地补课一星期了？

"你每天是什么时间去的，我怎么不知道？"裘榆问。

"八点到十点，你十二点起床当然不知道。"

裘禧跷起二郎腿，瞎嘚瑟，被裘榆一掌拍掉了跷着的腿。

吃过晚饭，袁木回到房间里看书。他的手伤迟迟不好，多是袁荼洗碗。其实看的也不是正儿八经的教科书，他只是抽出一本杂志来打发时间。

袁木靠在床头，窗户大开，时有徐徐的风灌进来，令人无比惬意，只是慢慢地有石头混进来。一颗砸在鞋边，他没有搭理，接着一颗砸到衣柜上，他也熟视无睹，最后一颗跳到床上，他将书用力合上，下了床。

裘榆立在自家阳台上，算准了袁木现身的时机，正得意地朝他笑，到底是没被他揍过。

"干吗？"袁木用口型问，表情凶狠。

裘榆将手指往上戳了戳，又张开手掌比了个"5"。

不去。

袁木关上了窗。

吃了闭窗羹，裘榆也不恼，转身看了看家里的挂钟，慢慢悠悠地换上鞋出门，往天台走去。

这栋楼的天台的门锁被裘榆砸了，他紧接着又出钱重新换了一个，所以整片只有他拥有钥匙。哦，还有袁木。

他倚在门边等了五分钟，听见袁木的脚步声渐近。

裘榆下了一层楼去迎他，故作茫然："啊？不是说不来吗？"

袁木把手心里攥着的三颗小石子往他衣领里塞："特地来还你。"

裘榆抖一抖衣服，石子原封原样地落下来，还客气："不必，但谢谢你。"

他们并肩往天台角落走去，那儿放了一张长桌。走至晾衣服的电线前，裘榆特意绕开，与袁木拉开距离，再往前几步又会合在一路。

袁木停在原地，看看地面，没有屎，看看头上，有钱进的裤衩。他望向裘榆一本正经的脸，感叹对方如小溪绕石般的流畅动作。

天哪，怎么还会有人在意这个？

太阳正和天际拉锯，染红周遭无辜的云。袁木的目光眺望远处，因为阳光刺目，他微微眯着眼。他坐在桌上，两条腿挂在半空晃晃悠悠的，和方才在床上时同等惬意。

"什么事啊？"他问。

"没事啊，请你看夕阳。"

"有事快说，不说我走了。"某种程度上，袁木比裘榆还了解裘榆。

"开始补课了为什么不跟我说？"

袁木茫然地看着他，演技比裘榆的成熟："为什么跟你说？"

"为什么？你让我去补课的。"

"不是我。"

裘榆从善如流："袁茶为什么不跟我说？"

"你去问袁茶呗。"

钱进应该是被他姐教训了，在楼下"哇哇"乱叫。两个人沉默着听了一会儿，裘榆突然开口："钱进在你离开之后马上又找了一个好朋友。"

袁木不怎么在意，点头："我知道啊，就是你。"

裘榆："……"

"我是钱进的朋友，你也是钱进的朋友，那我们算朋友吗？"

"你觉得呢，你是我的朋友吗？"袁木这么问不是耍小聪明，他问得非常诚挚。诚然，这份诚挚大概无人知晓。

"不是。"裘榆说。

不想和袁木做朋友，裘榆得到解脱。那么，那天袁木回答关系最好的是钱进，是不是也就不用再在意？魏芷萱的题面是关系最好的朋友，没错吧？

袁木全程没有看，听他斩钉截铁地说"不是"，也只是努着嘴默然，接着点了点头。

"你知道下一个颜色是什么吗？"袁木指着烟厂厂牌问他。

"我前些天看到两个游客。"裘榆和他同一时间说话。一条轨道在一个时间点容不下两辆火车，裘榆任性地独辟一截，"两个男的。"

"他们从京市来，一起到钱进家吃面，还到你家买了水果。他们走出这条街时笑得很开心。"裘榆说，"他们看起来很要好。"

袁木一直没说话，始终没说话。他好像观云观得入了迷。

风挽着风撞过来，撩起裘榆出汗后的冷意。

裘榆听着楼底的叫卖声回归现实，说："蓝色，八点半的时候。"

袁木忽然笑了，裘榆转头仔细地看着他。

袁木的眼尾是微挑的，以前的狗狗眼不知在几时变成的狐狸眼。而上挑的弧度，在这个笑容里透出绮丽的温柔之意。

袁木喃喃地说："哦，京市。"

那是个地界小而人口众多的城市，是秩序井然也杂乱无章的聚居地，是大到包容所有异类，也小到挤不进去留不下来的斗兽场。

"你想去吗？"袁木轻轻地问，转过来，看着裘榆。

此时，应该是苟延残喘的太阳在回光返照，比白天任何一刻都烫人。裘榆的心隐隐腾起热气。

想去吗？你问我吗？我没想过，也不知道。

第二天起床，裘禧看见宣传册被裘榆用来垫着吃小笼包，瞬间觉得痛心疾首，恨铁不成钢，好心当成驴肝肺。她在心里小骂一个回合后去了洗手间，刷牙时惊悚地与镜中的自己瞪视。

裘禧歪出头来大声问："诶凯个恩搞干啊？"

裘榆抬头看她一眼："把牙膏沫吞了再说话。"

她"呸呸"两下含水吐完："你起这么早干吗？"

"补课。"

"啊……"裘禧挤过去抢包子，抢到两个包子后才反应过来，"啊？"

"袁茶不是让我去来着？"裘榆把半屉包子都让给她，"没事做，去看看她哥啥水平。"

"水平……挺……挺高的。"对此，裘禧也只发表得出一个意见，"哥，你……你去了别扰乱纪律。"

课堂设在袁木家的客厅里，教学工具就一张长桌、两把靠背椅和用铁架支在正中间的白板。裘榆进门时，袁木正拿着马克笔在写题目，背对着门口。

袁木在家的穿戴也十分整齐，换掉了人字拖，穿上了系带的低帮帆布鞋。

裘禧先打招呼："袁木哥，我哥来旁听。"

袁木笔下停顿，但还是写完"函数"二字才回头。他神色淡淡，礼貌地点头："哦，请坐吧。"

裘榆看着他没动，袁木瞟了一眼坐在椅子上讲小话的两个女生，放下笔把裘榆拉到沙发边，小声问："你带纸笔了吗？"

裴榆眨了眨眼睛："没有。"

"你还真只是来听的啊。"袁木说。

裴榆客气地回应："能借你的用一下吗？谢谢。"

假意提了提嘴角，袁木用脚钩来一个塑料高凳，挪到他跟前充当桌子："不用谢，还请你暂时在沙发这里将就一下。"

"没有的事，不将就。"

袁木捧着教案立在长桌前，还没开始讲课，就注意到裴榆已拔掉笔盖埋头在空白的草稿纸上径自勾勾画画。

裴榆眼中盛着笑意，拿笔头点了点他身后，说："袁老师，字好像写错了。"

闻言，裴禧和袁茶双双抬头，看见袁木默默地把"函"字右侧多余的反文旁擦去。

"正式开始上课。"袁木搁好黑板擦沉声说。

裴禧高一，袁茶初三，袁木把内容分为复习和预习两部分，复习的知识早在上周讲完，后期则侧重高中数学。他没一板一眼地按教材备课，而是将高中所有章节的内容先整合后划分，整理出树状图，清晰地梳理出脉络，为她们重建一个知识体系。

袁木真有站在讲台上做老师的气质，白色长袖折起挽至手肘处，温和的目光在指间的教案与面前的学生之间扫视。尤其是他回身写板书时，撇捺竖点写得缓慢仔细，嘴里念念有词，"好，我们看这里"。写至白板底下时需微微屈膝，这个姿势显得他谦和。

远远在其身后的裴榆没来由地欣赏这份自如的谦和。

裴榆不敢坐得太懒散，不过，所幸袁木也没向他投来几个眼神。

详尽地讲完知识点，袁木开始举例题，裴禧和袁茶明显听得吃力起来，回答问题的声音断断续续，声气越来越弱，最后索性苦恼地看着题面噤声。

就在袁木想要放弃互动时，裴榆接道："b 等于 5。"

三个人齐刷刷地看向他。

"怎么了，不是问这道题的隐藏条件吗？"裴榆停下转笔的动作，平静地回应他们。

于是后半场变成裘榆的个人秀，袁木问什么他答什么。

没了压力，袁茶、裘禧重新抖擞精神，学习氛围反而比往常轻快。进入白热化阶段时，一道题不用用笔演算，两个人一问一答间就能顺利解出来。

袁茶讲悄悄话："你哥的数学居然这么好。"

裘禧抓耳挠腮："别看他吊儿郎当，底子好得很。"

两个小时的课程愉快地结束了，袁木收拾东西时发现，这是第一次上完数学课袁茶和裘禧的脸上还能挂着笑容。

裘榆攥着书本走上前来还给袁木，递过去时笔帽还被他别在草稿本封面上，他转头问裘禧："要不要吃炸酱面？"

"好啊！"裘禧牵着袁茶的手腕兴奋地摇，"小茶吃不吃？"

袁茶很怕和裘榆相处，犹犹豫豫的。见状，裘榆没等她回答，直接问袁木："你也一起吧？"

四个人结伴同去钱进家的面馆，袁木和裘榆落在后面。

袁木突然说："这个课不适合你。"

"怎么？"

"纯粹浪费时间。"袁木又补充，"我没想到你数学这么厉害。"

"哪儿到哪儿啊，袁老师的结论下得未免太仓促？"

"不仓促，很多偏难知识点你都知道。"

裘榆笑起来，偏头看他："但你竟然用了厉害这个形容词，到厉害的程度了吗？"

袁木点头。

"嗯——"裘榆抿了抿嘴唇，"你不知道吧，我小学就在做初中竞赛题，所以你今天讲的一半内容我都学过。"他的语气半道变得轻快，"另一半是因为你讲得好，角度精准，一点我就通。"

袁木想起小学时期数学老师对裘榆的偏爱，说了一句："不愧是老吴的得意门生。"

裘榆似乎被头顶上方飞机的"隆隆"声吸引了注意力，没有回话。袁木随他一起抬头，蓝白色的机体正巧钻入云层。

在掀起王记面馆的塑料门帘时，裘榆蓦然发问："袁木，你觉得现在的我和以前的我，哪个好？"

裘榆脱离许益清的控制，是从接住她挥向面门的火钳开始的。

自裘禧懂事起，裘榆都会有意识地避免在她面前惹怒许益清，但许益清是"易燃易爆品"，并时时身处火坑，裘榆只能抢在她动手之前支开妹妹，让裘禧睡觉、找朋友玩、帮自己跑腿。

裘禧胆子很小，每逢许益清眼睛瞪得大些，或后槽牙咬得紧些，她就会吓得发抖欲哭。是因为妈妈可怕？还是因为自己委屈？裘榆懒得揣摩缘由，总之让她离开就好了。

可那天裘禧提前回家了，在敲门，许益清手里的火钳即将飞来在裘榆脸上留下痕迹，大概率还会让脸肿胀流血。裘榆立马抬臂挡下它、抓住它，引起许益清新一轮的暴怒行为。她疯了一样拉扯，但铁物在他手心里纹丝不动。

那年裘榆十四岁，身高超过 175 厘米。

门外，裘禧在喊妈妈，门内，裘榆死死盯着妈妈。

许益清的神色由怒变疑惑，再由疑惑变恐惧，最后她后退两步，什么表情也没有了。

裘榆模糊地悟出，原来能将十八岁的门槛降至十四岁，提前四年——通过压倒性的身体力量。

奇怪的是，许益清自那以后不再体罚他，而试图通过精神打压他。可如果身体能够抗衡，心理还会甘愿受控吗？

况且许益清的方法并不高明。她要他听话，却只有巴掌，不给甜枣，换来他逆行到底，不曾想过回头的结果。

裘榆的成绩稳步下滑，直到中考低至谷底，几科总分甚至难凑齐一百。许益清气得在床上横躺两天，裘榆看着她敷在额头上的白毛巾，暗笑她装模作样，只觉得滑稽和痛快。

后来他留级再读一次初三，以四百多一些的分数和袁木同年毕业。一个去了实验高中，另一个去了一中。

在裘榆越长越高、越变越坏的同时，他和许益清的关系反而陷入诡异的和谐状态。她把控制欲控制住，他把戾气收敛好，这样两个人就可以掩盖以前的一切，能心平气和地在饭桌边聊天，家里的气氛渐渐不再剑拔弩张。

裘榆有时候想，也许她确实爱他，可惜爱得不纯粹。

许益清是楼下菜场里铁秤上的秤砣，他和裘禧，有些时候也包括裘盛世，他们原本是任称量、任宰割的物品，但因他悬在秤的边缘，使之趋于稳定。

现在的我和以前的我，你欣赏哪个？裘榆在问题脱口而出之际的纠正，袁木不知晓。

他们能回到以前吗？天平失衡的话，会重蹈覆辙的。

裘榆的掌心温热，隐约有汗，喉结不自觉滚动，看向袁木的眼睛隐秘地闪动忐忑和不安之色，眼睛也要出汗了。

他现在好像一株敏感的植物。

以前的裘榆可不这样。

九岁时，袁木目睹裘榆跑步摔跤，磕到下巴，血流如注。旁边的大人都吓得手足无措，裘榆没掉眼泪，也不说话，爬起来把校服卷成团，两只手抓着使劲抵住伤口，一个人一瘸一拐地去诊所了。

那时的他是石头吗？好像也是植物，只是根扎在地下深层，生长的叶片超乎寻常地沉重。不像现在，他肯笑，肯袒露可爱的脆弱的一面。

"都很好啊。"袁木回视他，这样回答。

Chapter 03

第二个夏天

　　一入秋，蝉叫声虚弱许多，有一声无一声的，它们走过场似的度完生命最后一程。反而楼道间踏着高跟鞋上楼梯的声音很强劲，那人像一台行走的打洞机。

　　袁木辨出这是五楼的莉姐，觉得好笑。高跟鞋的跟单薄细长，她得用哪种姿势爬楼梯才能产生如此浩荡的噪声？恐怕是腰凹臀翘背佝偻，手掌压膝盖，大腿绷起肌肉线条——就算真如愿踩出圆坑了，铜铁铸的脚底板也得疼吧？

　　起床将饭菜端回冰箱的方琼听见这动静却恼火，放碗盘的力度都不客气了。

　　袁木就是有这样的本领，隔着一扇门，光听声响也能区分哪一声是喜、哪一声是怒、哪一声是无意。这能力不是与生俱来的，但到底是何时练就的，他自己也无知无觉。

　　果然，"打洞机"渐远，快要消失在头顶，方琼才开门，捏着嗓子说："这哪个啊，走路像要拆房子，自己看一下几点了，娃娃睡着了，明天还要上课，扰民了晓不晓得？！"

　　袁木没打算睡觉，睡着的是袁茶。不过听见这话，他起身关了房间里的大灯泡，坐回书桌前按亮小台灯，灯下是白日里裘榆于课后还回来的纸笔。

每个补课日袁木都会回收她们的课堂笔记来检查批注，而今晚率先看多出的那一份。

裘榆不见天日的童年里，除了写初中竞赛题，一定还练了硬笔书法。洋洋洒洒的字初看有大家风范，袁木再细察，笔锋多出几分出格与不羁之意。

头一页裘榆只写了个标题，照搬了袁木的错字。袁木继续往后翻，两三个词挤在页眉处，粗略概括了知识重难点，其余地方未留空白，横七竖八地爬满凌乱的算式。

看至第三页，袁木的表情松动。那张纸的中间赫然排开一句话，是全篇里写得最仔细好看的一句：袁老师，我今天的表现怎么样？

袁木握着红笔，撑下巴磨嘴唇，"啧"了一声，略略朝前探身，伸直手臂，用笔头挑开窗帘一角。对面的阳台已经没有亮光。

我今天的表现怎么样？

裘榆很难会记得，袁木也问过他同样的话。

当时他们读的小学是私办的，与菜市场隔了几条街。地盘也就一块小操场、一栋教学楼那么大，若碰上两个班一起上体育课，自由活动开来的景况和打铃下课时差不了多少。

私办小学的师资队伍小得惊人，一个班的语、数两科通常由一个老师教，那么点儿人，两个办公室都难坐满，师资质量也参差不齐，袁木认为他们班就摊上了素质最差的那位老师。

一张语文试卷翻来覆去折了几天，老师终于迈着乌龟步讲到第二篇阅读理解。袁木趴在桌上，脸蛋挤压着手背，打量斜前方隔了两个过道的裘榆。

他的目光没有目的性，不是故意的，谁让眼睛无聊，瞟来瞟去视线落在裘榆身上。

老师的废话一向很多，她在聊她儿子昨天晚饭吃什么作业做到几点。袁木在内心翻白眼，宁愿听楼下刘姨养的鸡"咯咯"乱叫。而裘榆在他的视野里正襟危坐，如聆圣诏。

袁木的目光转向眼前试卷上红彤彤的"79"，他糊里糊涂地想，这或许就是那人考87分还被揍出家门罚跪的原因。

几天前的冬夜袁木至今念念不忘。许益清对裘榆很残忍，可裘榆对自己也有不遑多让的冷酷。不然他为何不惧怕、不求饶，笔直地跪在街道中央，丝毫不见软弱，却要言听计从？

裘榆第二天没归还羽绒服，拿过书本复印件后对袁木鞠了好正经的躬，说了好正经的"谢谢"，态度依然不亲不疏，让人难以接近。

自己要怎么做才能和裘榆交上朋友？

袁木没有目的性，不是故意的，谁让裘榆和别人不一样。他望人的眼神不一样，独处的神态不一样，与人说话的顿挫也不一样。他哪一处都特别，天生引人靠近他，不怪袁木无厘头地注意他很久。

"袁木起来给大家演示一下。"

袁木心里"咯噔"一下，坐正了，看来老师是说完她儿子的日常了。他直觉不妙，不动如山："演示什么？"

老师抱着手臂扇了扇手里的试卷："看'海豚跃出水面'这一句，演示这个。"

袁木沉默了几秒，摇了摇头。

"站起来。"

他依旧摇头。

"快点儿，到讲台这儿来！"

其他同学都被老师严厉的呵斥声吓到了，紧盯向袁木。其中几个同学学老师不悦的脸色，将眉毛拧成麻花。

袁木反倒直白坚定起来："老师，我不想。"

"我没有问你想不想。"

"您换一个愿意的人。"

"上来演海豚很难吗？"

"您换一个愿意的人。"

老师将试卷拍到桌子上，粉笔撒了满桌："袁木，我今天非得让你上来。你对海豚过敏？"

袁木的指腹把试卷角反复卷起再展开，他不说话了。

班长站了出来："老师，我来吧。"

老师连眼神都未分杨岚清一个，只看着袁木："就你来演。"

"我不会演。"袁木说。

"行。"老师将试卷扫开，说，"这课上不了了。"

后来杨岚清组织大家去办公室把老师请回来，必须人人到场。

每个人都要经过他身边，每个人都有意无意地向他投来视线，像迁徙的兽群对落单者怀着轻蔑和鄙弃之意，高傲地自诩清醒地一个接一个扭着身躯路过。

袁木抬起眼皮迎上去，又无人再敢与他对视了。知道他在看他们，于是他们把嘴角撇到下巴，眼睛吊去后脑勺。

预感眼眶瞪得再大也兜不住泪了，袁木捏紧拳头离开了教室。

他站在走廊的边角喝风，也不明白为什么自己固执地不肯演示。不过是海豚而已，不过装一回傻卖一次蠢。一如他不明白为什么老师固执地非要他演示，被拒绝后气到胡言乱语弃卷而逃。

莫非她儿子作业没做完，吃饭剩两碗，考了不到 79 分？

有人出现在他身后，说："教室里暖和一点儿。"

裴榆往前跨一步，和袁木并肩站在同一水平线上，两个人一齐看向对面远处的办公室，乌泱泱的人头里，有人站得笔直。

"你怎么来这儿了？"袁木吸了吸鼻子。

裴榆侧眼看了看："不会吧？"他顿了好久，才接着说，"还哭了。"

袁木："犯恶心。"

裴榆点了点头，忽地从长款羽绒服的兜里拿出一瓶牛奶，放到袁木胸前的瓷砖上："温的。"

袁木不信，伸指碰了碰，还真是。他没缩回手，但说出的话怪讨嫌的："我不喜欢喝牛奶。"

"试试吧，这个牌子的好喝。"裴榆回着话，也不正眼瞧他。

"好吧。"袁木咬着吸管，问，"你为什么不去你妈妈的班级，要待在这样的老师手底下？"

"我妈专带小升初的。"

"哦。"袁木注意到裴榆没否认他的用词，也没有要走的意思，大有陪他待到天荒地老的架势，奶的确异常香浓，眼前种种促他得寸进尺地问，"我今天的表现怎么样？"

裘榆闻言转头，袁木眼睛、鼻子透着红，配在他脸上显得灵动，何况他还笑着。

"奖励。"裘榆又掏出一颗巧克力。

好喝的牛奶不常见，巧克力去学校的小卖部可以买到，模样像金币的那种，一毛钱两枚。显然裘榆送他的要更体面一些，外包装是紫色的，剥开另有锡箔纸。啥巧克力，还奢侈地裹两层？

他把两样东西一起含到嘴里，一旁的裘榆看得喉咙疼："腻不腻？"

袁木闭紧嘴巴晃了晃脑袋，小口小口地吞完，问："你喝过巧克力奶没？"

裘榆看了他一眼，没再接话，扭开脸。他的下唇沾有白色奶珠。

前段时间——是很久之前，他们半句话都未搭过的时候，他遇到过袁木刷牙。

那天已入深夜，裘榆被锁在阳台上罚站，看见对面二楼的袁木趴在杂物间陈旧的窗边望着远处。大概是进行睡前洗漱，他手握牙刷戳进嘴巴，手却不动，开始认真地摇头晃脑，上上下下左左右右，方位移了个周全去将就静止的牙刷。

如今四年级马上结束了，袁木是不是还这样傻里傻气地刷牙？裘榆不知道，因为很久没见他出现在那个窗口。不过应该是吧，毕竟袁木是能喝到巧克力奶的人。

袁木看不见裘榆转头过去在抿嘴默笑，以为自己又多问了一句无意义的话，只好换有意义的讲："今天的事你不要告诉钱进嘛。"

钱进发烧了，在家，没来上学。

袁木，你凭什么觉得我会跟钱进说得上话？虽然心里这么想，但裘榆还是接着他的话问："为什么？"

"他和杨岚清很要好。"

这两件事情之间有什么关系？

裘榆："然后呢？"

袁木抓着牛奶盒绕去他左边，企图与他面对面："杨岚清是她家姑娘。"他手指向办公室，"你不会不知道吧？"

办公室里的杨岚清她妈，也就是他刚才口中的"这样的"老师，正坐在转椅上直勾勾地监视这边的动向，而袁木在和裘榆聊天，浑然不觉。

裘榆缓缓探身把他的胳膊拉回来，说："刚知道。"

"欸。"袁木颇骄傲，"我入学没多久，经常看见杨岚清放学后在办公室里做作业就猜到了。"

袁木不像裘榆，笑是怡然大方地笑。

裘榆静静地观察他，明明睫毛上的泪还没干。

"钱进知道会怎样？"

"怪怪的，会尴尬吧？可能杨岚清也会讨厌我，那钱进岂不是更为难？"袁木蹙眉，提前苦恼上了。

杨岚清会讨厌吗？

"她刚才还帮你解围。"尽管手段迂回，并且意料之中地无效。

迁徙的人群回来得很快，领头的那人气势汹汹。老师双眼冒火，眼看就要冲过来。

"刚好回来了，我下课去道个谢。"袁木发音模糊，语气敷衍，一听就是舌弹牙齿唇不动。眼看将连累无辜，袁木推了推裘榆，要他回教室。

谁知推不动，裘榆仿若未嗅到走廊另一边的腾腾杀气，继续说："我不说，还有其他人。"

袁木迎面对上老师的凶光，一度想把裘榆扯来自己身后。这轮对峙持续到她走至教室门口，冷哼一声扭身前往讲台，身后的队伍自发地化作一条她的蛇尾，一点儿一点儿地拥进去了。

僵硬的身体松懈下来，袁木回头发蒙："其余人没机会说的，关系好的那几个，我会去堵他们的嘴。"

袁木隐约清楚裘榆交朋友的门槛比较高，但未承想高到共患难两次了他还够不着的地步。

没过几天，他在照面时兴冲冲地跳上前去和裘榆打招呼。裘榆先瞟了瞟后边的钱进及一群狐朋狗友，才对他冷淡地点头。

这等反应让袁木脑子里盘旋多时的两个选择题的答案更加模棱

两可。

幸而牛奶和巧克力借给他勇气，在春天即将消亡前，他瞄准许益清往麻将馆去的时机，独自敲响裘榆家的大门。

他的羽绒服在裘榆的衣柜里待太久了。

几次往返裘榆家后，在裘榆看似难以捉摸的表情间，袁木最后还是摸透规律：他好清净，只有自己一个人出现，他才愿意说上那么几句话。

然后夏天来临，袁木越发频繁地和裘榆混在一起，鲜少再顶着太阳和钱进厮混在大街小巷中。

裘榆家有很多新鲜玩意儿，随身听、连环画、《故事会》、影碟机，他妈妈的房间里还装了白色台式电脑，不过袁木从没进去过。那块地方发着圣光，简直像是闲置的老师办公室。

有时他们坐在客厅里玩，袁木会不自觉地起身把许益清的房门掩上，不然总有一种在虎口瞎蹦跶的感觉。

不过就算没那些小玩意儿，袁木也愿意和裘榆一起消磨时间。暑假时，他常常带着作业溜来裘榆家，两个人各占一处地方，互不打扰。

袁木定力差，达到目标的一半就打哈欠伸懒腰，撺掇裘榆一起放松。他们躺在地板上，随身听放中间，一人戴一只耳机听歌，等阳光从他的脸颊上爬去裘榆的脚踝上。或拉好窗帘一人坐一半沙发看电影，按暂停键来分析《古惑仔》里的脏话。有时他们也去裘榆的卧室，一人坐一块地砖读笑话书。

笑话书是袁木读，裘榆啃四大名著。

袁木还在裘榆家洗过头发。他抹着洗发露把头发梳成一个犀牛角，走出卫生间仰着脖子叫裘榆看。

那是他第一次见裘榆露齿笑，有酒窝，两个。

裘榆还教他洗过碗，耐心地说要先洗碗再洗筷子，用清水过两遍，而后洗锅、洗抹布，接着是示范。后来厨房被他们玩得全是洗洁精的泡泡，水流冲不散，不得不徒手捧起来吹到窗外去。

害袁木被裘榆监工，沥干碗筷后，勤勤恳恳拖了三道地板。

暑假过了大半，他们的影子大多是日出时相聚，日落时分开，但也有发生意外的时候。

下午，烈日当空。听到客厅出现钥匙声响时，他们正在房间里吃冰棒。

袁木愣住，冰棒化的水滴在他的下巴上，他用嘴型问：谁？

裘榆答："我妈。"

"我得躲起来。"

"没关系。"

袁木苦着脸说："我不行。"

裘榆的衣柜装不下人，袁木只能蜷缩着蹲在书桌底下，其间还抱来几件衣服蒙在自己头上，其中一件就是他还未拿回家的羽绒服。

"怎么样？"

"用不着衣服。看不出来的。"

袁木放心了："双重保险。"

袁木才藏好，裘榆的房间门就被推开了，力度不小，听起来许益清的心情不怎么样："你在房间里干吗？"

"看书。"

"书呢？"

"刚放下。"

"你别给我扯谎。"

"没有。"

许益清把床边的风扇关掉，说："趁我现在有空，把你的暑假作业拿出来给我检查。"

"没做完。"

"拿出来。"许益清停下手里的动作看着他。

其实裘榆的心长久地处于麻木状态，许益清日复一日的苛责、盛怒、惩罚，他都可以僵然地承受。他早早明白自己永远不可能达到妈妈的要求，那么，消灭、放弃自我意识，成为最完美的应对方法。

所以当他见到袁木噙泪的脸时，是无措的。他过于热，脸色绯红，头发半湿，衣服被抱在了怀里。他为什么哭？或许是汗流进了他的眼睛？

天将黑，袁木在这狭小的空间里待了两个多小时。裘榆之前忘记关上卧室的门，门外发生的所有事都被他听到了。

"对不起。"裘榆半跪在地上，想要拉他出来。

裘榆心想，让你被吓到，让你看见这样的妈妈，让你知道我是这样的我，我很抱歉，也很想祈求你的原谅。

袁木一把揩掉将要落出来的泪，向裘榆伸出双臂，轻轻攀上他的脖颈与后背，紧紧地环住他。

指印是浮在脸上的，在白色灯光下更加失真，红白相混，分不清楚哪一色是印迹。

"明天就能——"袁木的凝视迫使裘榆开口。

"明天就能消"，这句话裘榆没说完。

裘榆的另一条腿也卸下力气，他跪了下来，笑了笑，向床脚倒去，长长地叹气。

那一年的夏天长得不可思议，从裘榆的第一个露齿笑容开始，贯穿秋雨和冬雪。

虽说好景的确难挽留，它结果在来年四月，袁木被方琼彻底抛弃，被放在乡下的爷爷家两年。

但其实两年并不太难熬，无非是把夏天翻出来再过两遍。

再次回到这条街，袁木尝试把丧失的语言功能捡回来。马克思说人是一切社会关系的总和，或许是对的，他实践过。

在过去的两年间，袁木闭塞自我脱离人群，交流能力变差便是付出的代价。

一个星期后，袁木第一次踏出家门，就遇到楼道间的裘榆。

裘榆叫他："袁木。"

他要怎么回答？他不知道啊。怎么办？他干巴巴地应道："欸，裘榆。"

然后呢？他该说什么？

仅仅是那几秒，仓皇、紧张、无力的几秒，袁木对时间生出了深刻的恐惧感。

时间侵蚀人的血肉，篡改人的思想。它赋予，也剥夺，在灵魂中填填补补，加棉抽絮。一具躯体，如此，从一个人变成了另外一个人。

袁木不再是袁木，裘榆似乎还是裘榆。这个认知，让袁木羞于面对裘榆。

于是袁木照学过的第一本交际教材中的说："不好意思，让一下。"

他还要赶着去为袁高鹏买酒。

说过了，时间神通广大。没两年裘榆也变了，变得什么也不在乎。以前他不在乎自己，后来不在乎任何人。他的表情越来越轻盈，不再吝啬嬉笑怒骂，步伐也轻盈，他把劳碌的高中生活过得潇洒恣意。

尤其笑容，露齿的笑容时常可见。

袁木在两点一线的生活中，很少会见到裘榆。他们偶尔会隔街望见，偶尔会在天台相遇。

天台上，两个人坐或站，睥睨人流，不语或聊着天，浪费光阴。

直到某个四下无人的下午，裘榆带着颈侧的大片擦伤来袁木家讨碘酒。他被一块挂满木刺的长板伤到了，当时只来得及护住头，没躲开脖子。

裘榆时不时会闻到袁木身上有淡淡的消毒液的味道，知道袁木有消毒液，就来向他要。

在袁木站在裘榆身侧，拿着棉签为他擦拭伤口时，裘榆忍不住说："背上一定留瘀青了。"

但后来袁木没能证实他的背上是否真的有瘀青。

裘榆是真的什么也不在乎，规则、枷锁、条条框框……他着迷于对抗和毁灭这些词。

总之，从裘榆频繁来找他的那些瞬间起，袁木人生中的第二个夏天来临。

不足四个小时的睡眠时间里，裘榆一直在梦中挑袜子。手边有无数双，他脱下再穿上，心里明明惦记着要去见谁，但梦境吊诡不可控，整晚重复穿脱袜子的动作跨不出房门半步。

缺觉导致头痛欲裂，怪梦导致精疲力竭。按下早晨七点的闹钟，裘榆黑着脸下床，径直走到衣柜边把暗格里的袜子全丢进脚边的脏衣篓，连篓一并扔去了卫生间。

裘禧早早梳妆打扮好，神清气爽地在吃猪油拌面。她瞧见裘榆负气起床，好心提醒："哥，今天可以多睡会儿，周六袁木哥不上课。"

洗脸池前的裘榆手掬凉水，进退两难。他也想不到自己能活到被通知不上课还会失落的这一天，心里滋味怎么咂摸也不对，僵持了一会儿，还是捧水泼在脸上。

"丁零当啷"地洗漱完，打算去冰箱找现成的饭，裘榆多看两眼裘禧，问："你知道不上课还起这么早？"

就剩最后一口面，裘禧卷进嘴里："和小茶约了去书店。"

"周一到周五不够你们聚的。"裘榆说，"你和袁茶啥时候这么近了？"

"这个暑假啊。"她的筷子在碗壁上绕啊绕，几圈之后，她斗胆问出来，"哥，你是不是不喜欢她啊？"

"是啊。"

"为什么啊？"

裘禧絮絮地说："好奇怪，你瞧她哪点不顺眼？她脾气那么好。虽然嘛，性格有点儿内向，但熟了就还挺有意思的，最重要的是超级善良。"她来劲了，"你不知道，上次我和她出去——"

"打住啊。"裘榆一头扎在冰箱里，"我不强迫你讨厌她，你也别强迫我喜欢她，你交往你的，我碍不着你，我们谁也别劝谁，行吗？"

裘禧叹气："行。"她不死心，"但是——"

裘榆回头瞥她，她适时闭嘴拖长音，从椅子上滑下来，抱着空碗去厨房，半路又问："你不睡个回笼觉啊？"

"算了。"

"那你干啥？"

"逛街。"

今天的空气有些不寻常，裘榆一出楼道口便闻到浮动的花香，很熟悉，硬要分辨时却想不出名字，就卡在嘴边。他越走花香越浓，抬头寻，看见了刘姨家鸡笼上边的簇簇桂花。

他凌晨回家时怎么没有看到？

花开似乎都挑不为人知的时刻发生。

"姨，你家桂花今年开得好早。"裘榆说。

刘姨端着一碗粉在锅边等水沸，说道："哪里早，每年都差不多这时段。"

裘榆点点头，仰着脖子看了一会儿："不要你的鸡崽了，让我折一把桂花怎么样？"

"我也没鸡崽给你。"专业杀鸡不养鸡的刘姨说，"你摘嘛，爬得上去就摘一把，有多少都算你的。"

"行，我回来再摘。"

路过街口的水果店，裘榆没抱什么希望地往里瞟，结果看见袁木站在柜台前翻书。

裘榆驻足，等了几秒，问："你在看什么书？"

袁木把书脊立起来让他看封面，挡住了自己的大半张脸。

清晨七八点的街上人少，袁木远远就听到他和刘姨聊天的动静，心想这太阳打西边出来了，夜猫子也兴白天出动。

袁木不问裘榆去哪儿，也不问他要干什么，他只好说："我要一斤石榴。"

那人的目光终于肯从书页里拔出来："你妈让你买的？"

"不是。"

"那你揣上几个走吧。"袁木复垂头，"要袋子吗？"

"不要。"

发现人立在余光中不动，袁木奇怪："要我给你挑吗？"

裘榆没再回话，挑挑拣拣，拿上两个红艳圆润的石榴离开了。

说是逛街，裘榆却脚步不停地来到活动室，在门口把"蜘蛛"二字的铁条拨正，就有人坐里面叫"小榆"。

季二蟹看见裘榆像看见救世菩萨："你不说你今天来不了了吗？"

"把日子过混了，不知道今天周六。"裘榆把外套兜里的石榴拿出来排在前台的柜子上，"去吧，今天我上，星期三我的白班……"

季二蟹上道："懂，星期三你不用来，我无缝衔接。"他眼睛一转，"大早上的，还带一对石榴来干啥？"

裘榆瘫在季二蟹之前坐的老板椅上，两脚点地，可有可无地转悠，嘴里胡诌："想着买来无聊的时候剥着吃。"

季二蟹求爷爷告奶奶地要和裘榆换班，就是为了今天去见网恋对象。人逢喜事精神爽，他嬉皮笑脸地说："两个石榴也太寒碜了。"

话来话往间，季二蟹已经换了副行头，整整衣襟，把两个石榴搂在胳膊里夹走："你一个人也吃不完，我和我媳妇帮你解决。"

裘榆问："到底谁寒碜？"末了他又说，"这次记得把你手臂上的螃蟹捂严实了，别又吓跑一个。"

玻璃门已合上，季二蟹抱着石榴倔强地喊："我这是蝎子！"

裘榆本来是"蜘蛛"的常客，暑假刚开始没多久，他在这儿玩，来前台买饮料提神，恰巧看见招兼职的广告，还是手写的。这里的薪资不高，胜在工作内容简单轻松，他随口问了两句，就被聘用了。

当时值班的就是季二蟹。活动室是两个管理员和一个老板轮班，原先的另一个管理员来上班的路上出车祸了，老板去医院贴身照顾了。

裘榆强调自己只能做一个暑假，季二蟹说，现在这情况你只能做一天也行。

许益清说裘榆整天神龙不见首尾，不知道他还在外边找了个兼职。这事就大陡一人晓得，大徒是另一位"蜘蛛"的常客。

早上没什么人，来的人都是零零散散的。裘榆在电脑前敲了一阵，有人按铃要泡面。他停了停，把屏幕上的源代码删干净，起身去提温水瓶了。

再坐回前台边，静静待了一会儿，没心情也没手感，裘榆关掉软件，点开扫雷，混到下午下班。

下班后裘榆没直接回家，真去逛了一趟街。他拎着白色书包回"水雷街"时，天已经黑透了，街口的店里就衰茶一人。

刘姨通常在晚饭时间关门，现在黑灯瞎火的，鸡毛都没剩一根。

裘榆把书包挂在手臂上，助跑两步，蹬两下就在枝干上站稳了。

隔壁的常嬢打趣他："哟，裘榆，来偷桂花了。"

裘榆不想和她侃些有的没的，只回："我和刘姨打过招呼。"

后来他没仔细听常嬢接话，水果店前的男人吸引了他的注意力。

薛志勇住袁木家楼上，有妻有子，妻子漂亮儿子可爱，但他本人不怎么样，好吃懒做，游手好闲，三十多岁无正业，天天在街头街尾乱晃。

此时他站在店门口，对袁茶讲不入耳的荤话，笑得猥琐，可姿态像闲聊般随意。

裘榆也见过他这样对其他女人，整条街的年轻女孩儿多多少少被那张嘴骚扰过，没人拿正眼瞧他，同样也没人正面驳斥过他。

常嬢顺着他的视线望过去，跟着听了几句，冷笑道："那烂人。"

裘榆收回眼神，继续手上的动作，把桂花枝折下来，放进书包里。

裘榆慢条斯理地把书包拉链合上，从树上跳下来。常嬢叫他的名字，因为看他往薛志勇的方向走去，唯恐他惹祸，可他没应，没回头。

薛志勇的手腕被人猛地敲了一下，手里的苹果滚落到了地上，然后他就听到了男生的声音："叔，少说两句。"

裘榆看向店里的袁茶，她比他想的要镇定很多。之前她当薛志勇是空气，看见裘榆为他出头，积累的委屈和难堪情绪反而涌到脸上来了。

"咋子了（怎么了）？说什么？和我妹妹聊两句都聊不得了？"

裘榆没理他，把手上的书包递过去，对袁茶说："麻烦把这个给你哥，谢谢。没生意就关店回家吧。"

薛志勇还在胡搅蛮缠，以中年男人的身份施压，脸涨成猪肝色，嗓音洪亮："你这娃儿硬是管得宽，她是你什么人？"

袁茶接过书包，裘榆松了手，四下看了看，掂了掂水果摊用来固定木板的砖头，死力一砸，刚才落下的苹果被捶得稀烂，汁水溅到了他们的裤腿上。

裘榆还拿着砖头，说："我说，少说两句。"

薛志勇牙齿抖得像患帕金森，还以为自己在逞凶："不管她是你的谁，老子都可以和她说话！"

"你的胆子有多大？砸一下是这种吗？"裘榆指了指地上那摊物体。

男人的拳头扬起来，定在了空中，裘榆挺胸要凑上去，被身后的常嬢拉住了。

薛志勇走的时候还在骂娘，没人理会他。

常嬢转脸似责备，又好像不是地说："你惹他那种疯子咋子（干吗）？他说就说了，又不会掉块皮少块肉，小茶啊，不要放在心上，他就是人渣。"

她说："薛志勇天天喝酒，指不定哪天脑壳不清醒就没了，死街上都没人知道。你们娃娃就是沉不住气，把他当屁放了就好了。"

"随便吧。"裘榆把砖头翻了个面放回原位，转身走了，中途回头，扬了扬手指，"记得啊，书包。"

许益清昨晚牌运不济败了些财，整夜睡不实，今天早早起来为补课的裘禧做早餐。她在厨房煎鸡蛋和火腿，旁边的小锅放在明火灶上煮牛奶，眼见要潽锅，她忙抓着锅耳将锅抬下来，高声唤："禧妹，来翻一下鸡蛋。"

不料进来的是含着牙刷的裘榆，害她手打滑，她惊讶道："你起这么早？"

对啊，谁知道你也起这么早。

裘榆把电磁炉功率调低，说："裘禧在上厕所。"

没让他站岗太久，许益清把牛奶端去客厅就来接班，手心里还多握了两个生鸡蛋，左手执勺捞锅里的东西，右手夹蛋往锅沿磕。

"我吃不了两个。"裘榆说。

"吃得了。"许益清固执地将蛋打进去，转身丢鸡蛋壳时让裘榆出去，厨房本来就不宽，他别占地方。

裘禧穷讲究，喜滋滋地摆好三个瓷盘，去冰箱拿出一袋面包片，挑出一片放在手掌上，拈起煎的鸡蛋、火腿依次叠上去。

"你洗手了吗？"裘榆抱臂坐她对面，委婉地质疑这类浪费精力的做作行为。

"没洗。"裘禧和他唱反调。

裘榆动筷，把摊开的鸡蛋折两番，一口一个。裘禧的三明治才做好，他已经在仰头灌牛奶了。等她掂着小拇指蜗牛嚼草一样吃完三明治后，三个人干坐着大眼瞪小眼。

"禧妹，七点四十了。"许益清提醒她。

"我晓得，我晚点儿走。我一般七点五十五出门，就几步路。"裘禧说，"妈妈，你再去睡会儿。"

"我不睡，今天中午在家吃，我马上下楼买菜回来准备中午饭。"

裘禧起身收碗，许益清伸手拦她："你不用管，你走你的，早点儿去预习，不讲课的时间和小茶多交流学习方法，多向袁木哥哥讨教。"

裘禧抬眼看裘榆。他摇了摇头，于是她才磨磨蹭蹭地去门口穿鞋。

"妈妈，我走咯。"裘禧扒着门框回头。

许益清见她一脸苦相，以为是不甘愿补课，嘱咐："人家上课你一定要认真听，晓得不？"

"哦——"

门一关，屋里只剩母子俩了。

裘榆和许益清一向不太聊天，从前是不敢，现在是无话。

"裘榆——"许益清叫他的名字。

裘榆没出声，立刻抬头望向她。

"你无聊的话开电视看嘛。"

裘榆还以为她要说什么要紧事，却只得来这样一句话。他收回目光，顿了顿，说："不无聊。"

许益清在沙发旁边站了一会儿，翻翻找找，扯出两根棒针和一团毛线，坐下来倚着靠枕开始起针。冬天不远了，她织些御寒衣物，织的要比商场买的合身且便宜。

裘榆盯着电视柜第一个抽屉的把手看，盯得目眩。她在他的余光里安静闲逸地跷着二郎腿，耐心地抽针、送针，细长的铁针轻轻碰在一起，发出的声响有序而温柔。

"我三年级的时候，你还用这个打过我。"裘榆短暂地皱了皱眉，喉结急促地滚了滚。

现时的许益清散发出一股强烈的慈爱气息，像极了小学作文书里的妈妈。抑或是余光的缘故，它只抓得住轮廓而看不清全貌，找不着以前一丝一毫的影子，让裘榆起惑。

她停止绕线，身躯僵滞，状似用力思考，否认道："什么时候？没有吧？怎么可能？"

衣架、筷子、扫把、拖把、火钳、板凳——要真和许益清翻旧账，目光所及之物，裘榆样样挨受过。

这么久，他怎么不曾埋怨出口？因为裘榆害怕。若真将账本摆出来，许益清弥补不了怎么办？

以前的他都留在以前了，堆积的瘀青、淌的血也都留在以前了。人世最难在时光无法倒流。要她怎么弥补？

倒是裘榆思虑不周全，十几年来，他没想过她会不认这些事。被自己蠢笑了，他就低头笑着说："我回房间睡觉了。"

黑色的屏幕里映着许益清模糊的面目，她手上的棒针没再抬起来。

袁木来时，裘榆正蹲在卫生间里搓袜子。

指着堆成小山似的袜堆，袁木站在卫生间门口问："你这，攒了多久？"

裘榆不想提那场怪梦，梦里紧赶慢赶要去见的就是眼前这人。听说梦反映现实，他不愿意暴露焦虑和不安情绪，更觉得这种见不着找不到的梦很不吉利。

"一学期。"裘榆每双草草揉两把就丢进清水盆里，"大驾光临有何贵干？"

"还你家的碗。"

"哦，碗呢？"

"过来时放厨房里了。"

"把这儿当自己家了？"

袁木耸肩："可不是嘛，门大敞着，强盗更乐意这样想。"

"她刚走，应该是忘关门了。"

袁木知道，他就是看许益清走了才来的。

裘榆问：“你妈是不是也没在家？”

“对，都去莉姐家帮忙了。”

严莉住袁木家楼上，比他们大四五岁，但今年才高考。因为她读书晚，中途又辍学两三年，去年才回来复读。

严家今天在大饭馆办升学宴，不过不是为她，她弟弟严磊也高三毕业，见面和电话里请帖的名头都说的是严磊的酒席。

“你晚上去不去？”裘榆问他。

离吃晚饭还早，但裘禧和袁茶带着街上年龄小的几个孩子早早去酒楼凑热闹了。

“你今天怎么没来补课？”袁木问他。

裘榆在拧袜子的水，一转又一转，榨不出半滴水了。袁木想说再拧那两片布就可以碎手里了，然后听他闷声说：“走不了，我妈在。”

“她不知道你补课？”

裘榆理所当然道：“不知道啊。”

他站起来，抬着一盆袜子去阳台，拿晾衣竿时一错眼，瞧见对面二楼窗台放了一个透明花瓶，盛了半杯清水，怡然地插着一把金桂，衬得秋光灿灿，窗明几净。

裘榆回客厅时，袁木还站在原地等他，问：“你不告诉许嬢你来补课，补课费你拿什么给我？”

裘榆走近，手上湿着。

袁木后退两步：“说正事，裘榆。”

“桂花香不香？袁木。”

袁木站了两秒，转身就走。

“晚上你去不去啊？你说了我再决定自己去不去。”裘榆望着他的背影大喊，妄图绊住他的脚步。

“老师，那花就算我交的补课费！”裘榆扒着栏杆探头。这句话不求他停住脚步，只想看他抬头骂人。

哪知袁木一概不理，应该是出了楼道才暴喝一句“滚”，因为那声音是从阳台那边飘进屋来的。裘榆把门关上了，冲门一阵乐。

最终袁木还是去了，裘榆故技重施，拽上钱进，三言两语把人拐到了袁木家楼下。这一次袁木没有换衣服，趿着拖鞋就锁门关灯。

　　酒楼不远，相隔两条街。走在路上，袁木忽然说："还有两天我就开学了。"

　　钱进以为学霸也愁开学呢，虽然他和裘榆离开学还有两个星期，但也附和了一下："欸，我的袁儿，你好惨。"

　　"明、后两天是最后两次上课。"袁木说。

　　钱进哑然，这显然不是对他讲的话，对"上课"这个词的来龙去脉，他毫不知情。他处中间位，缓缓看向右边的裘榆。

　　"我知道，我会去的。"裘榆埋首看路，"今天是意外。"

　　证据确凿，钱进叹："好哇你们！"他一手揽一个，"真是好兄弟，没把这事传我妈耳朵里去！"

　　他尤其抱紧裘榆："苦了你了，一个人默默地承受了这么久。"

　　裘榆嫌烦，把他的手臂扯开，末了，又瞥向另一边："你热不热？"

　　钱进两臂高展，开始唱："他说风雨中……这点痛算什么……"

　　"神经。"

　　袁木和裘榆并肩走着，留他一人在后面搭舞台。

　　三个人到了饭店，一层大厅落满圆桌，年龄相当的人都自觉坐到一块儿。但人多，挤得水泄不通，看不见裘禧和袁茶，偏偏脚下滑腻，他们还要分神避让风风火火的服务员。

　　裘榆护住袁木刚拆掉石膏的手臂，说："去边上那桌，人最少。"

　　"什么？"大厅人声嘈杂，袁木没听清他说的话。

　　裘榆却不回答，只是往前挪动脚步。

　　袁木没听见也像是懂了，裘榆脚尖朝哪儿，他就往哪儿去。

　　最后他们仨遇到大陆，和一群不认识的人围坐一桌。四个人坐一排吹牛，袁木坐在中间话却最少，只帮他们摆碗筷。

　　钱进抢活干，消毒碗外面裹了一层真空塑料膜，他叫袁木相信他，用筷子捅进去很爽。

　　裘榆在和大陆聊游戏，嘴里还说着话，掌心却覆上碗面，拦住了钱进。

"干吗？"钱进呆呆的。

裘榆偏头说："听不了这个声音。"

他把碗递给旁边的袁木，袁木接着慢吞吞地用指甲盖抠塑料膜找缝隙，他才接着和大陡聊组合技。

大陡却不动了，忽地凑到他们中间，压低声音说："一点钟方向，薛志勇为什么一直看你？"

袁木最先抬眼，目光锁定薛志勇。

薛志勇眼神阴鸷，看着裘榆。

裘榆正要寻人，袁木在桌布下按住他的膝盖，他就没抬头，只答："昨天和他结梁子了。"

大陡说："那疯狗咬你？"

"算是。"

钱进难得正经："裘榆，他这人有病你知不知道？"

"你怎么也知道？"裘榆问。

"有一次我给小小志送面，薛志勇也在家，他要往嘴里塞什么药，一大把白色的药片，看着就不正常，他看到我来就没动了。我回家告诉我妈，我妈让我别在外面说。"

大陡："他怎么惹你的？"

"就，用脏话骂我。"

"他吃药吃憨了。"大陡从袁木手里拿了两根筷子，在裘榆脸前晃了晃，让薛志勇看自己。他把两根筷子对准薛志勇的眼睛，耍狠地戳了一下：看什么看。

钱进着急："不要这样招他咯，这种人做事情没底线。"

袁木始终盯着薛志勇："他敢。"

"对。"大陡抓住钱进胡乱伸来遮挡的手，折叠，放在他的胸口，替钱进摆出一副自卫的姿态，说，"弟弟莫怕，那是个只会欺负女人的尿包。"

裘榆嘴角扬起来，笑声藏在喉咙里，很低。

袁木知道裘榆在笑。

裘榆请钱进代劳，站起来找一找裘禧她们坐哪一桌，思来想去还是得匀一匀座位，让她们过来坐一起。

钱进刚站起来，就见一群人从大厅角落仓皇地往外拥，严磊的爸爸妈妈为首，而严磊跟在末尾。

主人家跑了。

"什么事？"越来越多的人罢筷探究竟。

许益清是其中最稳重的，应该临时受了托，协调服务员继续上菜。方琼挎着装满礼金的包穿梭在过道里，连声说"没事，没事"。

这顿酒席最后大家还是在惶惶的议论声里吃完了。

对死亡，袁木并不感到陌生。

听说严莉失足从五楼落下，撞向了灰色的水泥地面。人被车拉去医院，不知能不能救回来。

席散之后，大家打着饱嗝发表阔论：首先，纷纷猜测她为什么坠楼，其次，纷纷责怨她为什么如此不小心。

血在夜里的路灯下是深褐色的，因袁木站在天台上俯视，像看着灰布上一块陈年的污迹。他竟然想到了那张常年不见天日的腐朽生霉的床褥。

那年爷爷重病有些时日了，二叔同镇医院协调，把老人拖回家里躺着。二叔叫袁木在跟前照料，说给他机会尽孝。

于是袁木便在那间小屋不离身地守了几天，眼睁睁地看着爷爷咽气。

老人死前经历一场潮式呼吸，胸腔蓦地突起成高峰，又蓦地凹陷成洼地，忽急忽缓的喘息声尖锐不止，像失控的车轮声。他的眼珠混浊找不到焦点，袁木不敢向前，就看着他的手指痉挛着乱抓，没有着落。

就在爷爷静止不动后的一秒，袁木意识到人辞世了，明明尸体还在眼前，但就是很难想象他存在过。

严莉也如此。此时风大，袁木的脑海里再念及关于她的画面，颜色变黑白，影像在消退，速度之快，好像是被风呼啸着卷走的。

裴榆率先找到袁木，冲上楼梯的脚步如狂潮般涌来，靠近袁木时反而缓下来。他开口时声音发颤，又调整一下重说："你跑这儿来了。"

袁木回头："啊，这里清净。"

他们一起往下望，有人还在讲，出了这种事，这阵子恐怕做不成生意了。有人不往生意上扯话题，为显自己善良大度，只叹女孩儿幸亏未牵连无辜过路人。

"是，挺吵的。"裴榆长舒一口气，心还在"咚咚"乱跳。他背靠围墙道，"刚才袁茶来我家了，今天晚上她和裴禧睡一个房间。"

许益清和方琼都没归家，或是留在酒楼主持大局，或是前往医院帮衬，两家孩子目前没收到来自她们的半条消息。

"裴禧被吓到了吗？"袁木问。

"嗯，袁茶也是。两个人看起来都是蒙的。"

"你呢？"

"我。"

裴榆摇头，什么也没说出来。

袁木在晚风里眯了眯眼睛，朝远处的虚空仰脸，似在感受什么。他说："你来，这样看，城市好像好大好大一个坟场。"

裴榆在这个天台上听过袁木许多稀奇古怪的比喻。他无端自信这些话袁木只会对他讲，所以每一句他都认真听，有时会回房间写到纸上。他是袁木人生的见证者、忠诚的记录员。

今天的裴榆和以前每一次一样轻笑以对，纵然再度被不久前的恐慌情绪侵袭，他也若无其事地征询意见："今晚你要不要也考虑一下来我家？"

说实在的，小学时，袁木进出裴榆家频繁到他不得不反思的地步，掰着手指头数这个星期去了几次，会不会太多，忍着点儿，下周再去吧，中和一下得一个好看一点儿的平均数。

长大后情况对调，他鲜少再有勇气和兴趣涉足别人的领地，倒是裴榆经常溜来和他待在一起。

他们下楼开门时，裴榆家的客厅已经暗下来，裴禧的房间的门框边泄出光线。

裴榆倚着鞋柜，对身后蹑手蹑脚的袁木讲："可能早睡着了，只是不敢关灯。"

袁木没有应话，推他进了卧室。

裴榆的房间没有大的变化，直等熄灯之后袁木才缩在被子里借着窗外的光细细打量，加了挂墙的书架、添了附滑轮的靠背椅……衣柜换了，大得能藏下人，灯的开关处和书桌前贴了海报。

裴榆把床让给袁木，自己打地铺。他的床上只有一个枕头，他也让给袁木，自己用运动外套叠了一个简易的枕头，所以他侧脸时很容易发出"沙沙"的摩擦声。

"袁木。"裴榆手机屏幕的光还亮着，声音细弱低沉，"莉姐没被救回来。"

许益清发来的消息。

袁木原本背对裴榆侧卧，然后慢慢转成平躺。他最后发现，裴榆卧室的灯也从节能吊灯换成了纯白色吸顶灯。

她终于还是走到了终点。

严莉辍学是不得已，严家不供她，她只能去外地打工攒学费和生活费，走之前苦求老师保留她的学籍，白交三年学费留一个考试机会。

严莉暑假穿高跟鞋去卖酒是不得已，京市的大学路途远，要车费，大都市消费高，要饭钱，爸爸妈妈说她已成年，管她要房租。

或许还有更多事，她不得已在这条臭水街上长大，不得已笑对左邻右舍阴阳怪气的夸奖，不得已听薛志勇穷追不舍的调笑，不得已拿自己的积蓄换弟弟的礼金，然后在酒宴期间不能露面。

"其实她再忍一个月就能永远离开这里。"袁木说。他早早洞察她想高飞。

"你害怕吗？"

害怕什么，她的死吗？可消亡和被遗忘是人的宿命，我们需要对宿命心怀恐惧吗？

"我不知道。"袁木说，"我只是有点儿难过。"

对楼下叽叽喳喳如沸起的泥沼，他也有一点儿愤怒，有一点儿厌恶。他深知他们身处淤泥许多年，但没有任何一刻令他如此欲呕过。

裘榆始终看着他。

袁木问："裘榆，你恨不恨你妈妈？"

裘榆似乎明白这个问句的由头，生命的逝去都含恨与憾，注定为生者的时空短暂地蒙上悲怨的底色。

裘榆想：你不如问我爱不爱她，我会斩钉截铁地说不爱。对妈妈而言，恨这么重。

"不要再让她困住你了。"袁木声音很低，似乎睡意很浓了。

窗外下起雨，裘榆想起街面上那团血。

"你呢？"裘榆问。

袁木没有再回答。

裘榆沉默地感受到袁木的呼吸变均匀，也闭眼入睡。

天气转冷，不晓得袁木的伤臂的骨头会不会疼。

天亮，雾浓，映得窗户惨白。

袁木的睡眠一向浅，眼皮沾点儿亮光就转醒，他迷迷糊糊地动了动。

裘榆还闭眼睡着，没有眼神加持，他的气质柔和许多，但依旧清冷。他的唇薄，鼻梁窄挺，双眼皮折线不深，睫毛虽长但不密，而且色浅。这张脸时常没表情，即使笑也不热切。希望他一辈子不必讨巧卖乖，不然这副冷心冷情的面相谁会买账？

不过也许他露狠就有资本。

前天晚上袁茶来找袁木，讲了裘榆帮她喝退耍流氓的薛志勇的事情。听完，袁木先想薛志勇太过分，再想帮就帮了，最后想他还没见过裘榆凶起来是什么样。

想得入了神，就彻底清醒，袁木眨了眨眼，拿掉身上的薄被，得些清凉。

裘榆听到动静微睁了眼。

黑白无常索命式的拍门声响起，裘禧在外面叫："哥哥，哥哥，哥，起床了，你今天要不要上课？"

裘榆咳两声，回道："才六点，你起这么早干吗？"

"你快点儿啊，我和小茶烙饼吃！"裘禧撂完话就走了。

袁木起床，屈起腿起身，边脱裤子边下床，拉开柜门把裘榆的睡裤放进去。

"哗"地一下门被推开，袁木扑进衣柜的衣服堆。

裘榆伸臂拍了一下，衣柜那长长的门扇悠悠合上，他转脸问裘禧："你懂不懂敲门？"

裘禧看她哥不像生气，倒是一副要笑不笑的样子。她不知道他大早上有什么可乐的，但也跟着傻笑，咧嘴道："我来问你拿钱买白糖。"

"鞋柜上的盒子里有零钱。"

"哦，哦。"

裘榆随裘禧走出房间，靠在门边看她把袁茶从厨房里拉出来，让袁茶陪她一起下楼。两个女孩儿弯腰在鞋柜上的铁盒子里拿钱，嘴里商量着拿多少才够。

他返回卧室，打开柜门。袁木抱着膝盖坐在角落里面，为了屁股不往下滑，还在身后掏了一个坑，多出的几件衣服放怀里抱着。

书桌下的那个空间已经藏不下他了。裘榆的脑子里冒出这样的想法。

可以出去了吗？袁木用口型问他。

"小茶，我们买净含量 500 克的那种吧，不然不够。"裘禧在外面建议。

裘榆摇头。

袁木叹了一口气，把手里的衣服一件一件展开。

光影晃动，是裘榆向前走了两步。他笑着轻声说："你的鞋应该会被袁茶看到，出来吃饼。"

说完裘榆便退了出去，先行去卫生间洗漱，留袁木失神。

许益清到家时，他们一行人正要换鞋出门。

"妈……"在这时凑巧遇见妈妈，裘禧先前的愉悦情绪莫名其妙地有些委顿。

钥匙插在门上未动，许益清愣愣地看着眼前这四人。她一夜未休息好，眼下青黑，尽是疲态，勉强笑着："袁儿和小茶怎么来了？"

"阿姨……"袁茶这样叫，不知怎么说，袁木没有开口。

裴禧说："昨天晚上——我们都很害怕。"

"哦——"许益清这样应道，排出胸口淤积的浊气。钥匙被一截一截拔出来，她把溢上来的悔和歉意一截一截吞下去，"昨天太混乱了，没顾上你们。"

她搭上袁木的肩，问："幺儿，你们吃饭没？"

"许嬢，我们吃了。"袁木不得不答。

裴禧颇自豪："我们烙了饼，还剩几个，妈妈你待会儿可以蘸糖也可以蘸辣椒。"

"好，好，那你们这么早要去哪儿啊？"

"我们去袁木哥家补课啊。"

许益清的目光瞟向裴榆。他低头没接话，于是交谈中断，要他接话。

在这场空白里，裴榆生出厌己的情绪，在张嘴时情绪到达顶峰。

"下楼买可乐。"裴榆如此说。

其余四人只有袁木没看他，袁木看的是楼梯尽头的凹槽。里面的可乐瓶被摔得奇形怪状，鼓出的蓝标上全是煤灰。

告别许益清，他们结伴走下三楼。裴榆想走在末尾，但袁木一直留在他身侧慢他一步。女孩儿们早携手挨肩地去往对面，剩他们要在楼道口分道扬镳。

裴榆没说话，默然地站定，让他先走。

"怎么了，不开心？"袁木一同停下。

他不肯看袁木，或者是不敢？不知道到底是哪种情绪作祟，总之裴榆连口也无法开。

"试试红瓶的可乐吧。我走啦。"

接连几天，许益清都守在家里，为两个孩子做三餐。楼下的麻将馆没什么人光顾了，街面上凶悍的阿姨们似乎也温柔很多，饭点的呼唤声大多从"兔崽子"变成了"幺儿"。

要究底，只可能是严莉的名字短暂地成了这条街上父母的诫。

三天很快过去。未补课的日子，裘榆没有见过袁木，然后在他高三开学的第一天于阳台上捕捉到他。

裘榆见他单肩挂着书包晃入对面的楼道，转头对客厅里的人说："袁木回来了。"

许益清坐在沙发上，要站起来，最终没有，迟疑地应："哦，哦——"

又来，又是这样，许益清从医院回来后，在他面前总欲言又止。

"裘榆，你和我们一起去嘛。"

许益清要封红包给袁木，做补课的辛苦费。成年人肯定要拉扯一番，方琼请他们今天去家里吃晚饭。

"我就算了。"裘榆还站在阳台上，袁木的房间里迟迟不见人。

"裘榆。"许益清再次以那种郑而重之，却余音不稳的语气叫他的名字。

"怎么了？"裘榆祈求她别再说一个人在家无聊就看电视这类的鬼话。

"我前段时间逛街，给你买了一件卫衣。好久没给你买衣服，不知道码合不合适，我刚才放你房间里了，你一会儿试试好不好？"

哦，是这个事。裘榆说："好。"

好像又添了新的事，许益清继续说："我希望你和禧妹能健健康康、快快乐乐的，我不苛求，我就希望你们开心一点儿。"

袁木终于推门走进房间，抻了抻左臂，在床边躺下了。

她还是不提从前。

不知道严莉能在妈妈们的心中活多久？

花插水里维持不过一周，窗台上的金桂好像要萎了。

其实裘榆今天晚上很想去袁木家吃饭。

"妈，我有点儿想去一中读高三。"

裘榆的指腹磨出些许汗，在夏末初秋的风里很快干了。

Chapter 04

云

　　一天是一生的缩影，深夜是临死，清晨是重生，无数个沉睡的夜晚就是无数次死亡演习。袁木不清楚死亡会如何，但演习偶尔馈赠好梦。

　　梦是雾蓝色的，氛围很难言，他叫自己不要醒。

　　怀里的闹钟锲而不舍地响，床上的袁木把自己蜷得更小。他长呼出了一口气，还是睁开眼睛。

　　上学的日子，天还没大亮，郁郁的。

　　他们乘的公交车还有一站就是终点站。袁木摇摇晃晃站回现实的人间。

　　袁木迟疑几秒，放弃拉开窗帘，转凉的金属闹钟被摆到书桌上。他环抱枕头径直出门洗漱，路过客厅的挂历，惊觉明天便到周六。原来朝六晚十的生活这么容易麻痹人的神经，让五个工作日匆匆溜走。

　　卫生间离袁茶的房间很近，袁木知道隔音不好，用杯接水时拧小了水量。牙刷戳进口腔，他忽然意识到已经整七天没见过裘榆。

　　那天他答应过会来补课，但两次都未到场，袁木明白意外又出在许益清身上。

　　诺由他人许下，是否信守也由他人决定，袁木不是很在乎，也没心情干涉。可如果对象换成裘榆，他等待和接受结果的过程就变得艰难一些。

没劲，今天他不吃早餐了。

到了学校，袁木在操场上远远看见了二楼露出李学道的头，恐怕他是早早守在教室门口查收作业的。果不其然，袁木爬楼时在拐角处遇到了班上几个熟人，他们把书包垫在大腿上当课桌，卷着练习册奋笔疾书。

"别读题了，什么时候了，直接乱选一个填上去！"

"我也不想读，但我有强迫症！"

"你这强迫症昨天晚上咋没让你把作业写完？"

"形势好紧迫，你们两个话好多！"第三人发声。

"又不是用嘴写作业，你管他们说不说？"第四人挺身而出。

"袁木，袁木，现在七点过几分了？"第五人瞭见他，攥笔画字时神似手抽筋，只腾得出嘴巴问时间。

袁木拉开书包拉链，从暗袋里掏出不怎么用的手机，屏是黑的。

"等等啊。"他只好站在他们旁边等开机。

"袁木，你的书包里头怎么有股桂花香？"

袁木想，如今全城都飘桂花香，我的书包里有桂花香有什么可稀奇的？

开机铃声响起来的时候，李学道背着手出现在他们头顶："一二三四五——六，我说半天不见来人，都堵在这儿干什么呀？"

李学道笑里藏刀。

其他五个人像卡顿了一样，默默把作业册移到身后。

只能由袁木主动应话。他举了举手机，屏幕上，两只手刚握完分开。

他说："看时间。"

李学道领着一群人掠过走廊，好不威风，引得同层几个班级人人侧目。袁木没抬眼，不知道凭借什么察觉到了众人的幸灾乐祸和好奇情绪，他们是不是也觉得这个队伍太像校门口插杆上卖的那些糖葫芦？

赶作业的那几个同学被罚站一堂早自习，轮到袁木时，他吊着一口气，生怕李学道又找到机会拉他去办公室听训。

幸好没有，李学道挥挥手让他回座位，连检查作业的步骤也省略了。

黄晨遇："这样也可以？早知道我就拿手机在旁边给你们计时。"

"首先你的政治要考第一名。"

王成星立着书埋头吃早餐，馒头炸至金黄，从中切开，塞满辣味土豆丝，一口下去一嘴辣油。头顶灯光忽然被人遮住了，他将袋子一丢书一盖，眼不敢乱瞟，马上挺直腰背拿起手边的单词册。

"我。"袁木说。

王成星瞬间垮回原样，从书堆里重新把东西扒出来："你要不要？我还有一个。"

"谢谢，你吃吧。"袁木说，"但李学道还在窗边。"

王成星张开的血盆大口吞了口空气，硬生生合上了。

灯光奶白，晃得人目眩，铅字在教材书页上乱跳，袁木看得眼皮沉重。强撑了一节课，下课铃一响，他就趴在桌上，闭了眼，任由困意盖上来。被白日打破的梦境似乎还在他的脑子里遗存，此刻在广袤的黑暗里丝丝柔柔地飘浮着，可以轻轻碰到但难抓牢。

王成星在旁边嚼凉透了的土豆丝，四处细碎的议论声和他的吸溜声一起戛然而止，袁木猜到是李学道进来了。不过上课铃没响，他仍睡着没搭理。

像水珠滚进油锅，停了几秒的教室变得沸腾。

"好牛。"王成星说。

"大家，大家，安静一下。"李学道握着数学老师落下的教学尺使劲拍讲台。

袁木暗自咬了咬牙。他历来很怕一切人为的横冲直撞的噪声，沾点儿声音就会心惊肉跳。心头冒起无名火，他头埋在右臂上，用左手来捂紧耳朵。

"大家也看到了，这是我们班新来的同学，未来一年将和我们共同学习和生活。我呢，提前带他来给你们认识一下，等会儿上课再正式请他做自我介绍。"

"现在做！现在做！现在做！"大片人起哄。

其实这个班每年都会有那么一两个新人半道加入，大家基本是见怪不怪了，今天怎么兴奋异常？是吧，高三无聊至此。

"人没齐呢！"李学道说。

"齐了，齐了。"

"没关系，没关系。"

大家七嘴八舌，多是女孩子在调笑。

"袁木，袁木。"杨岚清探身来叫他。

袁木挪开手臂睁眼看她，她表情雀跃地指着讲台。恰好上课铃打响，掌声与欢呼声雷动。袁木直起身，看见了李学道身边的少年。他是众目下的主角，注意力却抽离了此般闹境，只盯着老师手里黄色的三角尺皱眉。

等所有声音平息，那人才整理表情，淡淡扫来一眼，点了点头："我是裘榆，求衣裘，榆树的榆。"

他穿着紫色套头卫衣，那条工装裤上的铁链被他拆掉了，单肩包被收短带子提在手里，清清爽爽地立在灯光处。

袁木整节课都很恍惚，时不时低首怀疑，莫非晨漱时抱的枕头真被填进胸口了？

王成星一直在摸自己的脑壳，想着自己以前也剪过刻痕短寸，怎么没有裘榆的这个头型帅？他凑过去问杨岚清："你们都认识他？"

李学道在讲昨天做的试卷，杨岚清示意他闭嘴认真听课。王成星又歪着身子到袁木那边蹭他的胳膊，虽然没抱希望他会回答。

"小学同学。"袁木说。

他没说与裘榆初中是校友，至今家住一块儿。

"他人怎么样？好说话吗？"

其实不只王成星，好多人等着这个问题的答案，尤其想和裘榆混一块儿玩的男生。

"试试不就知道了。"

王成星"啞"了一声，转头看后排："不好试啊。"然后他像被火燎眼睛一样缩回来，"好尴尬，他正看着我。"

说完他觉得不对，疑惑道："哪里惹他了，他盯我干吗？"

袁木转了两圈笔，决定回头，结果裘榆正低头和黄晨遇拼一张试卷听讲，状似全神贯注。袁木又若有所思地看一下王成星。

下课后，袁木犹豫要不要到后排去找裘榆，毕竟这儿他只认识自己一个人。

但……但目前来看想认识他的人很多，并不缺袁木一个。

哪知没等他捋清楚，裘榆先从后面走到前面来，指节敲了敲他的桌沿，说："出来一下。"

王成星看着裘榆扬长而去的背影，琢磨："别去，他看起来是要和你约架。"

袁木拿上手机："要是那样，我会打电话。"

"打给谁？"

"你啊。"袁木笑着走了。

王成星："我……看这样我也打不过啊，哥。"

杨岚清从试卷堆里抬头，望见窗外两个人一起消失在楼梯口，笔盖点着下巴评价："瞎操心。"

漫长的十分钟过去，他们一前一后地回到教室里。趁数学老师在和新来的裘榆说话，王成星悄声问："他找你干吗？"

"叫我中午等他一起吃饭。"

中午放学之后，嘈杂混乱的教室里总会有一小部分人与躁动的人群分隔开，面上挂着淡然表情守在位子上，隐约还有一种忍让的姿态。他们放弃给长龙似的队伍增加负担，选择错峰吃食堂的凉菜剩饭。

袁木一直属于其中一员。

于绣溪今天拿着试卷来找人，却看到他在收拾桌面，是要离开的样子。他有些踟蹰。

袁木察觉到了，适时停下收书的手，抬头用眼神询问他。

"想请教你一个问题，最后一个大题老李讲得太快……"于绣溪亮了亮手中的卷子，眼睁得圆圆的。

每次他来问题目都是这样，说话声音很小，笑也生硬，但没有不真诚，碰到好人可能还会因他生涩的交流技巧而更舍得对他掏心掏肺。

袁木倒不会。油头滑脑或拙嘴笨舌在他这里没区别，没有哪个可以凭自身特质得到特殊对待。他是稳定的惰性物质，不大有为别人做出调整和改变的觉悟。

此时裴榆早已站在走廊上，静静的。这个角度袁木只能看到他的宽背窄腰。

"不好意思，下午自习课再讲可不可以？"袁木说。

裴榆在等待的时候，什么也不会做，等是他唯一的动作。

也许是没想过会遭袁木拒绝，于绣溪不知该怎么应对，愣住，迟钝地酝酿着回话。

"下午自习课吧。"袁木替他答，然后低头把最后一本书塞到桌肚里。

云层过厚，太阳没挣脱出来，又是一个阴天。

"他找你什么事？"下楼时，裴榆落后袁木几级楼梯，突然问。

"谁？"

"不知道。"

"哦，找我问题。"

"讲得这么快？"

"没给他讲。"

"怎么呢？"

袁木迈下最后一级台阶，也就幅度很大地转头看了他一眼。

"因为我肚子饿。"袁木说。

裴榆仰了仰脖子看天，喉结和下颌的弧线好看得十分突出。他咬了咬下唇，嘴角要翘不翘，辛苦忍着没有笑。

食堂人声鼎沸，他们离得比在外面更近一些，怕走散，怕听不到交谈声。

袁木领着裴榆站到一条最长的队伍末尾。

裘榆提醒："这队……好像人最多。"

袁木："这个窗口的阿姨手不会抖。"

裘榆："哦——"

袁木侧身让他："你到我前面来。"

"怎么？"裘榆嘴上质疑，还是随他的力朝前挪步。

袁木："你先点，我帮你刷卡。"

裘榆："哦——"

"为什么老喜欢站我后面？"袁木更像在自言自语。

裘榆心说：因为我试过，如果让你站我身后，你永远不会主动开口和我讲话，而我频频回身会显得很傻。

裘榆歪着肩膀看了看他，一本正经地说："谁叫你比我矮。"

后来两个人果然全程无言，直到走去最角落的位置落座，在整理餐具时才有了一点儿可以正式问答的氛围。

用餐巾纸把筷匙一一擦净，袁木递了一份给裘榆，说："你课间说吃饭的时候和我讲。"

"讲什么？"

袁木坐他对面，抓着筷子打量他几秒，不说话了，垂眼拨菜吃饭。

裘榆说："那你先问我啊。不然我一个人叨叨好像做汇报。"看他要放筷，裘榆又抢道，"边吃边说。"

"你今天在这儿，是许孃让你来的吗？"袁木最在意这个。

"不是。"

裘榆注意到他的肩膀放松下来，开始夹菜往嘴里送。

"你怎么想的啊？"

"你要我暑假补课是怎么想的啊？"裘榆回。

"资源利用最大化。"

"我怎么想的，我也不知道。就……主动选，比被她逼好吧。这样做，不是她掌控我。"角落被大面的脏兮兮的落地窗包围，裘榆看着过路人模糊的身影说，"不被她掌控时的学习，还蛮有意思的，比和她作对有意思。"

人做决定时有无数推动因素，不可能事事给你讲全。袁木思及裘禧九月马上入学一中，可能这也算其中一个原因。

裘榆不经意瞥到，玻璃窗上，袁木的脸近乎透明，表情飘忽。他讨厌这种不实感，转回来看着袁木。

"我还蛮高兴的。"他低下头含着饭菜细细嚼着。

"什么？"裘榆不是又想玩无聊招骂的那一套，只是怀疑自己听错。

"最后一年可以和你坐在一个教室里。"袁木这次没有嫌他幼稚，但也不准他对这一句发表任何意见，于是立马转移话题搅混情绪，"不过真的好巧，那么多个班……看到你时吓我一跳。"

"没吧，看到你时你好困。"

"屁。"

"你在班上和谁最好？"

"都差不多。"

那就是都不怎么样？

裘榆点头："以后我们都一起吃饭吧。中午，不回家的话。"

"啊？"

"两个人吃饭比较香。"裘榆学十岁的袁木，知道他不会记得，补充，"你说过。"

他怎么突然张口提以前，那狭长、单薄、脆弱的地带？

"一起吧。"裘榆替他答。

袁木和裘榆一起端着饭盘走去剩饭处理区，听他对食堂阿姨说"谢谢"，然后转头点评红烧肉确实不错，难怪钱进老想逃课来试一回一中的食堂。

不如下次推荐你红烧狮子头。

饭后去超市买水，裘榆在收银台前向远处的袁木求助："袁木，我差一块零钱。"

下午第二节体育课，裘榆和班上的男生打篮球，轻松进了一个三分球，队友双手举过头顶鼓着掌吹口哨，他边系鞋带边望向场边的袁木。

袁木心想：看我做什么，炫耀吗？

很偶尔，又很频繁，这些平凡普通的时刻催生梦幻感。对他们又重聚在同一个世界里这件事，袁木总消化不及。

但裘榆看起来很从容熟稔，无论是面对袁木或是这个刚融入的班级。

原本在玩篮球，但不知道为什么那群男生又倒在地上比做俯卧撑。黄晨遇做一个就要等裘榆接一个，裘榆被他搞烦了，做了个腾空击掌，完了之后也停下来等他接。

黄晨遇伸直手臂准备了半天，然后一笑泄气趴在场上："还是你的比较牛。"

袁木坐在树荫下，又明晰地认识到另一件事——只要裘榆愿意，他可以在任何时候和任何人建立并维系友好的关系。

袁木移开目光，想：这样最好。

因为尚在补课期间，不开设晚自习，第四节课铃一响学生就能走。袁木今天早上骑车来的，在教室门口徘徊了两步。其实他已经思考了一节课，最后还是在这两步的时间内仓促定夺，脱离人流走去车棚。

裘榆走出教室不见袁木，便不再往前，而是定在走廊上看向操场。

黄晨遇路过拍他："不回家干啥呢？"

人潮没退尽，袁木骑着车出现在道上。

"走啊。"裘榆跟着他下楼。

裘榆优哉游哉地回到街上，各家都吃完晚饭了。钱进在麻将桌旁支着椅子守着他爸，看着裘榆来了就逮他。

"你专门在这儿堵我呢？"裘榆好笑。

"哇，你真去一中了？"钱进和他一同往他家的方向走去。

"是啊，你要不要一起？"

"我去干吗？"

"去学习。"裘榆想给他的脑袋上来一下，"我还在班上看见杨岚清了。"

"啊？杨岚清？提她干吗？"

"你不是——嗯，和她关系很好吗？"

钱进起了鸡皮疙瘩："你记性怎么这么好？你不说我都想不起这号人。欸，那时候就是过家家，哪个当真啊？不过她确实挺漂亮的，现在呢？"

裘榆有那么几秒没声音。

"哦。"他烦躁地扭开了头。

屋内烟雾缭绕，桌上杯盘狼藉。上楼时袁木听到隐在墙后的热闹喧哗声，开了门才知道原来是自家的。方琼和袁高鹏在家招待亲戚，正餐已经吃完，大家就着扒拉不出几片叶子的汤锅推杯换盏。

人全是袁高鹏老家的，袁木脱鞋时抬头目光扫了扫，一张面孔也不认识。他对上袁茶的目光，她跑过来说她给他留了菜。

"谢谢。"袁木弯腰摆好鞋，一声不吭地回了自己的房间放东西。

袁茶的目光追了他几秒，回头进厨房端菜添饭，不一会儿，她拿着一碗白饭和一碟空盘冲出来，问方琼盘里的菜哪儿去了。

方琼和人聊在兴头上，笑得前仰后合，袁茶唤了两声她才应："怎么了，怎么了？"

"我舀出来的菜呢？"袁茶把空盘推到她眼下，腔调带着委屈。

"那是你舀的菜呀？"方琼指锅，"后来菜不够叔叔伯伯们吃，我倒进去了呀，你放碗柜里干什么？"

"都没了！那哥哥吃什么？"袁茶高声问。

众人看她："你哥哥回来了？在哪儿呢？"

袁茶转头，不知袁木在房间门口站了多久。他走来接过袁茶手上的碗盘，不怎么理会其他人好奇的眼神，低声说："我去钱进家吃粉吧。"

袁高鹏在旁边掏内袋里的钱包，说："点加蛋加肉的，打包回来家里吃。"

袁木说："不用，叔叔，我还有钱。"

有人说："哎哟，怎么还在喊叔叔？"

袁木垂了垂眼睫，隐藏情绪。

方琼把钱包拿到自己手里，抽出一张红艳艳的钞票，起身和袁木一起走去门边，声音低得只有他们彼此能听见："回来顺便带一袋洗衣粉。"又说，"他给你你就接着。"

"妈，你食指咋了？"袁木盯着她手上的创可贴。

方琼屈起拇指按了按："刚才用刀分猪蹄的时候划到了，没事。"

"厨房等我回来收拾吧，你那手别碰水了。"

"嗯，你去吧。吃完了再回来，家里闹。"方琼把钱塞到他的手心里，转身挂上笑脸往酒局去。

绑鞋带的时候，袁木整个人蹲在阴影处。他看向面前亮得发慌的客厅，忽然想，其实那里坐着的才是完整的、常规的、可以得到认同的一家三口。

"一瓶啤酒。"

店里光线柔和，老板在看书，闻声抬起眼皮瞧客人一眼，又把视线埋下去，问："自己买还是帮老汉买？"

"没老汉。"

老板从这话里听出他的情绪不对劲，却还是铁面无私地说："你应该晓得我的规矩。"

袁木说："上个月成年了。"

老板理也不理："上学的也不行。"

陆倚云不是本地人，不过很早就驻扎在这条街上。听说他是外省人，来渝市读大学，毕业后创业失败，不知道怎么的，大学生混成了小卖部店主。他倒也是最不差钱的店主，对八岁以下的儿童不卖商品，对十八岁以下的青少年不卖烟酒。

袁木小的时候为就近吃不到零食而苦闷过，云哥这么做图什么？得什么？长大了也参不透他的所图所得，只隐约明白这种人很稀有，是濒危物种，与这条街格格不入，袁木一辈子碰不上几个。

陆倚云看了袁木两眼，袁木败下阵来，只好挑了一个摆在玻璃柜上的打火机。

袁木把一百元的钞票递给了他。

陆倚云慢慢翻页，指腹从页首摸到页尾，细致优雅。他说："没空给你找零，明天把零票拿过来。"

袁木听到钱进和裘榆说着话走进楼道。

"你说学习吧，我在实验中学也能考大学，不是非要进一中。那你说是为了找你和袁儿耍吧，我这不是糟蹋完我妈的钱还得糟蹋你们的嘛。"钱进说，"欸，我再想想。而且转学得我妈点头哈腰地去求人，难哪。"

裘榆说："找我外公，不用求。"他语气冷漠地说，"我就随口一提，不要故意营造我在求你而你在想方设法地婉拒我的氛围。"

钱进哈哈大笑，笑完又露出几分惆怅之色："裘榆，你是不是已经想好以后要干什么了？"

谈及未来，连钱进也变稳重。

"没。"

"但一定有方向了，不然你绝对不会去一中。"

"有吧，想出去看看。"

他们的脚步声越来越近，谈话声越来越清晰。

"在实验中学不也能出去吗？费那劲。"

"实验中学能让我去京市吗？"

"你想去京市？"好友不知不觉立了志，惊讶之余钱进接着自省，"真好，有目标真好。我的以后，连影儿都没呢。到底干什么啊？感觉我做啥啥不行，好难。"

"我家到了。"裘榆说。

钱进继续扶着栏杆往上走："我还要再爬三层楼，更难。"

裘榆把钥匙插进孔里，转动开门，楼道上方传来很大一声响动，钱进在头顶喊："哪里来的声音？"

天台的门挂了锁，袁木只能坐顶楼的最后一级台阶上，听见钱进的大嗓门，他在黑暗里无声地笑了笑。与此同时，裘榆在门前退了两步，抬了抬头。

楼道归于平静，袁木的思绪却乱飘。

理不出头尾，袁木再次摁响打火机。

施力摁就能得到清脆的回应和闪动的火光，它们是不会辜负人的死物，又在给予人即时反馈的行为中活起来，然后就这样令人掉以轻心地沉迷。

袁木心不在焉，手指被火光烫了一下。他低头检查手指时也不专心，直起腰时，才看见裘榆握着手电筒站在他眼前，手中那束光像把银剑。

"你吃饭了没？"裘榆对他说话的嗓音轻轻柔柔的，和光柱里飘浮的灰尘一样难留痕迹。

然后他们饿着肚子坐在天台的木桌上，这次是同一张木桌，不似以前各据两方。

两个人后仰着身子，看天。

"我突然想起一个作家，他说天堂有天使，天使偷偷抽烟。"袁木说。

"嗯。"

"你知道天堂为什么禁止吸烟吗？"

"为什么？"

"说天使的翅膀会掉毛，吸烟有消防隐患。"

"然后呢？"

"然后天堂也有天使长，天使长巡视的时候会有天使把烟头悄悄丢掉。"

"然后呢？"

"然后这就是我们看到的流星。"

其实裘榆知道。

这是去"蜘蛛"给季二蟹代班时，袁木在水果店里竖在他脸前的那本书里的内容。裘榆回来时去书店找到了，并回家一页一页地翻完了。这一段内容他有印象，是纳博科夫写给薇拉的情书。

裘榆无端笑起来，风鼓动了他的衣衫。

"笑什么？"袁木依然在望天。

"不知道，你为什么突然想起这个？"

"因为现在好想看到流星，方便我许愿。"

"许什么愿？"

"听说愿望说出来会不灵。"

眼前，墨蓝色夜空蓦然划出一条红色弧线，火星落下溅在袁木的眼尾。

裘榆说："能说。我就许愿你的愿望可以实现。"

烫和凉是两个极端，但在刚才那个刹那袁木才发现，神经也会把这两种感觉混淆。不过痛是统一的，痛得逼出他的泪意。

裘榆两手空空，袁木低头看自己的指间。

"你为什么来天台？"裘榆说，"今天。"

袁木思考良久，心奇怪地回归平静，反问："你是不是也不太想回家？"

"回家怕被她拷问，一中的老师如何，同学如何，环境怎么样，我有没有好好听课，听得懂吗，学习起来是不是适应，会有进步吗。"

"她问你你就答呗。"

"她会无穷无尽地问。"

袁木说："那你也只用回答她一年。"他转头看向裘榆，"你知道吧，一年后你是自由的。"

裘榆接住了袁木的目光，有些失神。他觉得这一生不会有第二个人像袁木这样看自己，平和、沉静，蓄满力量和冀望。

袁木凝视他，竟然笑了："看天。"

袁木说："我问你，它们都不说话的时候，你认得出哪片云属于哪片天空吗？"

裘榆说："认不出。没有哪片云会永远属于哪片天空。"

袁木皱了皱眉，点头。

"是吧，也没有哪个人会永远属于哪片土地。"他说，"比如你，你就不可能属于这里。"

裘榆想和之前一样问：你呢？

袁木先一步发话。他手臂搭在眼睛上，说今天月亮好跋扈，亮得人头晕。

裘榆真去看月亮。

很久很久以后裘榆才想清楚，那个晚上袁木捂的是眼睛，捂住诀别的神气和无名的泪意。袁木预见了他们的结局，擅自把裘榆为他造的流星当成了一场告别仪式的焰火。

裘榆不该去看月亮。

妈妈的形象不固定，总变幻。

在袁木的印象里，方琼年轻过，但从来没有过少女的娇憨姿态。他记事早，记得的人生的第一幕，是她一只手捧着九个月的大肚，另一只手牵他过马路。

那时她脾性急躁，凶恶，多怨艾，袁木在车流中走得慢了，她几乎悬空提着他疾步走，到了马路另一头就甩开手，问他为什么要拖累她。

也许这一切可以归因于那时生活条件不好。

后来方琼渐老，脸上起了皱纹，孕育过两个孩子的肚子剩两圈陈年赘肉，她反而变得温和耐心。虽然温和耐心并不曾体现在袁木的身上。

袁荼说话极晚，方琼守在她身边不厌其烦，拿着识字卡嗲声嗲气地教她，如此日复一日地过两三年。所以那个场面很深刻，袁木作为旁观者，至今都记得她们屁股底下的凳脚颜色。

再然后，袁荼会说话，懂人事了，方琼更被改变得积极。

袁荼读绘本，读完一则小笑话，先是方琼笑，接着袁高鹏笑，两个人在沙发上东倒西歪。

袁木被他们笑声中的快乐情绪深深震撼到，留心记住那段滥俗的文字，却一直没体会出它妙在何处，只是慢慢破解了他们快乐的真正源头。

如果叫四五岁的袁木想象妈妈居然能和一屋子的陌生人聊得忘情且热络，全由她活泼大气地主导氛围，把大家的笑声拔高，饱满似雷像要掀翻屋顶，想象她像个能量永恒的太阳，那他是无论如何做不到的。

但很奇妙，此情此景正在他眼前上演着。那些人黑黄的牙齿和卡嗓的痰，还有被围坐在其中的方琼，都是真实的。

袁木边脱鞋边想，她明明是外人。袁高鹏的远房亲戚，她见过一面吗？

桌面比他离开前更狼藉，瓜子壳漂在残汤上。

已近十一点，袁木坚守在沙发上昏昏欲睡，那些人还不打算走。

袁木在鞋柜旁静静站了一会儿，决定去卫生间洗漱完之后直接回房间，和乌烟瘴气的客厅彻底隔绝。

水龙头刚出水，方琼叫他："袁木。"

袁木缓缓关上水龙头，他还以为她看不到他。

一叫他的名字，喧喧嚷嚷的聊天声奇异地消减不少，于是方琼就坐在原位说："今天晚上安排你去许嬢家过夜，还有你的这两个婶婶。我跟你许嬢讲过了，再等一会儿你就带两个婶婶去许嬢家休息，这样才够睡。"

她什么时候和许嬢熟到这个程度了？

婶婶？我的？我们认识吗？

脑中念头纷杂，袁木一个也没顾上。

袁茶被惊醒，苦着脸说："我也要去。"

方琼不同意："都安排好了，你照样睡你的床。"

"我想去，我想和裘禧一起睡。"

方琼两边嘴角向下一撇，斜斜地瞪视袁茶。这多是妈妈妥协的前兆。

袁茶笑嘻嘻地向她卖乖："耶！"

方琼只好笑了笑："那婶婶们就睡小茶的床，你和哥哥一起去许嬢家。"

袁木还攥着牙刷，需要他照顾的对象就在一来一回间改变了。

怎么说呢，袁木最初十分庆幸袁茶的到来。她分散了方琼的大部分注意力，呵斥和责备话语便很少再集中地落在他身上。也不可避免地，他之后厌恶她的存在。不是她，是她的存在。

方琼赶他们："那你们现在就去，晚了打扰人家睡觉。"

袁茶眼睛亮晶晶的，看向袁木："哥，走！"

她像邀功，像他们要一起去干大事。

可能她意识到袁木不愿意和两个陌生人去陌生的地方过夜，考虑着换成妹妹他的心情会好些。但她应该想不到，在今晚的袁木看来，她和那两个婶婶并没有区别。

裘榆洗完澡在卧室收拾准备丢进洗衣机的衣服，忽略了客厅突起的一阵喧闹声。许益清来敲门时，他像囚犯终于等到行刑时刻，有点儿烦躁，又有点儿义勇地拉开门直面她。

谁知她身边还有高她一截的袁木。

许益清说："你快好好收拾收拾床和屋子，今天方姨家客人多，袁儿来和你睡啊。"

她把裘榆手上的一堆衣服拢到自己怀里："都是要洗的？"

"啊。"裘榆看着拘谨的袁木，低了低头，"啊，是。"

许益清显然也看出来袁木在为扰人清净而略不自在，说："你之前是不是也在家里住过？不要害羞啊袁儿，当自己家。"

裘榆叉着腰抓了抓后脑勺："是住过。"

许益清拍手："对嘛，两兄弟多在一起玩，现在你们又是一个学校的了，要懂得相互照顾晓不晓得？这样子熟起来简直容易得很嘛！"

裘榆又赶紧点头："嗯嗯。"

袁木起先是偏着头看向客厅和阳台，现在转回来微微瞪着裘榆。

亏得袁木比他矮，不然这么爱瞪人累不累眼？

"我把你这堆衣服丢去阳台，你带袁儿去洗漱。"许益清又侧身说，"新牙刷和新毛巾都在镜子右上的柜子里，袁儿，你找不到就叫裘榆，知不知道？"

袁木看了看脚上的拖鞋，又看了看裘榆，说："我在家洗漱过了，只是没来得及冲澡。不过这么晚了再洗澡吵你们就真的不好意思了。不知道裘榆介不介意？"

许益清等半天，手背拍裘榆的肚子："人家问你介不介意！"

裘榆这才微微笑，摇头："不会。"

许益清再去招呼两个女孩儿，男孩儿们这边早早拉了灯。

裘榆这次也把床让给了袁木。

这次许益清专门为袁木拿出了新枕头，他靠了靠，撑起身子，要换裘榆脑袋底下的那个。

"凭什么？"裘榆看他。

"你刚才不是答应得挺欢的？相互照顾。"

裘榆知道了，如果袁木比他高，大概是会转瞋为觑。

裘榆攥着枕头一角将枕头抛去床上："行吧。"

"你今天去天台是因为家里人太多了吗？"

"是啊。"袁木说，"我现在身上都一股烟酒味。"

他换了睡衣才来的。

裘榆说："不啊，还是那股植物的香味。可能今天没去店里，没有水果的味道。用的什么牌子的洗衣粉？"

周日缠缠绵绵下了一天雨，气温又降了两度。因为要骑车，裘榆在早上添了一件薄外套。菜市场和天都没醒，他孤零零地待在雾里。山地车很久没动，座变得稍低，他两脚支在地上，两手揣兜里。

雾散完了，有人把他的右耳耳机扯掉，说："骑车别戴耳机。"

裘榆回头看他，又左右扫了扫，问："你走路？"

袁木："我坐公交车。"

裘榆："你的车呢？"

袁木："你为什么骑车？路上到处坑坑洼洼的。"

裘榆坐着没动，袁木也停了停："你走不走？"

"你说得对，等我锁一下车行不行？"

袁木和他一起去楼道间。

"你刚才坐街中间像拦路打劫的。"袁木说。

"你带伞了吗？"裘榆问他。

一般先问的人是带了的，但裘榆不像是会记得带伞的人。

"你带了吗？"袁木干脆反问。

裘榆问回去："你带了吗？"

"咔嚓"落锁，袁木先转身离开："带了。"

裘榆拍包："我忘带了。"他两步追上袁木，与袁木同行，商量道，"如果放学有雨，你带一下我，我们一起回家吧。"

公交车上人不多，他们走去后车厢找到连座。裘榆让袁木坐去里面，袁木侧身而过时，他闻了闻："袁木，前天你走的时候是不是偷我家洗衣粉了？"

袁木问他是不是想死。

"不然我们身上的味道为什么一样？"裘榆把外套脱下来，"你闻。"

"我妈换洗衣粉了。"袁木说。

"哦——这种是不是比你家以前的青柠味好？"

"一般吧。"

裘榆顺手把外套盖他身上："不冷吗，知道下雨还穿短袖？"

袁木低着头，转了转没遮全的胳膊，没接话。

大家纷纷猜测李学道不会再玩那一招，毕竟出奇才能制胜，重复来第二次难免差些意思。

但谁能想到周末过后第一眼见他又是在教室门口。

"你政治试卷做完了吗？"上楼时，袁木这样问。

"做完了。"裘榆说，"干吗，要我借给你抄？"

袁木："……"

"李学道在门口检查。"他沉默几秒，还是好声好气地解释。

今天的楼道异常干净，不再见人成堆地赶作业。袁木不认为是那几个人勤奋了，而是他们学聪明，转移到其他阵地了。

李学道背着手，笑眯眯地看着来人，关心道："怎么样，吃早餐了吗？"

裘榆不适应班主任走这种风格，倒是袁木很熟练，边点头边掏书包拿作业："吃了，老师。"

李学道边翻阅试卷边问："吃的啥呀？"

"豆浆油条。"袁木眼也不眨。

"嗯。"李学道点点头，把试卷还给袁木。

李学道抬头问："裘榆同学呢？"

"花卷烧卖。"裘榆说。

李学道笑："我是问裘榆同学你的作业呢？"

"哦。"裘榆面无表情地拉拉链，想起什么，侧了侧胳膊挡住袁木的视线，火速抽出来作业合上包，递给李学道。

"嗯，选择题错得真多，字真不错。"李学道对着裘榆的作业说。

李学道贬和夸都用同样的语气，裘榆转头看向袁木。不知道袁木从哪儿开始笑的，见自己看他便收敛了些，摆摆手，头也不回地进教室了。

黄晨遇一伙人踩着上课铃来，李学道在讲台上拦他们："欸，停。"

他们站在门槛边上喜气洋洋地说道："今天作业是做完的！"

李学道挥胳膊："站着吧。迟到了。"

"今天的早自习呢先搁着，我们来点儿不一样的。"李学道拍掌集结每一位同学的注意力，"我昨天琢磨一晚上，决定在我们班搞分组制。按我们班三人一排的座位来看，六个同学一组，就相当于前后两排一组，刚好分成十一个组。"

"每个组，听我说啊，每个组要有一个大组长，六个学科组长，刚好语、数、英、政、史、地六个科目，齐活。组长由组员自行推选，组由我分。"李学道说，"我分组的标准就是，优差互助。一个组，要有顶尖的，要有中段的，也要有末尾的，大家节节高升，缩小差距。"

"啧，黄晨遇你叽里咕噜又在说什么呢？"

"老师，怎么没有体育组长？"

"嘴再碎一点儿，我让你一个人一组，什么组长你都当个够。"

李学道拿着 A4 纸又过了一遍名单，说："现在大家站去教室外，我每念到六个名字就进来一组，占两排座位，组内位置自行挑选。"

只要不学习，欢呼雀跃声居多。大家都拖拖拉拉地走，一小拨人返回去带上了英语单词册。

人人关心教室内的状况，只有两个人靠着走廊的栏杆看风景。

"我们能被分到一组吗？"

"名单定好了，你可以去问问。"

"你想和我一组吗？"

"都行。"

"我末段，你顶尖，不刚好嘛。"

"我是中段。"

"我在光荣榜上看过你的照片。"裘榆指了指底下的操场。

"那榜前一百名的人都能上。"

"前一百名还算中段？"

"前十名才算顶尖。"

黄晨遇仰着脖子喊："裘榆，裘榆！欸，还聊呢。袁木，袁木！叫你们！"

他们到门口时，杨岚清和于绣溪已经落座，是第三组，他们各占两排边位。接着黄晨遇犹豫几秒，还是选择挨着学霸坐。

路过讲台，袁木被李学道拉了一下："我看档案，你和裘榆小学、初中都在一个学校，袁木你在学习上多带带新同学好吗？"

黄晨遇猛拍自己旁边的板凳，招呼裘榆："快，快，快，小杨是全班第二名，以后考试作业不愁了兄弟！"

裘榆把包放在第二排中间的桌上，和于绣溪坐一起："我本来就不愁。"

他坐着看向袁木，等人真走来了，又埋头绕自己的书包带。

前后各差一位，他旁边有阴影落下。他转头看，王成星双手握拳："耶，全是老朋友。"

谁是你的老朋友？

袁木早早落定在他的斜前方，整理桌面之余还要听黄晨遇问这问那。

裘榆把书包塞到桌肚里，末了，又使劲拉出来拿纸笔，带动桌子，让黄晨遇靠了个空。他没抬头，也没管前面一排转过来几张脸，皱着眉说："手滑。"

黄晨遇嘴欠成这样，全靠精于察言观色活到今天。他在草稿纸上写：你是不是和裘榆结过仇？

黄晨遇把纸撕下来，碰袁木的手肘让他看，再小心翼翼地递过去，让袁木写答案。

袁木用嘴说："没，怎么了？"

"没事，没事。"黄晨遇又把纸扒拉了回来。

袁木点点头，看似不在乎，实则在心里琢磨了一天。

他和裘榆有意保持距离，不在人前过于亲近，是因为他有自知之明。他始终忘不掉裘榆那时在众朋友面前淡淡看他的一眼，直觉告诉他待在裘榆身边须独身一人。

所以裘榆不在场，袁木慎之又慎，连初中同学这层关系也不想对别人明说。

不过，在别人眼里他们居然到了像是结仇的地步？

裘榆的低气压维持到放学。他一股脑地把书塞进包里，嫌多，又一本一本地挑出来。他边挑边劝自己，没雨也挺好，不用湿漉漉的多舒服。没能和袁木坐一起也挺好，他好歹能和袁木一个班。

等火消了点儿，他才拽着书包带起身离开。

人都走完了，剩袁木一个人站在教室门口，问："你怎么这么慢？"

那时还流行匿名送早餐，最好有荤有素，食饮相宜，突出送餐人的细心。如果有条件的话，再着重一下色彩搭配，突出送餐人审美高而能入眼的人寡。

周五早晨，袁木先裘榆一步锁好车，便先一步进教室，远远瞧见后座的桌上放着一堆可疑的塑料袋。他走近了看清楚，一袋油条配碗豆浆、一碗白米粥配几个水煎包，旁边还有一盒粉色酸酸乳，配一个小蛋糕。

哪位啊，当裘榆是猪吗？

杨岚清抬头看袁木，他收回目光转正身子卸书包。

"你今天来这么晚哪？"她和他打招呼。

不知名的那位好像还为裘榆整理了桌面。书一本本摆起来与桌沿齐边，笔一支支地从长至短在书脊旁排开。她指望"猪"能发觉吗？

袁木把作业掏出来全摆桌上："还好吧，不是最后一个来的。"

他说的排名限组内，组里面还有三个位子空着。

"我昨天的作业留了一道题，还想着今天早上来找你看看。"杨岚清的笔身歪向他。

不知道裘榆在哪儿碰着了黄晨遇和王成星，三个人成一排路过窗边抵达门口。

袁木垂眼，按了两下自动铅笔："来得及吧，哪一科？"

裘榆一现身，教室里的气氛变微妙。但因为大家和他没处得太熟，也就没有明目张胆地起哄，只有低声的议论声和笑声浅浅蔓延开。

于绣溪安安静静地抓着小册子默背"两岸猿声啼不住"，撞到了黄晨遇和王成星两道连绵的怪叫声。那两个人守在桌前扭着腰朝裘榆挤眉弄眼，比自己被送早餐还亢奋。

"哎哟哟哟，不错，不错哈！"黄晨遇竖着食指在空中乱戳，教室里的笑声随他的声音涨高。

王成星伸脚，扒拉开他座位上的椅子给裘榆让道，关切地问："吃得完吗？"

裘榆原本茫茫然，摸不着头脑，被他们这出闹明白了。

裘榆感觉全班人都在看他，抬了抬眼，就袁木一个人心无旁骛地忙着给杨岚清讲题。他攥着铅笔在几何体上画辅助线，求精细，都差点儿要和他的同桌肩膀挨肩膀。

裘榆指头挂满袋子，全移去王成星的桌上。

"不至于，不至于。"王成星也就凑个热闹，全揽他身上岂不成了麻烦，"你啥都不要？"

"你们慢慢分。"裘榆坐下，把笔的顺序打乱，重新按颜色排列。

黄晨遇反坐在椅子上，抱着椅背问："谁啊，送这么多，缺心眼吧，是不是组团来的？"他挑了那盒酸酸乳，越过袁木递向杨岚清，"喏，小杨的。小袁想吃啥，来个水煎包？"

袁木接过酸酸乳，送到杨岚清手里，说："我不用，谢谢。"

黄晨遇："你吃过啦？"

袁木："太早，不想吃。"

黄晨遇以为他是不好意思，自己掂了一个，剩下的一袋都给袁木："那你晚点儿再吃。分吧！不然榆哥这点儿东西一个组都干不完！"

黄晨遇把油条泡豆浆里，开筷前对众人清嗓："不知道是哪个神秘人还是神秘组织，总之第三组先谢谢您！"

王成星接道："托您的福——多说一句，第三组的人口味是喜荤好辣！"

袁木将那袋水煎包拎到杨岚清面前，她摇了摇头。他站起来，向后斜着身子放到于绣溪手边，于绣溪拒绝不了只好说"谢谢"。

袁木一面坐正，一面笑着："谢我干啥？谢榆哥。"

第二节课下课后有个大课间，黄晨遇和王成星早早抱着篮球，铃一响就飞奔去球场抢篮筐。

周围没剩什么人后，裘榆戳了戳袁木的后背。

因为黄晨遇每个课间都坐不住，常常害袁木频繁起坐让位，黄晨遇索性滚去边上，让袁木坐到了中间。于是袁木成为裘榆的前桌。

袁木正趴着补觉，睁了睁眼睛："干吗？"

"给你早餐。"

袁木闭眼："不要。"

裘榆从书包里拿出一个水煮鸡蛋和一袋牛奶，起身坐到黄晨遇的位子上，说："不吃早餐对身体不好。"

听见塑料袋的声音就觉得糟心，袁木趴在臂弯里看他："吃啊，和午饭一块儿吃。"

裘榆说不过他，把鸡蛋和牛奶放他桌上。鸡蛋不稳，骨碌碌地要滚走，裘榆重新拿起，轻轻一磕，鸡蛋底部变扁平，它定定地竖在袁木眼前。

裘榆趁袁木发愣，说："我妈叫我带给你的。"

也许是初中第一次接触篮球的经历并不愉快，导致袁木对这项运动始终提不起兴趣。篮球是竞技体育，扑面而来的侵略性和对抗性与他既定性格中的某些成分相悖。打篮球也讲究团队协作，可惜他很难全心交付于人，也不习惯承受别人的寄托，注定只能做观众。

幸好它的观赏性极强，尤其一群青春活力的少年占领主场的时候。

李学道在走廊上碰到袁木，见他站得笔直，视线正对篮球场。

"一个星期专门给你们留了一节体育课，你在这儿干站着干啥呢？"

袁木不紧不慢地说："体育老师批准我们自由活动。"

"那你倒是活动啊。"李学道威胁他，"不锻炼身体就去做题。"

袁木是想选择做题的，但懒得和李学道胡搅蛮缠，就依他的目的下楼："老师再见。"

场上是一班和十四班正式约的篮球赛，裘榆今天特地穿了球鞋，开场前换了球裤。他左手控球，右手高举向队友打手势。下午没有太阳，他的橙色护腕明晃晃地吸人目光。

伴随围场观众的一串爆呼声，一班组织进攻。裘榆带球过人，势如破竹，连续闪身配合灵活运球，晃倒了对面一个高个儿。鞋底与地面撞出激烈的摩擦声，他顿收猛冲的攻势，原地起跳投篮——

裁判吹哨，十四班有人打手犯规。

落地之后裘榆走了两步，撑着膝盖喘气，额头淌粗汗。黄晨遇过来和他击掌，他们握拳，裘榆的手臂暴起青筋。

袁木就站在不远处。

无缘无故涌来一种冲动，十二岁的袁木想要克服不适，管他什么或侵略或对抗或暴力的推拉动作与繁复的规则。他要从那时候开始咬牙练，夜以继日废寝忘食地为篮球技巧付出，在今天这场球赛中成为裘榆依赖的前锋、信任的后卫，无论哪一样，总之可以拥有资格汗流浃背地和裘榆拳对拳地庆祝胜利。

但是，但是……

如果当年裘榆在他身边就好了，那么以上事情他都轻易做得到。

两队在站罚球的队形，就等裘榆到位。他似有所感，就这样半弯着身子不经意地回头望了一眼。

袁木在角落，场外围满男男女女。

篮球砸在裘榆的手臂上，他回神捡球，看嘴型是低骂了一句。传球的人举手表示歉意："兄弟，不晓得你在发呆。"

裘榆运着球走到罚球线处。

篮球拍地引起轻微的震颤感，通过地面漾至身体。

裘榆屈膝托腕，巧力一掷，全场的人屏息以待——没进，球在篮筐边上遛了一圈逃走了。十四班的几个队员松一口气，鼓掌欢呼。

前排的女生们气急败坏："什么行为？！一点儿也不懂尊重对手！"

旁边的男生劝："哎呀，懂什么？战术嘛，被他们气到了才憨。"

裴榆面如止水，拿到球酝酿几秒，很快再投第二次，球脱手，又是擦边。在大家都没反应过来的时候，运动员们开始满场狂奔，赛况重新热烈胶着。

女生们来不及点评，立刻投入到啦啦队角色，方才还心平气和的男生反而忍不住懊恼："咋个（怎么）回事？明明他投三分球嘟个牛（那么牛）！"

离下课没几分钟了，铃一响，哨长鸣，比赛结束，十四班最终没追上比分。水泄不通的人群松散些，袁木张望四周，也想随之离开。

一班作为赢方没太过嚣张得意，也可能是体力消耗大，大家只是大笑着互相抱了抱。唯独裴榆没参与。他脱离队伍径直朝袁木走去，气势汹汹。

袁木钉在原地没动。

穿着球鞋更显裴榆高，离得近仰望的角度要更大，袁木问他怎么了。

"臭不臭？"裴榆先这样问。

"还好吧。"

"打得怎么样？"

"还行吧。"

裴榆两只手搭在自己腰间，垂眼看了看袁木空无一物的掌心，说："别人都有水喝。"

他颊边还挂着汗，目光是平静的，热气却张扬，若有似无地蒸着他们。

袁木："有湿巾，你要不要？"

体育委员拖着矿泉水凑过来，一人面前丢一瓶，对着裴榆喊："来，来，来，全场 MVP（最有价值球员），哎呀呀，这是我们班第一次赢！"

裴榆："谢谢。"

袁木："体委，我不用。"

体育委员："每个人都有的，见者有份，普天同庆，我一会儿去找老李报销！"

等体育委员走了，袁木拧开瓶盖，将水推到裘榆手里："有了，两瓶。"

裘榆用瓶身抵住胸口咳两声，袁木转头看他，他在笑。

裘榆的衣服和包就放在前面的树下，他灌了半瓶水，缓了缓说："你一会儿帮我把外套拿回教室。"又加了一句，"可不可以？我和他们住校生回寝室冲个澡。"

袁木想：打个球带什么外套？

裘榆会错意："不乐意啊？"

黄晨遇、王成星和一群男生涌过来："榆哥好牛！"

少年们休整一下就元气满满，两个人被推得趔趄，双双撞到铁网上。偏偏他们还不知死活地推搡，乱成一团。

半瓶水洒出去三分之二，裘榆已经拿得尽量远，还是防不住有那么几滴溅在袁木脸上。

裘榆笑着说："拿吧，是你害我丢了那两个球。"

外套是纯白色的。

这个星期，如果碰上他们骑车上学的日子，早晨霜重，裘榆都会从家里带出这件外套。但每每等上座了他又嫌麻烦，抛给身旁骑着另一辆自行车的人。

袁木说他也没多余的手，裘榆建议："那穿上嘛。"

到了学校，袁木愿意就继续穿着，不愿意就脱了还给裘榆，裘榆塞自己包里去。

外套白而柔软，捧着它像捧着一朵云。

裘榆和他们朝另一个方向走去，正下楼。那堆男生勾肩搭背，他一人双手插兜走在中间。一步一步往下落，即将消失时他微侧身，回了头。

银杏叶飘落在云上，颜色美得不真实。

袁木越发肯定这是他的最后一个夏天。

他想起幼时在寒冬偶得的那个晴午，太阳是冷的，没有热度，但依旧光芒万丈。天总雾霭沉沉，有亮光就很难能可贵。

袁木高兴得要死，喜欢得要死。在晴天他想做的事情很多，想洗内裤，想晒枕头，想盖着被子在阳光下睡觉，想和钱进蹚河玩水，想去裘榆家里找裘榆聊天看太阳。

可美好是短暂的，只有一个下午，他只能选一件事完成。

无端地，他那天什么都没做。无论他做什么，那段好时光都会流逝对不对？他直挺挺地躺床上，眼睁睁地看着太阳被山和云层吞没，然后被幽淡的无奈和悲伤情绪笼罩。

好时光易逝难挽留的道理，袁木在不谙世事时偶然领会到，坎坎坷坷成年后自然体会得更深刻。

夏天留不住的，怎么办？每个人都叹无能为力的气。

"小裘，你刚才跟小袁说啥来着，笑得那么开心？"黄晨遇和他们闹够了，过来问裘榆。之后他看见裘榆一手一瓶水，立马把体育委员的头夹在腋下乱晃："偏心是不是？！凭什么裘榆有两瓶水！我要第二瓶你说经费不够！"

体育委员被摇得神志不清："我有吗？……偏……偏……放开我……"

裘榆往后望，袁木正埋首捡怀中衣服上蝴蝶一样的银杏叶。

相错而过，袁木不知道他回首。

回程中，杨岚清慌慌张张地叫住路过的袁木，开口说话时带些羞窘之意："袁木，可不可以借一下你的外套？"她指给他看远处躲在树荫下的苏秦雨，"她说她没留意生理期……然后，不太方便……想借来围着挡一下……"

袁木了然，但这件外套是裘榆的，他不好替裘榆做决定。

可是，没有人会拒绝帮这个忙。

他把云让了出去："好，不过这件外套是裘榆的。"

杨岚清："那麻烦——"

袁木点头："他来了我会跟他说。"

后来他怎么跟裘榆说的？

"有女生生理期被弄脏了裤子，你的外套被借去用了。"

"谁？"

"女生聚一起，没分清是哪位。"

"有没有说什么时候还？"

"没。"

"好嘛，再说吧。"

"好吧。"

临放学，杨岚清把外套给袁木，代苏秦雨说谢谢，说完谢谢又说对不起。因为过手时她才看见之前谁都没留意到的一抹褐红色。

杨岚清红着脸赶紧将衣服收回来："不好意思，洗了再给你们吧。"

袁木握住衣服没放。裘榆去办公室拿新课本还没回来，这次袁木把外套叠进自己的书包，说："没关系，本来该我洗。"

方琼守店的晚上，通常是袁木准备晚饭。他今天拿了点儿钱给袁茶，让她去外面吃。

"哥，我吃完给你打包回来。"袁茶扒在门边。

袁木把衣服泡在盆里，又拿钱给她："谢谢。"

家里的衣服大多由袁木洗，尤其冬天，方琼和袁茶碰不得冷水的时候。有洗衣机，只是油点偶尔需要浸泡手搓。他也洗过她们生理期时弄脏的裤子，滚筒洗衣机洗不干净，便分离出来用牙刷处理。

袁木这次放了许多洗衣粉，五颜六色的泡泡溢得满地板都是，他才意识到自己在没事找事做。但没关系，衣服很干净，仍然是洁白的。袁木把它挂去卧室里的落地衣架上，拉好窗帘，脱鞋滚去床上。

他躺着看，光影昏暗，衣服真的很像一朵云哪。

天渐渐昏暗，他伸直了手，高过头顶，把手按在那件湿润的外套上。他的手指抚了抚，外套沾上灰，也还是像云，乌的那一种。

Chapter 05

乌青

　　一家三口的生活过惯了，忽地多一副碗筷，餐桌还显逼仄。

　　裴盛世坐在老位置，那张凹陷的沙发上。老姿势，他后倒，右手攥遥控器，左脚搭茶几上，目不转睛地看着电视。

　　拔了钥匙，没来得及放书包，裴榆先从裴禧颤悠悠的手里接过滚烫的汤锅，送去饭桌上。已摆好的碗筷焕然一新，缺口的泛黄的通通被藏进了碗柜里。

　　"妈盛的饭？"裴榆问。

　　裴禧点了点头："神哪我哥。"

　　裴榆返回去放包换鞋，问："你上个月怎么没有和袁叔叔一起回来？"

　　裴盛世没听见，裴榆挡在电视机前，把话重复了一遍。

　　"哦——"裴盛世像是瞌睡醒了，"哦，厂里有点儿事。"

　　"吃饭，吃饭。"许益清一趟端四盘火锅配料，风风火火地从厨房里出来。

　　裴榆没有打破砂锅问到底的脾性，许益清不管的话，他也不会多余追问。

　　裴盛世慢慢起身，两脚找拖鞋："一次少端点儿嘛，看着好悬。"

　　裴禧撇嘴，瞥裴盛世："啥都有你说的，你咋不来端一下？"

裴盛世"咦"了一声，转着身子找鸡毛掸子佯装要打她，她嘻嘻哈哈地跳到裴榆背后做鬼脸。

裴榆把她扯一边去："别碍着我吃饭。"

"欸，我这哥哥——"裴禧一屁股瘫在椅子上，佝偻腰背，长叹一口气。

裴榆快烦死她了，把她面前的碗没收："我看你还不饿。"

裴禧见状赶紧恢复正常，坐正来抢饭："好了，好了，错了，错了，哥。"

"哥，跟你商量件事。"裴禧正色，"下周一我们开学了，你带我在学校里转转。"

裴榆："自己转，我也生。"

裴禧："太好了，那我去找袁木哥！"

裴榆："你少烦他。"

裴禧："你才烦人。"

裴盛世听了一耳朵，问道："禧妹你的录取结果是实验中学？"

"一中。"

"那我记得哥哥的学校是实验中学啊。"裴盛世谨慎道，"没错吧？"

裴禧："哥都转到一中一个多星期了。无语，叫你多往家里打电话吧！"

裴盛世点头："不错，不错，感觉怎么样？老师和同学都好相处吧？"

"还行。"

"那你得抓紧学习啊。"

听到这里，一直沉默的许益清动了，不满地打裴盛世的筷子："啧。"

"怎么了，讲这一句都要惹到你？"裴盛世埋怨。

许益清现在似乎深谙和儿子的相处之道：少念叨他学习，少干涉他的生活，矛盾再激化，再来一段叛逆期，谁也没辙。

"我说得没错嘛。"裴盛世问，"还有个两年还是一年就高考了对不对？"

裴榆："明年。"

裴榆看向裴禧，理解她的瞠目结舌。

爸爸作为至亲，连儿子正读高几也不清楚，像荒诞喜剧。但也合理吧，一个月见一次，他还不如天天来逛菜市场的甲乙丙丁熟。

许益清转移话题："明天周末，我们去给你和哥哥挑几件冬衣。"

"好！"

裴榆说："明天我有事。"

裴禧："啥？"

"聚餐，同学，一组的。"

许益清感兴趣："袁木去不去？"

"也在。"

裴盛世感到稀奇："你还和袁家那小伙子是同学？"

裴禧现在听他说什么都不顺耳："人家有名字，袁木。"

许益清："好，去吧。"她不自觉交代，"好好相处，你要特地找他在的班级转进去，我也很赞同，两个人在一起互相照应——"

裴盛世："有没有女生？"

他的筷子又被打了一下。

裴榆："有，全是。"

裴榆用余光看了看许益清，心底无故一阵烦躁。如今她的如履薄冰与战战兢兢，裴榆看在眼里又感到另一种不耐烦。妈妈的两个模式都极端，不像妈妈。

他没有表露，也问自己：怎样做你才满意？

第二天临近晚饭裴榆才见到袁木，袁木在楼下单腿支着自行车，恹恹的。

"怎么，不想去？"裴榆问。

袁木不觉得有聚餐的必要性，但裴榆去他便也跟着，代价也并非很难承受，少一个午睡时间而已。

他打了个哈欠，蹬车先走："可以的话。"

没到饭点，烧烤店人流量不大。黄晨遇最会来事，订了一个小包间。其实说是包间，也没那么高级，只是用木板竖着做出的简陋隔间，拉了道门帘。

袁木和裘榆来得晚，掀帘而入时他们已经点好一部分菜，刷油烤上了。

"嘿，你们还真巧，碰一路了。"王成星往里挪，空出两个位子说，"你们看看还要什么菜，再添。"

塑封的菜单浮了一层陈年油渍，裘榆掂着菜单卷边的角移到袁木眼前。袁木要接，他避开："眼睛看就行了。"

"加份五花肉吧。"袁木说。

裘榆："没了？"

袁木："没了。"他自觉掂着那菜单去前台找服务员加单，回来时抱了一箱饮料，进来就问："黄晨遇点的饮料？"

"啊。"黄晨遇点头。

王成星怪声怪调地说："我还带了《三国杀》，边烤边吃边玩儿！"

裘榆挨着袁木坐下。

黄晨遇骂："脑壳冒憨水，这点儿地方你玩牌，烤牌差不多，你自己去街上玩。"

杨岚清问："冒憨水是？"

黄晨遇温和地笑笑："傻的意思。"

袁木用热茶烫洗碗筷，用纸巾擦净后先给裘榆，要继续给其他人准备，被手边的人接过去："几副？"

袁木两手空空地看向裘榆："五。"

王成星不死心："那玩什么？"

裘榆把湿淋淋的碗推给他："什么都不玩，专心吃。"

杨岚清建议："真心话大冒险吧，方便我们彼此促进了解。"

如果这话是从王成星嘴巴里出来的，黄晨遇会说，都被玩烂了能促进什么？但因为是杨岚清说的，他点头："讲得有道理。"

王成星兴冲冲地拆开他的《三国杀》，抽出了角色牌。

于绣溪第一轮拿到"刘备"，便由他指挥。他先点了"吕布"，择定范围是真心话。

裘榆就近看到袁木的牌面，把自己的"赵云"亮出来给于绣溪使了个眼色。

于绣溪淡定道："'赵云'提问'吕布'。"

裘榆把袁木的牌抽出来并一起丢桌面上："我问他。"

几个人兴致勃勃："问！"

袁木围观裘榆作弊的全过程，盯着他。

"你——"裘榆问，"你的双眼皮折起来有没有感觉？"

杨岚清请教："什么叫——"

裘榆解释："双眼皮，睁眼的时候，眼皮有没有折起来的感觉？"

这是什么破问题。

王成星："你问问你自己不就知道了？"

裘榆一本正经地说："我想知道他和我一不一样。"

黄晨遇搅局："先吃肉。"

王成星不罢休："你们是不是就不想玩？！"

裘榆承认："确实。"

他断绝了让魏芷萱的故事再次上演的所有可能。

黄晨遇附和："有点儿无聊。"

裘榆趁大家埋头苦吃，和袁木咬耳朵："心情不好？"

袁木诧异："没啊。"

"那为什么话这么少？"

黄晨遇听见这句："你不了解，袁木同学一直这样。"

王成星机警："什么啊？"

"裘榆说袁木话少，问他是不是心情不好。"

王成星当什么新鲜事，继续苦战生菜包五花肉，做复读机："榆哥想多了，袁木同学一直这样啊。"

裘榆没有说话，看了看袁木。

他一直话少吗？原来他是以这样的形象出现在人前的吗？

袁木对裘榆说道："让一下，我去一下卫生间。"

裘榆起身："我也去。"

袁木走到洗手池前，裘榆慢吞吞地走过去与他并肩拧水龙头，问："要不要先走？"

"你不想待了？"袁木又问，"可以吗？"

"怎么不可以？去吃钱进家的小面。"

简单道别后，他们推着车走在回家的小路上。

路灯昏黄，夜色广阔，两个人都没有说话。裘榆走在袁木身侧，觉得他更像一棵树了，挺拔、寂静。

以前的袁木总有说不完的话，想不完的新鲜主意。裘榆早就觉得快乐需要天赋，他那时认为袁木在感知快乐方面称得上天赋异禀。

快乐是能力，天赋确实会泯灭。

每个人多少遭受过一些捶打，来自外界的，来自自我的。哪有人会在这世界上完完整整地屹立不倒？

所以人是由碎片黏合而成的。有的人有痕，便内敛又稳重；有的人无痕，便外向而喜闹；有的人，黏合剂会失效。

裘榆心想没那么糟糕吧，或许找得到出口吧。

"袁木。"裘榆突然喊他的名字，长巷有回音。

袁木吓一跳，转头等他："干吗？"

裘榆想说的话并没有说出口。

他只是说："别走那么快，等等我。"

虽说裘榆拒绝带裘禧参观校园，但午饭好歹是为她安排上了。小测过后，袁木被数学老师点名去帮忙改卷，裘榆带裘禧吃完了，要为袁木打包饭菜。

"要我等你吗？"裘榆问。

"要。"

"那快点儿。"

裘禧人生地不熟，唯恐真被丢下，嘴巴已经塞不下饭："你啊哦王安瓦？（你那么忙干吗？）"

裘榆："你袁木哥没饭吃。"

裘禧竖了个大拇指，表示理解。她灌了几口水，说："我吃完也有事要忙，你负责把我从食堂送到校门口。"

"你傻吗？"

"如果单指认路方面的话，我承认。"裘禧说。

"你有什么事？"

"去找小茶。"

"中午那么点儿时间，不够你折腾。"裘榆又说，"不睡午觉你下午军训撑不住。"

"唉，没办法。"裘禧挑出青椒扒拉到另一个盘子里，"我还没一个人去过医院，我也想去看看她的耳朵具体是啥情况。"

"她的耳朵怎么了？"

裘禧意识到说漏嘴，打了个饱嗝。裘榆表情严肃地看着她。

"不是……"裘禧怯怯地说，"袁茶是瞒着方姨去的。瞒着的意思，就是——"

"她哥知道吗？"裘榆补充，"她耳朵的事。"

"肯定知道，她亲哥。"

"那就不算瞒我，我去问你袁木哥也一样。"裘榆说完心里也打鼓。

"那你去问袁木哥吧。"

裘榆冷笑："那我去问袁茶。"

"她的右耳几乎全部失聪，先天性的，左耳听力也不完好，从小到大一直在治疗。"裘禧也变严肃，"哥，这件事除了三个姓袁的，一个姓方的，剩下就我们两个姓裘的人知道。我说完就去找她自首，你千万别……别当面问人家。"

裘榆："我缺心眼吗？"他若无其事地起身，"吃完就走，先和我去教室送饭，再带你出学校。"

"水雷街"能把某人长痔疮的无聊新闻轮流传五个来回以上，但袁茶耳朵的事被袁家人保护得很好。她异于常人的自理能力、从小特殊的教育和治疗，竟然被捂了十几年没漏出半点儿风声。

裘榆再一次有所体会，袁高鹏和方琼真的很爱袁茶。

曾经袁木也在他们之列。

"去医院的事也要瞒着袁木哥。"上楼前，裘禧寻求承诺。

"知道。"

正式开学后，高三年级增设了强制性的晚自习。自由时间被剥夺，难免有人有怒气，虽然敢怒不敢言。

秋越来越深，夜晚也就降临得越来越早。下午放学后没几个人还愿意只为一顿饭在学校和家之间折返，都一窝蜂扎进食堂。

吃饱后陆陆续续回教室，半道突遇大雨，教室里人人唉声叹气。第三组有黄晨遇，哀怨的氛围也就出奇浓厚。

"用正常上课时间来小测已经足够变态，连晚饭也不给回家吃，作业也不给回家做，更变态得令人发指！这场暴雨就是群众的怨气！"

王成星中肯道："倒是，食堂的菜确实比我妈做的好吃。"

黄晨遇："你一边去。"

杨岚清问："袁木回来的话是不是就该知道成绩了？"

提及此话题，没人应答。

裘榆用铅笔在工具书上勾画出概念和定义，说："嗯。"

"好吧。"杨岚清突然惊喜地叫起来，"哇，下过雨的天好漂亮！"

闻言，人人转去同一方向张望，有的搁笔放书跑到窗边和走廊上去围观。人一聚集，引得全楼层的人都出动，人密得像蚁，站满空地。

人看向天空时，是少有话的。于是像举行某种仪式，大家都无声惊叹地一致静默着。

裘榆一个人在讲台的窗边趴着，视野有限，只看得到一角天空。云的颜色很奇异，粉紫色，一片一片飘在橙黄的幕布上，和那个下午袁木为之失神的火烧云有区别。

它们千变万化，明明不曾挪眼，却还是察觉不到粉紫已经缓缓被墨蓝与墨青盖过，等仰望着的人找回神志，居然又是普普通通的夜了。

蚁又密密麻麻地退回各自的教室，坐回各自的位子，做回各自的寻常事。像大家集体堕入梦境，又集体清醒。

袁木抱着批改过的数学试卷进教室，顿时哀鸿遍野。到了某一个节点，人人眼前蓦地一黑，叫声戛然而止，然后呐喊声更疯狂。

停电了！众人犹如堕入另一个梦境！

住校的男生拿着台灯在走廊上上蹿下跳，整个教学楼上演简朴的灯光秀。部分女生矜持得多，举灯像举应援牌，在头顶轻摇慢晃。

裘榆在胡乱闪烁的光柱里找到了袁木的背影，袁木趴在走廊尽头的栏杆上，砌满瓷砖的圆柱挡住了他的大半身体。

袁木不在"水雷街"的那两年，裘榆难入睡的夜晚有时也有幻念，希望袁木不要拥有太多玩伴，希望他的生活贫瘠无味，那么等自己去找他，自己就可以为他下一场增色添彩的雨。

可耻、卑鄙，但他现在也这么想。

"看什么？"裘榆走过去和袁木挤在圆柱一侧。

袁木缩了缩身子，指给他看："那棵树秃了，被暴雨打掉好多叶子。"

"改试卷累不累？"

袁木："累得到哪里去？你想不想知道你的分数？"

裘榆："你记得？"

袁木："我们组的分数我都记了。"

"杨岚清多少分？"

"126。"

"于绣溪。"

"133。"

"他比杨岚清还高啊。"

"最后一道大题我和他前几天在其他模拟卷上遇到过。"

裘榆学袁木把脸压在臂弯里，面对面地问："你多少分？"

"我138。"

"我估得到我能考多少，105对不对？"

"批的是109。"袁木说，"看你可怜，给了你大题步骤分。"

"谢谢你啊。"裘榆笑意沉沉。

袁木拱了拱头，用长袖捂住扬起的嘴角，只露出眼睛。可他捂不住啊，眼睛里就全是笑意。那些喷涌的光照过来，映得他的瞳孔像两颗沥了水的黑珍珠。

袁木想起裘禧，问："以后我们要带裘禧一起上学吗？"

"不带。吵死了。让她去找她的朋友。"

"哦。"

裘榆惦记着一件事，撸了撸袖子，从裤兜里拿出手机，鼓捣几下，放到袁木的眼前叫他看。

"什么？"

窄小的屏幕上有图片，因为像素很低，色彩糅成缤纷艳丽的一团。

"粉紫色的云，橙黄色的天空。"裘榆说，"今天雨停的时候，你不在。"

壶嘴吐出小股的透明色水柱，高高落下，掉进地面上的热水瓶里。玻璃内胆中空气流动，制造的回声尖细且亮堂，像来自山沟或幽谷的声音。

在缭绕的水汽里窥瓶口，黑漆漆的，一片迷蒙，洞口内似乎有不知名的爬行生物附壁向上攀行。水位不断涨高，生物随其越逼越近。

"袁木，下楼帮我买袋盐哪。"

水忽然从窄圆的瓶口蹿出来，袁木回神，手腕泄力，放平水壶。

"好。"他盖上木塞，热水溢在手指上。

方琼在抓着围裙擦手，要回卧室找钱给他。

"我还有钱。"袁木扶着门框低头穿鞋。

"上个星期给你的生活费还没用完？"方琼随口猜测，意不在证实，马上走过来递给他两张零票，"你的钱留着自己用。多余的钱再拿把小葱。"

"哦，好。"

打开门后，遇见两个穿着工人服的男人合力抬着一个衣柜下楼，袁木关了门，缩到角落里，给他们让路。

紧接着是严磊，他两手拽着一大包用床单裹着的衣物，这包东西坠在腿边，看起来死沉。袁木本应该上前问他要不要帮忙，但不知道为什么，没有。

严磊看见他，也装作没看到，脸色沉下来大半，似乎咬着后槽牙加快了脚步。

袁木跟在他们后面出了楼道口，一辆用来搬家的货车停在路边，严磊的妈妈站在车厢里盘点家私，车旁几步远处是刚从楼上运下来的一堆家具和杂物。

陆倚云敲敲玻璃柜，问袁木不拿着盐和零钱走人，在这儿发什么呆。

袁木把盐袋的一角攥手里，转头往后看去。

严磊正把摆在地面上的东西搬去车上，几来几回，不厌其烦。严磊的爸爸也是，妈妈也是，搬家的工人们也是，他们枯燥地重复着同一件事，脸上没有思考的表情，像暂失心智的提线木偶。

如果陆倚云回答，便是问他，如果陆倚云不答，便是自言自语。袁木说："他们就这么走了？"

陆倚云擦拭摆件的动作慢下来，最后他丢了抹布，枕臂趴在柜台上，和袁木一起看："走了正常。在这个地方和和美美地继续生活才不正常。"

"但……"袁木又住口，有点儿分不清是他们残忍，还是自己刻薄。

"怎么了，想什么？"陆倚云淡淡地问。

"但这样，莉姐好像被彻底抛弃了。"袁木说，"所以他们换一个地方去和和美美地生活了吗？"

陆倚云笑了笑，沉默了一会儿，回答他第一句："不早就是了吗？"

陆倚云接着玩他的摆件，袁木没有离开，默不作声地站着。

他的目光还是落在他们身上，他试图找到一些破绽，那几张脸上真的没有其他情绪吗？痛、疚、悲，任一样都可以。

其间严磊把椅子提起又放下，弯着腰直直看过来。

有了，怒和窘。

严磊迎着袁木的视线走来，几步之后返回去拖上椅子，才走到袁木的面前："你别拿这种眼神看我。"

小学时期他们也是好朋友，袁木和街上一帮孩子到严磊家玩，严莉会削土豆切成丝放油锅里炸，说是给他们做薯条。到了初中，袁木和他没再相处过，原来严磊变声期之后的嗓子这么粗。

"我什么眼神？"袁木平视他。

"别拿这种眼神看我，怪不到我身上。"严磊起初压着声音，终于有机会说出口就难控制住，状态几近疯癫，"你们别拿这种眼神看我，别拿这种眼神看我家人，这是她的命，知道吗？凭什么要我背？！她的命就这样！就这鬼样！"

袁木手心发痒，太阳穴"突突"跳，跳得疼。按理说愤怒情绪才最易传染，但他不明白为什么现在他的身体里悲哀情绪占上风。

有人冲过来，刮来橘子味的风，一只手臂横在袁木眼前，手掌按着处于暴怒中的严磊。

严磊跟跟跄跄地狼狈后退，被蛮力钉在墙上。

把严磊和袁木隔出距离后，裘榆才松开手。

"你干什么？"裘榆看着严磊。

"你们两个一伙的是不是？"没了禁锢，严磊依然背贴着墙，"我不怕，裘榆。"

裘榆反应不及，"啪"的一声，看见严磊的脸被身后丢来的盐袋打了一下。

袁木快步走上来，路过裘榆，停步，喘着气握紧他的小臂翻看，有严磊抠出来的带血的指甲印。

袁木什么也没说，松了手就朝严磊走过去。严磊他爸闻声来了，正把满身是灰的儿子拉开。

裘榆从后面拉袁木。袁木顿了顿，顾及着是他，没使劲挣，只想着拖着他也要上前。

两个人都不出声，静默着，一个急着逃离，另一个拉得死紧。

最后严磊被他爸怒喝着拽走，走远了，袁木慢慢地不再动了。

两道喘息声渐弱，袁木又低头去看裘榆的手臂："走了，我回家给你拿酒精。"

陆倚云显然看了很久的戏，落幕了才笑着朝他们招手："袁木，盐我给你捡起来了，别忘带走啊。"

裘榆跟在袁木身后爬楼。

"你在这儿等，还是进门？"袁木站在自家门前问他。

"进门吧。"裘榆说。

他加了个"吧"，不直白，很婉约。

袁木拿钥匙拧开门，让裘榆先进，袁木径直拿起鞋架底下倒数第二层的黑色拖鞋，摆他脚边。

"咦，小榆来啦！"

袁木手还发软，用脚蹭掉鞋，说："他来拿老师发的试卷。"

"是的，方姨好。"

合理设想是裘榆坐在客厅沙发上等他，但袁木进自己的房间时裘榆也跟着挤了进来。

裘榆先说："不拿走，你给我涂。"这时他才看见袁木的裤子上有脚印，问，"你被他踹了？"

袁木跟着低头，伸手掸灰，掸不干净，转身去抽屉里拿酒精："他又不是沙包。"

裘榆蹲到他的腿边，用手干搓那团灰色痕迹。

袁木说："没水，没用。"他撕开棉签，说，"起来，手。"

裘榆抬眼看他，把手举上去。

袁木看他的腕骨，指甲印里冒的血已经干涸。想了想，袁木说："你之前怎么把薛志勇赶走的？"

裘榆："……"

裘榆想把自己的手抽回来。

方琼在厨房里翻袋子，喊："袁儿，葱嘞，你是不是忘买了？"

袁木赶紧换根棉签给他擦第二遍，应道："忘了——马上去。"

离开时，袁木真给了裘榆一套历年高考真题的组合卷。

裘榆抱着试卷回家，许益清看了看他，又看他怀里："米呢？"

"先回来放一下这个，马上去。"

出门之前，裘榆坐在矮凳上，把挽着的裤脚放平，任裤腿挡住球鞋的鞋帮和大半鞋面。没有全身镜，他只能站去反光的电视机屏幕前观察效果。

裘禧觉得他臭美，故意说："嗯！校裤还是挽起来才不那么像校裤！"

裘榆头也不回："没人问你。"

裘禧几秒没声音，突然从沙发上跳起来，指间捻着什么："哥！你是不是带女生回家了？！为什么这沙发上有这么长的黄色头发？！"

运动会连办三天，其中两天是周末，星期日阴雨连绵。

早晨，裘榆起床时裘禧早就跑得没影了。他的动作已经尽量轻，但洗漱时他还是隐约听见许益清踩着凉鞋，房门一开一合。她把头发随手一盘，在睡裙外披了一件针织长衫，先下厨房给他煮了碗面。

"你们这学校，抠抠搜搜，一点儿不大方。"许益清坐在沙发上边用护肤品按脸消水肿，边看裘榆吃面，意指学校算准了日子挪到周六、周日开运动会的做法。

他想过黄晨遇会说这话，但没料到先在许益清这儿听着了。笑也不至于，只是心情轻快很多，他问："你不再睡会儿？"

许益清抱着瓶瓶罐罐起身："算了，把囤的脏衣服洗一洗。"

窗外的毛毛雨一阵乱飘一阵停，很任性，几个回合下来地面都湿不透，水全闷空气里。

"这个天气别洗了。"

卫生间里"丁零哐啷"地响了半天，才传来许益清的声音："周末有时间嘛。"

几口扒完剩下的拌面，去厨房搁碗筷时，裘榆顺手关了电磁炉，把蒸锅里的包子、馒头夹进保鲜袋里，掀了盖子，拿漏勺从锅里捞出两个水煮蛋，再拿上一盒纯牛奶，全扔进书包里。

"裘榆吃完没？"

裘榆都准备要走了："啊。"

许益清倒腾洗衣机："那你去我的房间帮我把脏衣篓拿出来一下，我拖鞋湿答答的，不出去到处踩了。"

裘榆刚穿好鞋又脱下来，感觉会错过和袁木一路上学。

"哦。"

这周的脏衣篓里大多是裘盛世的衣服，他一个月回家一趟，有时连袜子也攒一块儿带回来给许益清洗。

裘榆指头钩上了脏衣篓往外走，其间抓出一件没见人穿过的T恤仔细打量，步子一顿，从衣领处抽出一根细软的头发丝，抽不尽似的。

128

他捏来指间观察，干枯，金黄色的。

"就是衣柜旁边，有点儿褪色的蓝的那个布篓。"许益清以为他还没找到。

裘榆握了握拳头，发丝缠在手指上，绞得皮肉惨白。

"知道。"他说。

把布篓推进卫生间后，裘榆问："顶上那件，是我爸的吧？"

许益清刚好拣出那件衣服，在手里抖了抖，丢去滚筒洗衣机里："又是他自己买的，没一件好看。"

裘榆没多看，点了点头。

光束穿过"哗啦啦"的水流，印出的扭曲的朦胧物在奶白的瓷砖平面上，没有规律地涌动。

"走了。"

许益清瞥到他斜在胸前的书包带："运动会还背包啊？"

"给袁木带了早餐。背书包方便。"他不避讳。

许益清笑："我还奇怪你胃口那么大呢，锅里那包子、馒头是给他蒸的呀。"

裘榆开门，在外面狠狠甩了两下手："走了。"

袁木今天穿得比天上的云还亮，站在街边：薄薄的纯白色冲锋衣，拉链拉到顶，掩了他的一半下巴，下半身是一条同色的速干束脚运动裤。他通体全白，怎么看怎么干净。

袖子长，他的手心虚虚抓着袖口，埋着头，用鞋底蹭着粘在井盖上的小广告。冷风一过，拂着额前的碎发到眼边，他半眯着眼，脖子弯得更低，半张脸都遮到了竖着的衣领里去，只露一双眼睛。

裘榆停在昏暗的楼口，从后面远远看着他，迟迟不动。

原来他看不到自己也会等啊。从何时开始的？

重金求子的广告被一脚一脚蹭得面目全非，袁木转头，看向三楼，望裘榆家的阳台，看到了从楼梯口走出来的身影。

"你今天这么晚。"蹭了最后一下，袁木慢慢往前走去。

裘榆很快赶上袁木，他们的鞋尖呈一条线，裘榆说："帮她做了点儿事。今天不骑车？"他把钥匙环套在食指上转圈。

"不骑，坐公交车吧，节省体力。"

裴榆："你那跳高，需要啥体力啊。"

袁木斜眼看他，用淡嘲的语气说："你不是长跑吗？怕你半道腿软。"

裴榆没应声，只是抬臂卸了黑色单肩包，挂到袁木身上。

"干吗啊？"

肩膀撞在一起又分开，袁木任他摆弄。

"节省体力。"裴榆说，"反正包里的东西都是你的。"

袁木斜挎着包，把肩带调整好，伸手进去摸了摸，里面满是热气，一碰就知道是鸡蛋和馒头，硬盒的是牛奶。

"你吃了没？"

裴榆："肯定。葱油拌面。"

"代我谢谢许孃啊，运动会也有早餐。"

裴榆原本比他快了几步，这时回头看他，哼笑着"嗯"了一声，眼睫弯弯道："没事，她闲。"

他们到学校晚，没去教学楼，直接去了操场找队伍集合。

王成星站在班旗下向裴榆和袁木挥手，转头对旁边的黄晨遇说："欸，你看看，榆哥他们演黑白双煞呢？"

黄晨遇沉迷拉伸胳膊腿儿，抽空伸长脖子："白无常身上咋还有黑色元素呢？那包是替黑无常背的吧？"

王成星有感而发："不得不说，袁木的脾气真是太好了。真的。"他不惜牺牲自己举例，"上次我把他用了好多年的钢笔搞折了，他都没给我甩脸子。"

"这不是脾气好，这是压根儿没脾气。"黄晨遇摇头晃脑，贱兮兮地说，"也可能是他觉得跟你这种人计较不体面。"

王成星打不过他，只能撸袖做做样子："滚。"被携着雨丝的风一吹，凉飕飕的，他又赶紧把袖子放下来捂好。

体育委员站在大台阶上，大老远就提醒袁木变道："袁木——别过来了，跳高差不多要开始了，运动员要先去主席台检录签字——"

裘榆扯着他后背的书包带把人拉回来："包给我。"

"哦。"

"牛奶也给我。"

袁木晃了晃盒子："没喝完。"

"所以给我。"裘榆说，"跳完再喝。"

将包和牛奶都给裘榆，袁木空着手站了几秒，蹲下了。他把鞋带拆了重系，问："你要坐哪儿？"

袁木蹲得太低，裘榆听得模糊，就近弯了弯腰："啊？"

"我跳完去哪儿找我的奶？"袁木声音拔高一点儿。

"哦。"裘榆的笑没能压实，从眼角眉梢露了出来，"我去找黄晨遇他们。一会儿完了你可以来班旗旁边的台阶上找你的奶。"

"行。"

白鞋没沾灰，袁木也作势拍了拍。站起来跺几下脚，把卷着的裤腿抖下来，他转身一步跳下一个大台阶，三两步的工夫，便走远了，身后的人只来得及看几眼。

等拴牢裘榆的注意力的人离开，他才发觉举办运动会的田径场跟大火上煮的一锅粥似的。这儿攒一堆人"咕噜咕噜"玩闹，那儿有一群人"咚咚当当"乱跑乱跳，长哨声此起彼伏，呐喊助威的声音犹如潮水，一波比一波高，广播声也都差点儿淹没在这堆杂七杂八的声浪里。

黄晨遇给他挪出一个空位："来，来，来，嘿，榆哥！"

王成星腿上的塑料袋"刺啦"响，他掏出一捧五香瓜子给裘榆，好奇道："你一路走过来在笑啥？"

裘榆疑惑地看过去，然后意识到自己竟然笑了一路。他敛住表情，手朝沸沸扬扬的场面一摊："看着挺喜庆的。"

"哇——"黄晨遇跟着底下的人欢呼，"开始了，开始了。"

男子跳高比赛的场地在一班集合点的斜对面，第一个运动员已经就位。参赛者都换上了临时的参赛服，在赛场旁边放松肌肉。

"还蛮正式的。"王成星说。

没人理他。黄晨遇嘴巴忙着嗑瓜子，裘榆看着袁木。

袁木的冲锋衣在一个女生手上，参赛服是一件贴身的背心，红白相间，背后的号码牌是纸质的。他脱了外套，将参赛服直接罩在卫衣上。

女生的胳膊上挂着袁木的冲锋衣，她还凑近给袁木整理后领。

袁木在活动踝关节，对女生笑了笑，嘴唇动了动，应该是在说谢谢。他笑得温和矜持，客气疏离却又软的，总之很容易夺人心神。

"黄晨遇，好好学一学，袁木的拉伸动作比你的专业。"王成星说。

瓜子壳丢他一脸。

轮到袁木了，李学道站在他们头顶，激昂地喊："袁木！加油！一班！加油！"

有了班主任带头，一班大多数人也扯着嗓子来凑热闹，阵势十分吓人。袁木也确实被吓到，惶然地扭头望向这边。

裘榆看他这样又忍不住笑倒，把瓜子还给王成星，加入助威队伍，但只喊前半句。

场上的袁木身姿挺拔，目光笔直地盯着横杆，做了一个深呼吸后起跑。助跑前段，袁木的步子迈得大，腿抬得高，摆臂很从容，越接近横杆速度越快，到了他预判的点之后猛然爆发，到杆前起跳，他用力一蹬，面朝蓝天腾空而起——漂亮的背越式过杆。

他的腰背绷紧，在空中拱出一座优美的桥，两腿并拢抬高遵循上半身的轨迹划过杆。

袁木是第一个首跳没有碰杆的人。在如雷的欢欣的鼓掌声里，袁木在软垫上滚了一圈，两膝跪着把衣服拉整齐。

"哇——"黄晨遇大叹，"这真是十分专业的感觉！"

他头偏左问王成星："突击练的吗？"头偏右问裘榆，"还是说深藏不露？"摆正了头看赛场，"以前怎么没见袁木在运动会上露过脸？"

"你没想到吧？"王成星"哈哈"笑，"我也没想到！"

黄晨遇狂摇一脸淡定的裘榆："来，鼓鼓掌，来，'哇'一个。袁木赢啦！给个面子！好歹人家刚才还帮你背书包！"

"他本来就很擅长这个。"裘榆说。

王成星问:"你怎么想到的?"

裴榆捏了捏牛奶盒:"因为住一起,我从小……我从小看他长大。"

小时候他站在阳台上看他们晚饭后在街边玩追捕游戏,袁木蹿得比狗快。

"难……难怪——"难怪这两个人总是同时出现。

袁木寻来台阶上,已经脸不红气不喘,外套被他抱自己手里。虽然有些口渴,但他没有第一时间去拿裴榆手中的牛奶。

他后知后觉气氛有些怪异,王成星和黄晨遇正恍然大悟地看着他。

袁木问:"怎么了?"

因为三千米没人上,他们三个在报名时被体育委员强制拉去凑人头。他们仨因为跳高比赛错过了广播,匆匆忙忙赶去检录,剩袁木一个人守着三件外套。

后续比赛项目的体力消耗大,体育委员征集后勤志愿者和他去抬水。大家兴致缺缺,要是再找不到体育委员只能退而求其次地拖上李学道。

他转了一圈之后,只有袁木举了举手:"抬去三千米终点吗?"

体育委员犹豫了一下,估摸着得答"是"袁木才会搭把手。但三千米终点线离这儿实在有点儿远,体育委员沉痛摇头。

"哦……行,那也一起吧。"

裴榆在哨响前回了一下头,他们原来占的那排位子上空无一人。

黄晨遇拍他的肩:"榆哥,你高,一会儿跑前面扛扛风,可能这样我们还有一点点能跑完的可能性。"

"行。"裴榆的视线扫了一圈,无所获,他说,"能跟得上我就可以。"

人在重复做一件枯燥的事的时候,思维会不受控制地发散,老想些天马行空的东西。而裴榆围着全场跑了一圈又一圈,目光定点一遍又一遍,他的思绪凝聚在一处——袁木哪儿去了?

跑倒数第二圈时他得到了答案,袁木叉腰站在终点旁的绿地上休息,脚边摆了两箱矿泉水,手里还拿着那半盒牛奶。

最后一圈时，场边观众乍然沸腾，三千米还有人留余力冲刺。这场比赛裘榆始终第二，全程由一个体育生领跑。他猝不及防地发力赶超成为第一，掀起一阵经久不散的高潮。虽说裘榆最后时刻又被反超，但他跑了多久，人群为他欢呼了多久。

裘榆冲过终点，红绸早被体育生截断。众目睽睽下，他拐了个弯朝袁木跑去，不知道这是属于惯性，还是他新一轮的赛跑。

袁木手中的牛奶盒不见了，取而代之的是拧开盖的水瓶。裘榆以为自己可以停下，但没有，他们撞了个满怀。

裘榆胸膛剧烈起伏，透明的水淅淅沥沥洒了一地。袁木连退几步，稳住了摇摇晃晃的身体。

"我第几？"裘榆问他。

"不知道……"

"看什么去了？"

陆续有人跑来扶他们，裘榆闭着眼睛没放手："累，别动，大腿肌肉酸得跟要化了似的。"

裘榆在灰蒙蒙的视野里重新看到了袁木对着那个女生的笑脸。

裘榆想，如果是我做检录员，是我为你整理号码牌，是我遭遇你彬彬有礼的温柔的样子……但幸好，我们相遇得很早。

运动会接近尾声，李学道宣布："运动会结束之后——原地解散！大家回家吃饭！"

劳动委员慌张地留人："请第三组打扫完教室卫生再撤。"这实在有些残忍，于是他补充，"教室挺干净的！随便搞搞就行！"

黄晨遇和王成星跑完三千米就奄奄一息地向李学道请假，相互搀扶着走出校门，是不是朝回家的方向走还未可知。

杨岚清作为组长很快做出决策，三人扫地，一人倒垃圾。黄晨遇和王成星逃不掉，剩下的细致工作第二天让他们解决。

裘榆只负责最后倒一趟垃圾和锁门关灯，发现袁木收拾桌面的动作慢了一点儿，也就陪他一道。两个人拖着黑色大号垃圾袋走在空荡荡的走廊上，裘榆走了两步就盯向袁木的左脚，问："你的脚怎么了？"

袁木不舒服地扭了扭，使劲踏了两下地面："起跳的时候震着了，没事。"

临至正午，天有放晴的趋势。

回程，上楼时裘榆落在袁木身后，差点儿被绊倒。

到了教室，袁木转着锁倚在门边等裘榆去座位上拿书包。

裘榆边走边低头把包移到腰后，外套叠成细长的一条搭在胳膊上。袁木侧身挂锁让他先过，迎面碰上李学道从办公室里走出来。

袁木和裘榆听了他两句"跳得很高，跑得很快"的话就借肚子饿的理由跑走了。

两个人出了校门，走到公交车站等了很长时间。

"走路吧。"袁木踢着小石子往前走。

"边走边等。"裘榆跟在他后面。

裘榆频频回头，比袁木更留意公交车的班次。开往"水雷街"的公交车驶来，他拽着袁木在街头飞奔，跑过两条街，跑赢公交车，在它之前抵达下一个站台。

裘榆仰头喘气，袁木在他的余光里匆忙整理两张零票。他的喉结滚动了几下，还是说："你先走。"

袁木顿住，先把纸币的四角捋平，抬眼问："什么让我先走，你不和我回家？"

"我先不回。"裘榆侧眼看着油条摊。

"怎么了？"

裘榆笑："什么怎么了？"

"你呢，不回家要去哪儿？"

裘榆对袁木不会说谎，不会有所隐瞒，不会烦躁，不会不耐烦。他面对袁木，唯一的对策是一再避让。

公交车的刹车声有些刺耳，自动门豪气地打开，袁木把钱握成皱巴巴的一团，揣到上衣的兜里，随裘榆一同注视门可罗雀的油条摊。

人陆陆续续上车，收完最后一位乘客的钱，等不到客，售票员缓缓地手动合拢车门，司机起步走了。

站台空了大半，泛起萧瑟的意味。

"行。"袁木心平气和地说。

两个人走向和之前相反的方向。

小客车是满员的,车厢内气味难闻,时不时会涌出一两段聊天声,常常是无疾而终。裘榆和袁木坐在最后一排窗边的位子上。

颠簸了两三个小时后,车停,裘榆碰了碰袁木。他以为袁木早就睡着了,但袁木从窗外收回目光,立即侧头看他,眼神清澈。

裘榆得到很多慰藉,又有一点儿愧疚。

"到了,在这儿下车。"裘榆哑声说。

袁木一声不吭,只是跟着他。

车道两旁栽满枯了半个秋天的树,一股风带过,能卷走半棵树的叶子,一些落在车道上,一些翻滚去田野里。他们沿着道旁走,脚踏树叶发出"嘎吱"声,声音清脆也空旷,在这条路的两端悠来荡去。

"你不问我去哪儿啊?"裘榆的脸色看起来比之前好了不少。

"你是不是晕车呀?"袁木问。

"不晕车。"裘榆说,"是车里太臭了。"

袁木捶了捶腰:"路也太陡了,下车时没知觉,现在骨头好酸。"

"你不问我去哪儿啊?"裘榆又问一次。

袁木看着他:"问。去哪儿?我不是只能跟着你吗?"

前面很快出现低矮的住房,再往前是小集市。裘榆拉着袁木往粉面馆走,袁木却不进去。

袁木:"先把你的事办了。"

裘榆:"先吃饭。"

袁木:"把你的事办了再说。"

裘榆:"先吃饭。"

这次是裘榆为袁木布筷,涮洗得格外仔细。

"吃完面,我们穿过这个集市,再走一两公里,就到我爸和袁叔上班的厂子了。"裘榆把筷子递给他,接着讲,"他们一般七点半下班。下班后有的人去食堂吃,有的人会来街上,我们今天就是来这儿等他们下班。看一眼,我就带你回家。无论看不看得到,八点我们准时走。"

后来他们看到了，到底是没白跑。

七点，裴榆和袁木站在厂门口的树下。草丛的蚊子毒，两个人静站不得，只好不停走动。还好裴盛世出现得早，他搂着一个女人随着人潮走出厂门时，也才七点半。

一直不断跺脚赶蚊子的两个人就静止在七点半，目送裴盛世走去他们来时的道上。

蚊子咬人时是痛的，袁木被这带着细痒的刺痛感扎得浑身激灵了一下，他捏紧拳头，没有动。裴榆偏头，对上他的眼睛，一如既往地清亮。

第二次，裴榆拉着袁木来探视自己的世界。但怎么每一次都是不堪的？裴榆想：是巧，是奇怪，还是自己真的只剩这些？

他挥手赶走袁木颊边的蚊子，两手合掌，骂了一句。

集市就那么一个，那么一点儿地方，他们慢悠悠地往回走也没把人跟丢。裴盛世的手不在那个女人的腰上了，他们只是并肩走着，走进了一家宾馆，宾馆挂着"合欢"的灯牌。

这处光源充足，裴榆举起一直捏在掌心里的手机，打开了摄像头。他打开了，眼睛却不看手机屏幕，也不看宾馆。

路灯为什么千篇一律是橙黄色的？街上竖满了假太阳。

"还有车吗？"

"有啊。"裴榆抬手指了指袁木脸上那处泛红的蚊子包，鼓成扁平的一片，"最后一班在九点。痒不痒？"

"痒。"

两个人在站牌下等车，袁木向裴榆靠近些。

班车在九点前到达，车上只有零星几个人。和来时坐的不是同一辆车，他们坐在了同一个位置。

"不是这一个。"裴榆的声音被掩在发动机的声响下。他昏昏欲睡，凑近袁木。

"裴禧在沙发上捡到的是黄色头发，我在裴盛世的衣领里捡到的也是黄色的。但刚才那个女人是规规矩矩的黑发，对不对？"

裘榆笑了笑："真的是。"

"回去怎么说？"袁木此时的声音低沉，居然和裘榆的很相似。

裘榆："说什么？"

袁木："说我们今天看到的事。"

裘榆："我不知道。我正想问你呢。"

袁木："今天先睡个好觉。天亮了再说吧。"

他迷信白昼予人清醒的力量。

裘盛世对裘榆生活的参与度并不是很高，裘榆依然感到被深深地背叛。一家四口，除了没心没肺的裘禧，他们为维系这个家的存在忍受如此多，付出如此多，裘盛世却一朝背离，且不知道背离过多少次。

裘榆从小为自己的精神世界打造的地基原本就不稳固，如今又塌陷一角。

"算了，说吧，本来就是碎的。"裘榆说。

"可是，"他又开口，"可是我妈……可是许益清看起来还蛮在乎他的，为他洗衣服，袜子和内裤也不嫌弃，一点儿一点儿地用手搓干净。为他做饭，他回家了她连豁口的碗也要藏起来。为他生孩子，为他死过两次。"

裘榆问："我怎么说？"

袁木沉默了很久，只答："那就别说。"

"任他骗她？"

袁木说："或许，或许她知道呢？也或许，她不愿意知道。算了。我也不知道。"

说完，袁木骂了一句脏话。

裘榆沉沉地笑起来。袁木看着窗外也轻轻笑了一下。

"不知道的事情也太多了。"裘榆的头后倒在椅背上，他闭着眼睛说道，"不知道怎么面对他，爸爸。"

袁木试图拉合生锈的窗，手指卡得通红也还剩一道缝隙。强劲的秋风，当下变得幽幽的。他与窗户斗争许久，后来放弃了，平静地说："没关系，裘榆，其实爸爸的存在没那么重要。"

路过一座平房，袁木看到四只模样相像的白猫端坐在屋檐上，很优雅。他小声叫："裘榆。"

裘榆没有回话。

袁木回身看向他，听到了他平稳的呼吸声——你也很冷是不是？

许益清教裘榆爱是病态的控制欲，裘盛世教裘榆爱不必忠贞。爱这东西，既滥也俗，好像人人都轻而易举得到，随心所欲地在把玩，也变化多端，落到千人手里呈现千面。

被袁木摇醒，裘榆头昏脑涨地下了车，亦步亦趋地跟在他身后。夜色黑沉沉的，街面的灯也不亮，裘榆睡了太久，视线混沌，忽闪着冒金星。

裘榆索性埋下头，只找袁木的脚后跟。看袁木故意踩落叶，裘榆也跨大步子跟上，毫厘不差地重合上一个脚印。

"你的鞋。"裘榆冷不丁地开口。

之前去的地方很偏僻，路面坑坑洼洼，尘土飞扬，袁木的白鞋撑了一下午，鞋面变成灰色，沾了许多黄泥点。袁木比他早发现，苦恼过那么一时，现在浑然不在意了。

袁木抬起脚来偏头再仔细查看一圈，说："白色不经脏。"

裘榆说："是我害的。"

"有你什么事？"

裘榆没有搭话。

袁木穿运动鞋习惯用复杂的那一种系法系鞋带，让鞋带抖擞地立起来，不会软软地撒成两瓣。他穿这条裤子时常常配短袜，走路时现出脚踝，一施力就呈现漂亮的线条。

"过了这个月再说吧。"马上要走到街口了，此刻袁木放慢了脚步，等裘榆的意图明显。

裘榆没听懂，抬头问："什么再说吧？"

"就……"水果摊前满地果壳，袁木挑了个完整的柚子皮，双脚站上去，软绵绵的，他说，"就你爸的事啊。你不是不知道怎么办吗？还有将近一个月，等他下次回来，你看看再说吧。"

"你一路都在帮我想这个问题吗？"

他居然问这个。袁木双手揣在兜里，脚跟并拢，扭回来面对裘榆，扬了扬手肘："也不是一路吧，从那条斑马线开始的。"

为了增加这话的可靠程度，袁木还望着那边，要指给裘榆看那条线。

"想一路了就想出这么个办法吗？"裘榆小声说话。

"没有一路。"袁木说。

"嗯，哦，知道，从那道白线开始。"

袁木经常走在前头，每每注视他的背影，裘榆都希望能永远如此安安稳稳地走下去。但其实，裘榆又免不了期待他停下来，自己追上去，靠近一点儿。

"袁鸵鸟。"

袁木动了动下巴："哦，你有更好的办法啊？"

裘榆摇头。

袁木的手抬起来了。

街的另一头，有人哼着曲摇摇晃晃地从黑暗中走了出来。

两个人都转头看去，是薛志勇拎着酒瓶路过。见了他们，薛志勇歪了歪脚步站稳："看！眼睛给你挖下来！"

袁木压下裘榆蓄力紧攥的拳头，看了看他的后脑勺，说道："这次不要剪了，把头发蓄长一点儿吧。"

道过别回了家，袁木拉开门，屋里漆黑寂静，方琼和袁茶已经睡了。他拧着钥匙关上门，将钥匙拔下来攥手心里没来得及放好，就捂着胃靠着门框缓缓蹲下了。

据袁木的姨妈说，他小时候方琼奶水少，奶粉贵，所以他断奶比其他小孩儿早。方琼过早喂他吃辅食，破坏了他稚嫩的消化系统，导致他落得今天这么个金贵娇气的胃。

不过脆弱便脆弱些，袁木觉得也没什么不好。胃成了一架精密的仪器，按时督促他吃饭，准确为他验查哪口食物不卫生，哪家饭店去不得。

袁木从下午在集市吃过那碗粉开始难受，其间几次想吐，硬生生压了下来。精力专注在别处时好些，现在剩自己一个人，他反而忍不过这绞痛了。

他缩在鞋柜旁边，手脚发软，身体一阵冷一阵热，汗水密密麻麻地往外冒。他的头晕晕的，一会儿想裴榆会不会也胃痛，一会儿想自己瞎操心，裴榆那铁胃吞石头也不会痛。

眼皮打架，意识涣散，散到快要没有了，袁木爬起来跑向客厅，跪在地上抱着垃圾桶吐。他吐得一阵昏天黑地，胃还隐隐抽搐，涕泪不受控制地外涌。

袁木没有力气了，头后仰，勉强靠在沙发上，打过一阵冷战，全身再次发汗。他把脸上的眼泪抹掉，恍惚间，突然想，如果以后有机会有孩子，自己一定是个好爸爸。

人生成长路上每一次必经的痛，他都会陪孩子一起挨。孩子会生一场无人知道的病？留孩子一个人在乌漆墨黑的房子里吐完了还要自己收拾垃圾找水漱口？想都不要想。

袁木慢吞吞地处理好垃圾，缓了很长时间，自虐似的脱了衣服去洗澡。洗到一半，他又光着身子守在塑料袋前干呕好久。

袁木穿着睡衣出了卫生间，开了卧室的灯，发现裴榆躺在自己的床上。裴榆没穿外套，脚上是拖鞋，偏着脖子看他，手掌在眼前遮光。

场面不好笑，但袁木还是笑了出来，问："你怎么来了？"

"你的房间一直没开灯。"裴榆说，"发了信息，你没回。"

"万一我睡着了呢？"

裴榆笃定地说道："睡前会回信息吧？"他说，"你一直没回。"

袁木还是笑，欲言又止，表情难得鲜活。笑、疑惑、难以置信，被他演绎得很生动。

袁木："就……没回信息就要来爬人窗户？"

裴榆："我怕你出事。"

袁木："我能出什么事？"

裴榆："不知道。所以来看看。"

"看完了。"袁木坐在床边。

裴榆问："你怎么了？"

袁木问："还换了睡衣睡裤啊？"

"嗯。换了才来的。"

"你就是想来我的房间睡觉。"

袁木的头发没用吹风机彻底吹干，潮潮的。

裘榆笑："你要这么说，也没错。"他接着讲，"为什么洗澡洗这么久？"

袁木睡眼蒙眬地喊："你帮我关一下灯。"

裘榆掀被下床，长手长脚的，也就迈了两步。灯一灭，他钻回了被窝。

"我困了。你今晚在这儿睡了？"

裘榆低了低头，垂眼看着他："不知道。"

"不累的话可以再翻回去。"袁木踢了他的小腿一脚，"不知道，不知道，你知道什么？问什么都不知道。"

裘榆说："你还问什么都装没听到呢。"

袁木这才讲悄悄话一样说："胃不舒服。"

裘榆猜了个八九不离十："那家的粉不干净？还是说吃午饭吃得晚了？"

"刚才吐了好几次。"袁木又说。

裘榆起身要走，黑暗里，袁木问："干什么？"

裘榆愣了一下："给你找药。"

袁木声音软软地说："吃过了。"

见裘榆没反应，袁木拉了拉他："真的吃过了。"

裘榆顺势躺了回去。

袁木像一只小动物，被病痛短暂地击倒，柔柔的。裘榆不禁想：可以供他依靠已经足够好，但怎么反过来受治愈的也是我？我得到的未免也太多。

"袁木。"裘榆低声唤他。

Chapter 06

向日葵

　　昼愈短，晨霜愈浓，早读过后天还乌青。讲台旁的饮水机插上了电源，制热灯从此常亮。靠窗靠门的人提前添置了秋衣、秋裤和小毛毯，班里几十个人全倚仗着这几位着"顶级装备"的同学在掌管教室温度时高抬贵手。

　　天气是一夜之间变寒的。

　　黄晨遇课间撒完尿不想洗手，哆哆嗦嗦地碰了水。他顶着冷风进教室，在袁木的座位前停了停，想着袁木重感冒几天不见好转，就不蹭在袁木身上了，好心走开了。他往后排移动，站在裘榆的座位旁，水珠滴在课桌上，得裘榆一记眼刀。

　　"干吗？"裘榆指间的笔不转了，笔尖刚好对准黄晨遇。

　　"没事，没事。"黄晨遇弯腰用校服袖子抹去了那滴水，笑道，"你继续，啊，好好做题。"

　　王成星正在后面的犄角旮旯里占别人的位子看小说，底下垫了本语文书，顶上盖了本英语书，把金庸的《射雕英雄传》夹在中间。

　　"啊——"王成星的号叫声响彻那个犄角旮旯。

　　课桌上堆成高山一样的书滑坡似的"哗啦啦"垮了下去，黄晨遇的手跟长在他背上一样，怎么挣都贴在肉上，扎根在衣服里面。围观的女同学看热闹不嫌事大地配音："哎哟喂，王成星，好舒服——好暖和啊——"

黄晨遇的手差不多焐热了，王成星也差不多要真恼火动怒了，黄晨遇识时务，甩着手"咻"一下溜远了。

王成星也不追，把被踹倒的书山一本一本砌回原样："你等着，有本事不要回你的位子上课，不然我把你的猪蹄砍下来红烧卤煮了。"

记得还有一笔账，王成星睨女生一眼，阴阳怪气地说："学习学习搞不好，题目题目做不对，数学数学 36 分。"趁木签还没戳过来，王成星先跑了，边跑边喊，"围巾围巾织得是全班第一丑！"

"我把你的《射雕英雄传》碎尸万段！"

"错咯，错咯，姐。书是无辜的，是我们人类进步的阶梯。"

《射雕英雄传》是于绣溪从家里带来的，他现下人不在教室里，袁木听了一耳朵，便回头替他惦记后边的战况。

在草稿本上"唰唰"演算的笔顿住，裘榆摇了摇笔身，问袁木："你看什么？"

"判断一下那本书是不是真的会被撕。"袁木答完又不情不愿地说，"干吗，后排被你买了，看一下都不准？"

裘榆跟着他转头望了一眼，说："闹着玩，谁会真撕书啊，睡你的觉。"

"没睡。"

"那你从下课起一直趴着。"

"趴一会儿呼吸通畅一点儿。"

"那把药吃了。"

袁木坐正："早上忘带水杯，今天少吃一顿。"

大课间接热水的人不少，裘榆在座位上等了几轮，队伍空了才过去。半道他被一个坐前排的女生抢了先，到饮水机前她却磨磨蹭蹭，回身说："裘榆你先吧。"

裘榆有点儿莫名其妙，觉得一班的同学过分谦让了，说："你先来就你先接啊。"

兑了四分之一的凉水，估摸着水刚好能入口，裘榆把杯子放在袁木的桌上。

"干吗？"

"给你水吃药。"

袁木看了看杯子，又看向他："感冒病毒会传染。"

裘榆坐下了，提笔接着和那道压轴题死磕："那就把你的药分我一半。"

冷风卷进来，李学道拿着一沓资料出现。大家以为他是来查手机和课外书的，东西全往桌肚里藏，撞得"噼里啪啦"一通乱响。

李学道笑着扫视一遍，心知肚明哪几张脸是惊魂未定的。不过他没打算计较，拿出一沓 A4 纸叫第一排的同学分发传阅，就匆匆忙忙地走了。

A4 纸是学校办公室盖了章的通知单，有关高中生计算机竞赛的。竞赛是跳板，学生得了奖，有被保送大学和降分录取的机会。

杨岚清奋战在英文词海中，草草过了一眼通知单后往后传。袁木倒是从头到尾认真默读两遍，转头亲自交到裘榆手里。

裘榆："不用，后面都有了。"

袁木："你拿着。"

"我也有。"说着，裘榆还是接了过来。

"好好看吧。"袁木转了回去。

裘榆拿着两份通知单，扇了扇风，翻了个面当草稿纸，在空白面上画图写算式。

十点下晚自习，晚间有浓雾，高考倒计时灯牌的红光穿透力不强，但给予了空气颗粒感。

袁木和裘榆路过操场，雾把通往篮球场的长道和台阶全吞了，尽头剩一方天，孤零零地飘浮着一团缥缈的灰白色。

袁木问裘榆："那像不像一座悬崖？"

四周装了绿色的草坪灯，和高高挂着的计时牌交相辉映。

"还灯红酒绿的。"袁木说。

"可能悬崖底下在开派对。"裘榆说。

他们通常在教室里待到最晚，现在校门口只有零星几个人，路边有一个老奶奶在摆摊。路灯坏了几颗，迟迟没人来修，两个人走近才看见三轮车里是盆栽。

袁木想说这里没生意，得去广场卖，不过今天这么晚了，不如早点儿回家明天再去。但人与人之间交往时有集体默认的分寸感，俗规俗矩叫他止步，他只默默多看几眼，到底没开口。

"等等啊。"

裘榆走去三轮车前攀谈几句，付了钱，换回来两盆盆栽。

袁木盯着盆栽："种的什么？"

"认不得。"

"那你还买。"

"给你的。"

"我……"

裘榆把右手上的那一盆盆栽递给袁木，说："是有点儿重，我帮你拿一盆好了。"

那边的老奶奶把三轮车的挡板提起来，准备收摊了。

裘榆碰了碰他："走了。"

裘榆对校服没什么爱惜意识，为了省力，直接用胳膊把盆栽环在怀里。袁木看了好几眼，话在喉咙里打转，还是吞下了。

"你正正经经地端着累不累？"裘榆还这样问他。

"不累。"袁木还惦念着一桩白天的事，问，"计算机竞赛你有什么想法？"

裘榆惊讶："什么想法？"

"什么想法，去参赛啊。"

"你是怎么有这个想法的？"裘榆笑。

"我看你的书桌上有编程书。我去了两次，两次放的位置都不一样。"

天气转冷，方琼关店的时间越来越早。猫眼漏白炽灯的光，袁木知道她们在家，但也没抬手敲门，把盆栽放到地上，掏钥匙拧开门，又蹲下端起盆栽进门。

方琼在吃凉面，一转头，问："哎哟，你那手里是什么东西？"

"裘榆买的。"袁木这样说。

"裘榆？"

哦，那她就是没和许孃聊到过。

"他现在和我一个班，前后桌。今天晚自习……"

方琼看他要把盆栽搁到阳台上，忙叫："欸——这东西养得活吗？招虫得很。"

袁木迟疑了一下，说："过几天我找个地方搬出去。"

"嗯，不要老想着搞这些花里胡哨的东西，虽然我没想你有多优秀，你也要紧张一下，心思集中一点儿，寒假之后的时间快得很，离高考没几步了。"

"知道了。"袁木点头。

方琼顺口提道："你有没有想考的学校？"

"想""我想"——袁木很少和方琼交流这类话题。别说交流，平时讲话他都不会用这些字眼。他在她面前，一向缺少主语"我"。

"还没。"袁木说，"太早。"

"我帮你想了想，我认为呢，你还是留在我们身边最稳妥可靠。学校离家近，你读起书来也轻松，毕业以后工作办事，我们帮得上忙，你自己大学里攒的关系网也用得上。"方琼用筷子夹了一段葱，将它碾来碾去，"而且小茶应该也不会想出去，你们最好往一个学校考。

"等我老了，就算你们各自成家，兄妹之间还是要相互扶持、相互照顾。特别是你作为哥哥，我从来都最放心你。"

袁木不知在想什么，好在方琼也不会想他在想什么。

"知不知道？"她问。

"知道。"

袁茶洗好澡，正打开卫生间的门换新鲜空气，看见袁木居然还待在客厅里。

她按停吹风机："哥，你今天回来这么早？！"

"嗯。"

"我和潘叔叔说好了，明天中午你还是没时间回家的话，晚上你也可以去打针，他在诊所等你到十一点半！"

方琼问："打什么针哪？"

"有点儿感冒。"吃药好得太慢，袁木确实想快点儿痊愈，但不记得和袁茶提过。

"哥哥重感冒。"袁茶强调说。

方琼才说："声音是有点儿哑。"

袁木有点儿不愿待下去了："我现在去看看他还在不在。"

"你又这么晚才去，潘叔叔肯定回家了啊。"袁茶追他，没留住他。

预料之中，吃了闭门羹，袁木慢悠悠地往家走去。预料之外，他在陆倚云的店门口看见了裘榆的身影。

裘榆下楼买生瓜子，一小袋，一把抓完剩不下多少。陆倚云都懒得收他的钱，叫他揣好赶紧走。

裘榆也瞟到了袁木，叫袁木等等他。

他马上挑了最饱满的几颗瓜子扭头就跑，口袋留在柜台上，不管不顾。

陆倚云："欸——喷。"

裘榆跑来袁木面前，说："你怎么下来了？"

"倒垃圾。"

"那正好，我找了个东西，和盆栽配套，送你。"

"什么？"

裘榆把掌心摊开："向日葵。"他数了数，说，"四株。"

袁木想：明明是该我发烧。

初中接触了生物这门学科后，有一段时间，袁木对种植莫名地产生浓厚的兴趣，且付诸过一次行动。培育生命这件事新奇而伟大，他便提前沉浸在新奇和伟大里，没设想过失败的可能性。

挖坑、撒种、浇水，每一步袁木都谨小慎微，然后三粒种子只冒出一根嫩苗。于是他照顾得更精细，然后那根嫩苗长着长着就死了。

守着枯黄的叶子，袁木说不上来是何种感受，没有太难过，也不至于失望。只是他无厘头地认为，或许植物的生长本身就是一场骗局，和他的生活一样。他不再想，也不再在意。

现在裘榆摊开掌心将生瓜子送给袁木，袁木便也摊开掌心接过来，然后上楼回家，同样全程摊着掌心。他为这四颗瓜子考虑，生怕它们也需要氧气。

方琼和袁茶在各自的房间里做事，客厅里留了灯。袁木把瓜子摆在自己房间的书桌上，去了厨房。

他找了个铝锅，新买的花盆里的绿植被转移了过去。他没想着去储物间翻工具，忍受泥土钻进指甲缝的可怕触感，心想：这哪叫配套，裘榆挺会给人找事的。

弄完之后，花盆的土空了三分之二，握了握沾满泥的手，袁木抱着容器出门，去找刘姨嘴上经常念叨的，她在楼后面辛辛苦苦垦出的那一小块玉米地。

袁茶听见大门开了又关，想问问哥哥要去哪儿。但人早看不见了，只剩狼藉的阳台。

一个多月过下来，黄晨遇发现和作业答案相比，还是玩更重要。而且几次考试裘榆的分都比他的高，权衡之下他和于绣溪交换，坐去了后排。

给裘榆送早餐的姑娘像打游击的，冷不丁冒个头，也像拧不紧的失修水龙头，时不时会漏出那么几滴水。

黄晨遇兴致勃勃地跟裘榆聊："她这是吊着你呢，巴不得看你抓心挠肺。你看，前面一段时间天天送，有一天不送了，你就会想：咦，她怎么不送了，是不是不注意我了？"他绘声绘色地说，"欸——过几天突然又送了，你又想：哦，她还是对我关注的。她不让你烦，又让你天天惦记她。"

王成星根据自己的经验搭腔："说不定是没钱了，生活费是爸妈按周给的。"

乍听这话，黄晨遇想给他一拳，再琢磨，这理由也好像是有点儿靠谱。

"哎呀，不重要，总之目的达到了。"黄晨遇要上手摸裘榆的胸，

"你问榆哥，现在他的心痒不痒。"

裘榆在试卷上写了个"解"，打着冒号，冒号被黄晨遇折腾成破折号。他撂下笔，睨着黄晨遇问："你皮痒不痒？"

黄晨遇把手臂缩回自己怀里环着。

前面，袁木将书盖在课桌上，脱了校服拉开椅子起身，问："有没有去学校超市买水的？"

裘榆合上笔盖，把黄晨遇掀开："我顺便去上个厕所。"

路上袁木没怎么说话，到了超市，人多，两个收银口前的队伍似长龙。

裘榆没再和他往里走，在门口货架上拿了一条口香糖，说："我先去排队，你挑好了直接来找我一起结账。"

袁木："你喝什么？"

裘榆："我不用。"

袁木："喝什么？"

裘榆磨蹭了几秒，说："和你一样就行。"

袁木拿了两瓶汽水，颜色不一样，问："橘子和荔枝，你要哪一个？"

裘榆说："你把你的选了。"

袁木留了橙色的，递给裘榆白色的。明明他自己更喜欢橘子味，还对裘榆说："荔枝味的也挺好喝的。"

裘榆像煞有介事地点头："嗯，对。"

袁木："你要上厕所吗？刚才听你说的。"

裘榆拢了拢外套："没，就出来醒一下瞌睡。"

袁木："那你先走，我撒尿。"

"等你吧。水给我。"

袁木走出几步了，把瓶子抛给他，朝女厕所门口几个瑟瑟发抖的女孩儿看了一眼，说："先走。你也傻站着喝风玩你等我我等你这一套啊？"

袁木走在回教室的路上，路过草坪，遇见除草工推着轰鸣的机器有条有理地折返着走，姿态闲逸，像散步。

"嗒"的一声，声音很小很清脆，不知是草根、玻璃片，还是石头的坚硬物体弹射到他的眼尾，差一厘米就碰到眼球，很快传来尖锐也短暂的一点儿痛感。皮肤先感到痛，大脑才反应过来发生了什么。袁木迟钝地眨了眨眼皮，伸手揉了揉，没血。

走进教学楼，他在仪容镜前停了一会儿，检查出眼尾没破皮，稍泛一点儿红。

他的心底很平静，对前一刻差一点儿右眼失明这种事，他没有后怕的情绪。他是想调动情绪的，想像正常人一样去和同学分享描绘一番害怕过后再感到庆幸的心情，说"天哪好险谢天谢地"，但他做不到。没办法。

到了教室，袁木先看到自己桌上那个赫然立在中间的橙色瓶子，然后看到后排的裘榆在给人讲题。问题的是个女生，上次向袁木借裘榆的外套的苏秦雨。另一瓶荔枝味汽水在她手里，裘榆举着试卷边画图边给她解释，她边点头边拧开盖子仰脖喝水。

走廊上疯跑的男生撞向袁木。他分着心，身体失去防御的本能，额头磕到了门框的尖角上。

"我去，我都叫你别这样推我！"

有人来扒着袁木的胳膊："袁木，让我们看看出血没？！"

"我不是故意的！袁木，你没事吧？你怎么样？"

袁木弯腰捂着头，遮住了脸，不让别人看到自己的表情。

他摇了摇头。

"那……那怎么办，我扶你回座位？"

袁木把手放下来，伸到眼前看了看，说："没事。"

他没抬头，但在人群中认出了裘榆的鞋，还有扶在胳膊上的那股力道。他挣了挣，那人纹丝不动，他停了一下，用力甩开了手。

苏秦雨还坐在黄晨遇的位子上，还为刚才裘榆越过她撑着桌子跳出去的动作发蒙，还回想着当时他的手指压住她的，脸越来越红。

袁木走过来，裘榆跟在他身后，组里的人都朝他们看去。

黄晨遇刚才在后面和他们玩乒乓球，赶来先问："我就听见'砰'

的一声了，没看见，谁撞的？"

袁木："又不是故意的。"

他想表现得若无其事。

杨岚清担心地看着他："我倒是看见了，感觉他们速度好快，你的头晕不晕啊？你有没有想吐的感觉？"

于绣溪站起来让位，顺便挽着他，想表达一下关心，吞吞吐吐的，最后没出声。

袁木不好意思躲，怕这样显得矫情，任他挽，坐下后笑道："谢谢，没那么严重，你们别这样。"

裘榆在后边低头看了看自己的手，又看了看于绣溪的手，碰了碰苏秦雨，说："不好意思，让我过一下。"

"哦，哦。"苏秦雨说，"你记得刚才讲到哪儿了吗？"

忘了。裘榆沉默了几秒，说："我从头讲一遍吧。"

"好的。"说每句话时苏秦雨都笑着。

"刺——"汽水瓶盖又被人拧开了，荔枝味道在空气中飘散。

黄晨遇的座位被占了，他就去占别人的。隔了一条窄过道，他说："你也喜欢这么喝汽水吗？之前你不是说怕这样喝会打嗝吗？"

"这个味道的好喝。"苏秦雨说，"我是笑你打嗝，不是怕我自己打嗝。"

裘榆心情本来就不怎么好，他淡淡地问道："还听吗？"

"不好意思啊，要听的。"

前座的袁木小声请于绣溪让座，拎着他的橙色的未开封的汽水走了。

黄晨遇好笑："嚯，你的还和袁木的是同款。"

这次没人理他。

袁木没能在上课铃响之前赶回来，李学道在等同学们翻教材，闲着无聊为难他："干啥去了？"

"上厕所。"

"大课间刚下，我就看你和裘榆在厕所门口呢。"

袁木没表情，没说话，也没看裘榆。而裘榆在看他，看他两手空空，汽水不见了。

逗袁木没趣，逗黄晨遇才有意思，李学道笑着招招手让袁木回座位。

翻页的时候，于绣溪指了指袁木的手背。这次见血了，虎口上有一道口子，他在外面用冷水冲了一会儿。

"没事，被垃圾桶剐到了。"袁木扔瓶子的时候太急了。

后背被戳了一下，袁木往前挪。裘榆又去戳于绣溪，指了指袁木，让于绣溪把创可贴给他。

于绣溪心领神会，说："裘榆给的，你坐得太靠前啦，他够不着你。"

袁木："……"

袁木说着"谢谢"接过创可贴，却将它丢进桌肚，头也不回一下。

放学后，袁木仿佛被钉在椅子上，全神贯注地写试卷。裘榆也不动，趴在桌上，等教室变空。

前面的人忽然站起来碰到裘榆的桌子，害他磕着下巴，他没时间去揉，倾身去拽人。

袁木没和他对抗："放手。"

裘榆没放，卸了一半力，结果袁木立刻逃走了。裘榆大声喊："袁木我错了。"

留在座位上认真做题的几个同学都抬头打量这两个人，趁气氛没变古怪和尴尬前，袁木先返回去拉裘榆，勉强笑着说道："没事，小事，不用这么小题大做。"

走廊这么宽，裘榆非要紧跟着他："我错了。"他从包里再拿出一个创可贴，"真是垃圾桶剐的？哪个？"

裘榆说："我知道你气什么，我不会有第二次的。"

"我没生气。"袁木说，也认真自剖：只是暂时不想和你说话。

裘榆："好嘛，不管你生没生气，我都不会有第二次。"

袁木问："你要吃饭吗？"

裘榆学聪明了："你要吃饭吗？"

袁木："我想一个人吃。"

没等到裘榆的回答，两个人沉默着下完楼梯，袁木被推进了器材室。裘榆堵住袁木的去路，随即单手关上了门。

裘榆等袁木先抬头看他，或开口质问他，但袁木都没有。

裘榆语气平静地说："听起来很像狡辩，但确实是她自己先拧开喝了，说以为是黄晨遇的。你是因为这个生气对不对？你生气是对的。把别人送自己的东西立马转赠给另一人是很没礼貌的事，你是应该生气的。

"但你不要不讲话。"

袁木有一点儿无奈，有一点儿想笑，也有一点儿讨厌自己。

"好了，一瓶汽水而已。"

而已。

裘榆语塞："不是。你以后不会因为这件事不给我买了吧？"

听裘榆问得郑重，袁木才去看他。

印象里，他没见过裘榆郑而重之的表情，想证实人的声调与神情是否真的能匹配，却看见裘榆耳朵红红的，眼睛也是。

"会不会？"他追问。

"会买的。"袁木愣怔地答。

知道袁木是气消了，裘榆第三次为他拿出创可贴，说："我们的伤在同一只手上。"

"我看看你的。"袁木说。

裘榆说的是之前和严磊起冲突被弄伤的小臂，结的痂都快掉完了，这时讲出来和他找相同。

"额头还痛不痛？"

"有一点儿。肿了吗？"

裘榆摇头，袁木没看见，裘榆又说："不肿。"

器材室的门裂出一条缝，静止几秒后徐徐敞开了。裘榆站在里面把着门，侧着一张脸一直望旁边。看样子室内墙角处似乎还有一个人，却迟迟不现身。裘榆没有因为等得久而不耐烦，甚至浅浅地笑了笑，抬了胳膊伸出手。

裘禧一个人拖着一大袋子排球一步一步挪近了，才看见袁木从里面走了出来。

"哥！"她声若洪钟，"我说谁呢，袁木哥！"

两个人都被她吓了一跳。袁木最禁不住一惊一乍这一套，身子打了个激灵。

"大白天的吓唬谁？"裘榆凶她。

裘禧太冤了，抬头看朗朗乾坤："大白天的我能吓唬到谁？"说完又"哈哈"笑，"不好意思袁木哥，好像确实吓到你了，你们在这儿干吗呢？"

袁木张口便来："我们来放篮球。"

裘禧还"吭哧吭哧"像只小乌龟似的，把绳子放在肩上，弯腰驼背地把麻袋往里拽。她说："我记得……你们不是……周五下午才有体育课吗？"

裘榆走过去从她手里接过袋子，一把提起，转身扔到器材室里，问道："你们班体育老师是谁，这么多球就安排你一个人来？"

"欸——"裘禧张着两只手，想提醒裘榆轻拿轻放，最后把手叉在腰上，气喘吁吁地妥协，"行吧。"

"老师还叫了一个男生，结果没下课那人就溜去吃饭了，我总不能也撒手不管。"

袁木在他们后面将器材室的门掩上，说："下次再遇见这样的情况，就撒手不管。"

裘禧呆了呆，扭脖看她哥，她哥点头说对。

既然遇见了，那就躲不掉。去食堂的路上，裘禧挤到他们中间，一路叽里咕噜，时不时需要裘榆做回应，裘榆就"嗯"一声。裘禧转向另一边看袁木，袁木会比他哥多说几个字，通常是"我也这么觉得"。

三个人到的时间点刚好，排队的人没多少了，菜品还丰盛。裘禧先去占位子，坐等袁木和裘榆打了饭来找她。

她脖子都等长半截，两个人才慢慢走来她对面落座。裘榆端的两个饭盘，量同样多。因为袁木在场，裘禧有些不好意思，夹了个鸡腿给裘榆，说自己吃不下。

裘榆一眼看破她那小心思，将鸡腿丢回去："吃你的，又没多少，还假模假样的。"又说，"这顿你袁木哥请的。"

裘禧这才快快乐乐地放下心敞开肚子："谢谢袁木哥！"

快要饱了，裘禧有空惦念起伤心事，神情落寞，对裘榆讲："哥，我今天出丑了。"

"说来听听。"裘榆说，"有多丑？"

"很丑。我们班不是打排球嘛，我嫌热，就把外套脱了和大家一起玩。当时忘了，我早上起床没穿小背心。"裘禧顿了一下，才继续说，"然后，风一吹，我衣服一贴，好多人看到了。"

两个听众神色如常，裘榆问："有人笑你了？"

裘禧用筷子戳饭菜："还有人骂我。"

"怎么骂的？"

裘禧说不出口，扭捏地说："反正就是骂我，偷偷骂的。他跟一群男生小声说，完了他们都盯着我笑。"

裘榆不像平时那么凶了，平心静气地问："咋说你的？"

"说我不正经。"

裘榆估计还有比这更脏的话，没表现出什么反应，只问："那你后来是不是没打球了？"

"嗯。"裘禧点头，"就去一边坐着看他们玩了。"

"亏不亏啊裘小禧，球都没摸到，放了学又帮他们捡球。"裘榆扒完最后一口饭，"你现在看看说你的那男的在不在食堂里。"

裘禧从进门时就探过了："不在。"

"他是走读生还是住校生，知不知道？"

裘禧也早打听好了："住校的。"

"哪个寝室？"

"不知道。"这个她没问着。

"那赶紧吃，两口咽了，我们带你去男寝门口。"

"干吗？"

"干吗，堵到人了再说。"

"袁木哥也去啊？"

"去看看。"袁木放下筷子说。

"好！"裘禧斗志昂扬。

其实她性子莽，被骂的时候撸撸袖子能自己和那男生干上一架，唯恐干完了老师通知家长。有裘榆兜底她安心些，到时候真被请家长了，妈妈的火力分散成两份他们也好承受些。何况现在她还捡到了别人家的袁木哥！

离上课还有一个多小时，三个人在男寝门口转了一圈，去旁边水池的台阶上坐着逗鱼逗鸟。没过多久，裘榆和袁木躺下了，两个人身下垫着校服。

裘禧看他们统一将手臂搭眼睛上，昏昏欲睡，姿势娴熟又悠闲，她苦恼道："我们是来堵人的吗，不应该凶神恶煞吗？哥哥，你们像来度假的。"

"你袁木哥牺牲午睡时间来给你撑场子，还不让人眯一会儿？捂嘴偷着笑吧你。"裘榆懒懒地说道。

裘禧见状要去挤他们，裘榆屈膝拦她："你不看着能堵到什么人？"

她悻悻地坐直了，其间回头瞄他们几眼，又觉得现在这样的日子很不错。她有些忧愁地说："哥，你和袁木哥没一年就毕业了，到时候我在学校找谁给我撑腰啊？"

"朋友吧。"裘榆说，"用点儿心，找一个一辈子站在你身边的朋友。"

"哪里那么容易？"

袁木加入对话，声音有笑意："你哥都说了，用点儿心。"

裘禧"哼"了一声："那我等一年，等小茶来。"

这次是裘榆笑："你给她撑腰还差不多。"

裘禧突然喊："蒋力！"

两个人"噌"地坐起来，裘榆先用气势压人，逼视楼前那几个人："蒋力，哪一个？"

蒋力一看见裘禧就知道是怎么回事。跑了丢脸，他硬着头皮上前："我，有事？"

"有事？"裘榆重复他的话，站到他面前，"是有点儿事。裘禧你说，还是我说？"

裘禧："我说。"

裘榆对裘禧讲话，眼睛却居高临下地盯着蒋力："好，那我先对裘禧说两句。那个叫蒋力的人，再在你面前说三道四，你就用力扇他的嘴，他不让你就来高三一班找裘榆，裘禧的裘，榆树的榆，我随时在。记不记得住？"

没等裘禧答呢，蒋力就徒劳地向后退："记得住。"

蒋力吓得不断往后退，摔在地上。

"内衣嘛，不稀奇，我看你不是也没穿？"裘榆蹲下平视他，"但你这么喜欢，要不要打电话叫你爸妈买完来学校帮你穿上，每天都给大家检查检查？"

袁木走到裘禧身侧，问站着的那群男生："体育课，你们谁笑了？"

蒋力咽口水，舌头直了，半天憋出一句："不用了。"

袁木："看裘禧干什么？都看我。"

男生个个摇头。

袁木看向裘禧，裘禧不说话。另一边的裘榆抬了抬头，把她叫了过去。

裘禧站在蒋力面前，忽觉自己不似想象中盛气凌人，她的怒气和委屈都在袁木和裘榆的维护中散没了。她打量蒋力半天，撂下了一句话："你一点儿也不骚。"

回程路上，裘禧一如既往走在中间，倒不像往常那般叨叨咕咕。

裘榆走两步瞧她一眼，最后一下低身去看："不是吧，仇报了反而要哭？"

裘禧被裘榆逗得捧腹："哪里要哭？"

察觉袁木跟着一起看过来，裘禧伸出两手去遮两个人的目光："没有，没有，没有。"

袁木说："我也这么觉得，没有啊。"

他问裘榆："我去洗个手，你们去不去？"

那必然要去，裘榆快走两步和袁木并肩。裘禧挥了挥手，说自己先回教室，却立在原地目送他们离开。

明明早早探查到裘榆想远走，明明也盼望他如愿远走，但刚才分心预想一遍他远走的情况，体会一遍他远走的心情，裘禧认为自己不够洒脱，也不够坚强。

她仰头朝眼边猛扇风，带着浓重的鼻音自言自语："好怪，好怪，哎呀，裘禧你的泪腺好怪，走了又不是不回来。"

周六没有晚自习，下午第四节课也能自由决定去留，袁木到家早，碰巧遇到方琼打扮得整齐靓丽要出门。

"你来得正好，我还说一会儿给你打电话。"方琼交代，"我去一趟医院，叫小茶去看店了，你做好晚饭给她送下去一份。"

"你怎么了？"袁木没有要脱鞋的意思，"我和你一起去。"

如果真是生病的话，一个人去医院的滋味不太好。

方琼说："这几天老犯恶心，去查一下胃。"

"我还是一起去吧。"袁木说完让步，"实在不行，过几天叔叔回来了，他陪你一起去也行。"

再不走赶不上公交车，方琼摆了摆手下楼："没事，就做个检查，快得很。"她不忘说，"你种的那几盆东西，快找个时间搬出来，感觉好多虫子，还浪费我一个锅。"

"没有浪费，那锅早就漏了一个小洞。"袁木在家门口说的，方琼已出了楼道，也不知道听到没有。

袁木做了晚饭没给袁茶送，囫囵几口吃完打算直接去店里替她。没到街口，他看见了在摊前徘徊的薛志勇。

他嘴里嘀咕着话，袁木离得远时听不清，走近时他又不说了。

"哥。"袁茶像抓住救命稻草。

"我来换你，今天吃炒饭，在锅里。"他对袁茶说。

"好。"袁茶避之不及。

薛志勇肩膀一松，也抬脚要走。

袁木："你先等等。"

袁茶听话地停下看向他，袁木拎着一张不怎么结实的细脚凳拦在薛志勇跟前，对她说："不是叫你。觉得饭菜腻的话，汤在电磁炉上，煨热就能喝。"

远远地，袁茶进楼道了，袁木要把凳子撤开，被薛志勇用脚钩住坐下了。

袁木的手臂随之垂下来，晃了几下。他定睛看着薛志勇，想宴席上薛志勇死盯裘榆不放的那个眼神，他硌硬好多天了。

袁木的瞳孔黑沉，那两点黑一动不动地凝着，剐着薛志勇。

薛志勇试图不输阵地与他对视，没来由地觉得瘆人，气一岔，错开了目光。

"你和我妹说什么了？"袁木问。

"我来买水果。"薛志勇再次看向袁木，"买水果该说什么我说什么！你看什么看？！"

薛志勇适时记起某个凌晨他也说过这话，只是现在不适合有后半句。但那天他说了后半句袁木也没怎样，怎么不适合？

袁木踹了凳子一脚，生满锈的钢折断，薛志勇跌了几步没站稳，打翻了摊前的几个梨。

"本来是要丢了的，你坐坏可能要赔，梨子被撞坏了，也要赔。"袁木把藏在木板下的一块红砖抽出来，作势挥向薛志勇的面门，吓得薛志勇连声号叫，威胁似的要喝停袁木。

袁木果真停住了，他只是想吓吓薛志勇："第一次，他是不是用的这块砖？闻一闻，还有没有苹果味？

"不要再来找我妹，还有街上的娃娃，说你那些烂话，那我们还可以照样喊你一声叔叔。如果有第三次，就不只是吓吓你了。"

"小子……"

说完自己要说的话，袁木对薛志勇的骂骂咧咧不作理会。袁木抬头，旁边守摊的人又继续移开注意力各忙各的。

袁木专心把掉落的梨捡起来，将店里的水果整理一遍，拣出几颗坏果丢进废篓。水果店里永远有一股果肉腐烂的味道，他从小闻到大，始终找不到源头。

他吐了口浊气，好像有用，吐出了一点儿疲惫感。

裘榆的内心暗受折磨很多天，他再面对裘盛世时居然内心毫无波澜。

他进门时，裘禧搬了条椅子坐在沙发旁边给裘盛世找白头发，正要价，一根一块钱。路过的许益清受不了了，说头发油乎乎的还用手扒拉，也不嫌脏。

裘禧说："唉，没办法，赚钱嘛。"她又说，"别说，我爸挺讲究，人家这头发不是油乎乎，是锃亮，喷了啫喱水对不对？味道冲鼻子。"

裘榆放钥匙的力气大了些。

"儿子回来啦？"裘盛世还是那句废话。

裘榆充耳不闻，视他为无物，把书包丢在鞋柜上径直去了卫生间洗手。

裘盛世问裘禧："哪个又惹到他了？"

"不是我。"她首先说。

许益清在厨房里喊吃饭，裘榆湿着一双手去端菜。裘禧半道截住他献殷勤，被他侧身躲开。

裘榆说："爪子洗干净。"

裘禧低头看手，还放到鼻子下闻了闻。

"快点儿。"裘榆觑她，"恶心死了。"

这个月，裘盛世也比对楼的袁高鹏回来得更晚，还说他在家待不上一天就要走。许益清不懂他厂里那些事，没有多问，舀了两勺排骨到他碗里，只叫他走时多带两件棉服，冬天要来了。

裘榆自始至终盯着一盘菜不挪目光，嘴里的饭没滋没味，如同嚼蜡。许益清也给兄妹俩一人添了一勺排骨，问裘榆是不是胃口不好。

他摇头："没。"

裘禧跟他说："中午小茶来我们家里吃的饭。今天方姨和袁叔叔吵架，叫她到外面吃，我就把她拉来我家了。"

裘榆："关我什么事？"

裘盛世敲碗边："妹妹跟你聊天呢，这么不友好。"

裘榆："关你什么事？"

裘禧却不在意，趁裘盛世发作前赶紧接话："不是，我听说吵得挺厉害的，要是几天好不了，明天哥哥你也拉袁木哥来家里吃饭。"她笑得乖巧，讨好许益清："妈妈你说好不好呀？"

裘榆不好相与的气焰消了点儿，他低下头答："再说。"他周到考虑了一番可能性，又说，"但袁木会自己做饭。"

裘盛世把骨头吐桌上："这个肉太老了。"他下定义，"你放火上炖太久了。"

"我们都不觉得不对头，就你的嘴挑。"说着，许益清夹了一块排骨尝了尝。

"真的，肉卡在牙缝里烦死人。"裘盛世强调。

裘榆："那你别吃了。"

"咦，你今天吃炸药了？"裘盛世半真半假地发怒，不想把气氛弄太僵，"看谁都不顺眼。"

许益清也看裘榆："怎么了？和你爸爸也这么说话。"

爸爸？

四个人里只有裘榆如常地在吃菜喝汤，他说道："下周一我就去公安局把姓改掉，不要头上这个'裘'了。"

裘盛世听到这话才真正沉下了脸色："你啥意思？"

许益清拉裘榆的衣服，也严肃起来："你到底怎么了？有事好好讲，这么大了，不要说这种没脑筋的幼稚话。"

裘榆只看许益清："改成'许'，你不答应，我就姓猫姓狗也可以。"

裘盛世猛地抬手把裘榆筷下的菜碟掀翻，汤汤水水全洒在裘榆身上，又强势地夺走他手中的碗，愤怒地砸去地上。陶碗四分五裂，瓷片飞溅，裘禧吓得捂耳惊叫。

"这么大了？就是给他吃太多，我辛辛苦苦把他的翅膀养硬了，让他回家来骑我头上拉屎拉尿发脾气！"

裘榆坐着没反应，裘禧着急忙慌地拽他站起来把汤水抖掉。但汤水的烫和衣服被弄脏在他看来都没什么，他叫要哭的裴禧先回自己的房间。

"那你好好讲啊，你砸碗就威武了？把家闹得鸡犬不宁。"许益清把裴盛世摁回椅子上，转头说："你也是，他好歹是你爹……"

"辛辛苦苦？"裴榆开口了，指着裴盛世，"我和裴禧是我妈养大的，你用这话来恶心谁？"

"老子今天非……"

"裴榆！"许益清挡在裴盛世前面，不让他冲动，"你以为你从小到大用的钱从哪儿来的？不是你爸在外面辛辛苦苦挣的吗？十几年来他吃不好睡不好，一个月回不了几天家，都是在为你和妹妹挣那几文钱。你还跟他说这种话，诛心不诛心？快认错道歉！"

"你现在问他，想不想得起来我和裴禧今年几岁。"裴榆说，"挣钱谁不会？你没挣吗？人养条狗也知道要亲手喂，裴盛世就这么养孩子吗？丢点儿钱就万事大吉吗？真这么轻松我也会，让我来给他当老子，看他的命够不够贱，能不能被我养活。"

许益清情急，不想让裴榆胡说八道下去，伸手打了他的脸一巴掌。裴榆果然住了嘴，僵着脖子不动了。

裴禧失声哭了出来，冲上来护在裴榆身前："干什么？！你们都在干什么啊？！"

裴榆用干净的一角袖子绕到前面去捂她的脸，看不见眼泪在哪儿也就胡乱抹："不要哭，最听不得你这种声音。"

他说："没什么好哭的。"

裴盛世一把掀开许益清，去阳台找扫把，回来指着裴榆："天收的，给老子滚！裴家也不稀罕你，你敢回来老子打断你的肋巴骨！"

"我想走随时可以走。但这不是你一个人的家，轮不到你一个人发话。"裴榆朝他走过去，胸口抵着扫把杆了也不停，用力逼着裴盛世往后退，"打断我的骨头。来，你可能也不清楚我被从小打到大。"

裴榆看了一眼被摁去地上的许益清，从头到尾把裴盛世护在身后替他说话的许益清。她可怜，显得婚姻悲壮。就算婚姻是坟墓，又凭什么只牢牢困死她一个？

163

明明是裴盛世先背叛她，背弃他们，背离这个家的。

裴榆将今生最绝望的眼神给了父亲，他说："还有，我要说，不要再让我发现你带其他女的回家，再看见一次，她跑不脱，你更跑不脱，两个我都收拾了才算数。"

向日葵的种子不过几天就发出绿苗，在方琼说过那一嘴之后，袁木就把四颗种子转移去了家门口的墙角处，花盆底下垫个纸箱表示它们有归属，打算周末再挪去对楼的天台上。

一周以来，他早出晚归，等到周六有时间来仔细料理了，它们竟然已经不知不觉蹿出一根食指高。叶子是嫩绿色的，婷婷的，生机勃勃。

袁木在楼道里蹲下，怕书包沾地，拿下来抱在胸前。他用手指碰叶子，抚完叶又去摸茎，心里念念有词：乖乖的啊，好好长，明天奖励你们一个太阳。

听见楼上有人下来，袁木将手缩回搭在膝上。感觉来人在有意放缓脚步，他转头去看，薛志勇冷哼一声，甩手甩脚地走了。

袁木拉开书包暗袋拿钥匙，又对未来的向日葵细语："奖励太阳之前先给你们把水安排上。"

吃饭的点，家里却没亮灯。袁高鹏看店，袁茶窝在卧室里，袁木去敲方琼的门，问她是不是胃又不舒服。

"有点儿头痛，你们自己弄东西吃。"方琼声气微弱。

"妈，我给你倒点儿热水。"

"不用。不要和我讲话了。"

袁木站了一会儿，等她的房间完全没有动静了，才拿上浇水壶出门。

而家门口已然狼藉一片。它们长得很好，根须早早生入了花盆底层，所以被人硬生生拔掉的时候带出大半泥土，原本亭亭的四株嫩芽横陈在地，蜷成乱糟糟的一团，全遭鞋底踹了，绿色汁水混在黄泥里。

袁木埋着头立在其间，牙都要咬碎了。

袁木箭步冲去楼上砸门，小小志的小短手吊在门把手上，半边身体随门晃悠，嘴里包着蛋糕叫他哥哥。

"你爸在哪儿？"

"不知道呀，出门啦。"

袁木掉头就走，小小志问他要不要吃奶油小蛋糕。他顿步，抬头从栏杆间隙中看小小志，沉沉一眼，没有吭声。

袁木无故喘起粗气，心率从没这么快过，"咚咚咚咚"，好似满胸膛在跳钢珠，再没办法平静他会爆炸。好在没等他把最后一层楼梯数完，薛志勇提着酒出现在他面前。

袁木居高临下，逆着光。薛志勇看不清袁木的表情，但感受得到袁木沸腾的怒气，心情大好，仰着脖子朝他笑了两声："重新种进去还能活，哈哈哈，如果我没补那几脚的话。"

"是你拔的对不对？"袁木最后确认一遍。

"对头，是我，你是不是听不懂人话？"

袁木垂在裤边的手神经质地抽动了一下，小拇指不受控地颤抖起来。

袁木抬脚下楼。

"我问你，爹死了，娘也不疼，你活着有什么意义？你的下场会不会跟严家那个一样？"

袁木停下。

薛志勇嚣张得意，以为捏到了袁木的软弱处。

他怎么知道的？袁木的心率又变快了，此刻心情难以名状。

薛志勇晃着酒瓶，装模作样地低声细语："你给我磕个头，我就帮你在你后爸面前说说好话。"

蓦然间，对面那栋楼里传来一声沉闷的撞击声，气势磅礴，带动周围的地皮一阵微颤，接着又一声，又一声，混杂玻璃碎裂的声音。

裘禧凄厉的哭喊声响彻街道。

整条街的人听到骇人的动静，都火急火燎地往裘榆家赶，而他们到达时，他家的大门已经被袁木踹烂。袁木似乎被看见的景象吓到了，人人争先恐后地拥进去，呆滞的袁木像无骨的草，扎根原地，被撞得东倒西歪。

裴榆和裴盛世缠斗在一块儿，躺在地上，两个人身上都有血。

裴禧捂着肚子坐在墙角，没有气力爬起来。许益清满身污秽，蒙着右眼，指缝溢血，朝人群喊"救命"。

方琼最后赶到，里面围满了人不知情况如何。她拉外围的袁木："发生什么你看到了没？你怎么了？你的裤子……你的腿怎么回事？"

袁木醒神，疯了一样拨开众人，辟出一条道去找裴榆。

裴榆被三个成年男人拽拖着往外走，还在拼了命地挣扎。他害怕裴盛世再动手伤害裴禧和许益清，想要过去按住裴盛世。

看他真的失控，更多的人去架住他。

"让开，你们让开！"

谁碰了裴榆袁木就推开谁，但手为什么这么多？袁木永远推不完，裴榆的手腕和脖子都被他们捆出红痕了。

袁木从背后拖住走向裴盛世的裴榆。

碰裴榆的手上有血，是袁木自己的。

"裴榆，裴榆。"

裴榆弓着背不动了。

裴盛世对裴榆动手，许益清去拦，被他单手拎着衣服甩开，撞翻了饭桌。裴禧崩溃地挡在他们中间求爸爸，而她怎么求，怎么够，也摸不着裴盛世掐裴榆的脖子的那只手。裴禧被他一脚踢开，从餐桌旁飞到了阳台的墙边。

丈夫、父亲，裴盛世的两个身份，就是这么两下在裴榆心中碎成了粉末。

裴禧坐在沙发上讲事情经过，她的情绪恢复得很快，内心出人意料地强大。她提及自己被踹情绪没波动，只是讲哥哥和妈妈被伤害时有难抑的哭腔。而袁茶在一旁都为她哭得脱水了。

许益清眼角被划伤，找潘医生处理了一下，来方琼家里坐着抽了一晚上的烟。

四个女人都在絮絮地讲话，袁木和裴榆沉默地对坐着。

裘榆坐在矮凳上，用棉签摁着眉骨，仰着头抑鼻血。袁木坐在高凳上，穿条沙滩裤，露出踹门时被截了一个小洞的伤腿，裹着纱布架在沙发上。

裘榆就这样看着他，看着看着扬起嘴角。袁木及时偏开了头。如果他们一同笑出来，会真的被认为是两个疯子。

方琼说："今晚你和娃娃们都睡在我家，明天再去管那屋子了。还有老裘……去医院了，要不要去医院看他，也明天再说了，行不？"

许益清摁灭烟头："麻烦你了，还有你家老袁。"

"亲姐妹就不要说这些了。"

方琼起身招呼他们："娃娃们准备睡了，哎哟，小茶你个小花猫儿，不要淌眼泪咯，人家禧妹都不哭。"她把袁茶抱在肚子前摸摸头发，"带哥哥姐姐去卫生间洗把脸，舒舒服服地泡个脚，美好地结束这一天。

"听到没？两个幺儿，禧妹、榆哥，不是什么大事，我们照样把心思放在学习上，另外的都是属于爸爸妈妈的事情，他们解决他们的，我们只需要专注自己的事就可以了，长大有出息才是真的，晓得不？"

这时裘禧才落了两颗眼泪，悄悄抹掉了。

女生优先，袁茶和裘禧洗漱完，没去睡觉，又跑去妈妈们旁边挨着坐着。

轮到裘榆和袁木，裘榆当着众人的面关切地问："袁木，能走吗？要不要我扶你去卫生间？"

袁木单腿蹦起来，说："谢谢。"

方琼："袁儿没那么娇气。"

卫生间的门没关上，所以外边的人听见裘榆不停说话："袁木，我洗脸用哪一条毛巾？哦哦，只能用纸啊……谢谢。

"袁木，你家有新牙刷吗？哦哦，有啊，那我用哪个杯子呢？哦哦，也是一次性的，好吧谢谢。

"袁木，你家擦脚的毛巾是分开的吗？哦哦，只能慢慢晾干。"

袁茶手掌遮嘴和裘禧咬耳朵："你哥哥话好像也不少。"

裘禧假装自己了解："他不熟悉环境。"

袁茶突然记起裘榆第一次来家里，精确拉开紧闭的厨房门找到了袁木。卫生间里的两个人面对面坐着，两双脚放在盆里，他们一起往水里看，嘴上不知道小声在讨论什么，都抿着嘴巴笑起来。

她歪头瞧着，若有所思，点了点头。

躺在了床上，裘榆反而安静下来。

这次换袁木打地铺。

"痛不痛？"袁木问。

"不痛。"裘榆说，"看着吓人，一点儿都不痛，他跟没吃饭似的。"

袁木："你饿不饿？"

"不饿。钱进给我那碗粉加了好多肉。"

"他给每个人都加很多。"袁木说，"当时还怕你不够吃，我偷了两袋面包放房间里。"

"我是猪吗？"

"明天当早餐吧。"

"你痛不痛？"裘榆指了指袁木绑着纱布的腿。

"痛。"袁木回答他。

袁木不知道自己的用意何在，明明"不痛"才是常用语。可能他是想替裘榆说，也可能是想让裘榆可怜他。

但裘榆没有可怜他，还笑他："踹个门把自己踹成这样。"

袁木说，"你有没有看到，门口，你送的向日葵死了？薛志勇弄的。"

裘榆："确定是他拔的，对不对？"

袁木："他还补了几脚。"

裘榆："没关系，我正要跟你说，那天晚上我没找全，那袋瓜子里有更好的种子。"

"那我们找时间种到天台上。"

"好。"

裘榆："袁木……其实我有点儿害怕，当时我是真的恨极了他。"

袁木沉默的一瞬，两个人都察觉到了。沉默那一瞬，是袁木在厌弃自我。他费心隐瞒的事情，被裘榆不费力地坦白了。

袁木轻声说："我以前问过你恨不恨妈妈，你没有说话。"

"嗯。"

"我觉得你没有恨。不仅没有恨，你很爱妈妈的。"

裘榆不想承认，却又无法反驳这个事实，只说："可她还没有跟我说'对不起'。"

袁木最恨轻飘飘的"对不起"。

人讲"对不起"，是期望得到"没关系"。讲出"对不起"，有一部分人一定是自己先厚颜无耻地原谅了自己。这三个字很管用，袁木一度以为，它是促进社会和谐发展的推力之一。

而回答"没关系"的人呢？

"可能她还没办法原谅自己，所以没办法先对你讲'对不起'。"袁木说，"'对不起'很重的，和'我爱你'一样。你看，即使你那么爱许嬢了，也这么难对她说爱，是不是？"

他嘱咐裘榆："所以你不要轻易相信别人的'对不起'，等以后和人谈恋爱了，也不要轻易相信别人的'我爱你'。你也……同样，你也不要轻易地对别人说。"

裘榆借着月光注视袁木，他的神情天真且圣洁，有股不屑谙世事的感觉。

"那我以后和别人谈恋爱的话，什么样的人说爱我才可信？"裘榆问。

袁木咬了咬下唇，抬起眼皮看裘榆，说："不知道。自己想。"

"哦……"裘榆问他，"那你以后和别人谈恋爱的话，什么样的人说爱你，你会信？"

"谈恋爱啊……"袁木闭上眼睛，"对方说什么我都会信。"

"'对方'是谁？"裘榆问。

袁木笑了笑："以后谈恋爱的人。"

"睡不睡啊？"袁木说，"好困了。"

裘榆说道："晚安。"

Chapter 07

石榴

周一早晨，天没大亮，摸黑下完楼梯，袁木就见楼道口堵了一辆黑色踏板车。裘榆坐在上面，一条长腿支地上，车钥匙插在锁眼里。他低头用手指拨弄钥匙扣上的粉红色挂件，一副百无聊赖的样子。

"这——你从哪儿弄来的？"

袁木开口说话了，裘榆才发现他，顿时抬头，直了直身子，两手去握车把，说："找大陡借的，拿来用几天。"裘榆看了看他受伤的那条腿，又说，"你怎么下楼的？都没听见声音。"

袁木踮着左脚伸直右腿，悬空晃了晃："就这样。"

裘榆往前挪了挪，把单肩包转到胸前："上车呢？要我帮你吗？"

听了这话，袁木缓缓抬高右腿跨上去，手搭他的肩膀借力坐稳，说着："没到那个地步吧？"

裘榆咧嘴笑，嘴角扬起一半又垮下去，扯到伤口，疼的。

"要不要创可贴？"袁木在他背后问。

"好像没了。"裘榆觉得自己贴不贴都无所谓，但既然袁木提了他也就配合一下，"我找找。"

袁木将手伸去前面，让裘榆抬头，再往左偏了偏，调整后视镜的角度。

"别动。"创可贴在上衣兜里，袁木掏出来撕开包装。

"哦。"裘榆任由他摆布，"你也带创可贴了。"

"顺手拿的。"

"哦。"裘榆又应他。

袁木拈着创可贴的边缘，抬高两臂，绕到裘榆眼前。他专心致志地盯着后视镜里裘榆鼻梁上的伤口，固定纱布，再缓缓褪掉两侧胶带的塑料膜。

他的手指很凉，动作还不及匆匆刮过的冬风重。

裘榆喃喃道："之前是我帮你贴，现在又换你帮我。"

"对啊，我们怎么总受伤？"袁木低声说，"好了。"

"还有这里。"裘榆指了指眉骨。

"都结痂了，还贴吗？"袁木从后视镜里看了看他，这样问。

袁木指了指他嘴角的瘀痕，又说："这里也不贴了吧，别搞得像封口胶。"

裘榆拧了两下把手启动车，再疼也笑出声来了。

"少笑，少说话。"为了对抗发动机轰隆隆的声音，袁木音量不低，字正腔圆。

裘榆侧了侧头："什么？"

袁木知道他是故意的，在身后捶了他一拳："出发。"

早自习时，裘榆脸上的伤被李学道问了一句，接着他就被叫去办公室，第一节课铃响他才跑回来喊报告。

数学老师把试卷往下传，放人落座，顺道夸了一句："裘榆同学不错啊，他的数学成绩，自从来了我们班就一路突飞猛进。"她扶了一下眼镜，耸着肩膀搓了搓手，"哪天有时间，请裘榆上讲台来分享一下学习方法。"

黄晨遇举手："老师我晓得！作为裘榆同学的同桌我很有发言权。"

老师拿着尺子指了指他："嗯，你说。"

黄晨遇掰了三根手指头，气宇轩昂地说："做题、做题、做题。"

"还有嘞？"

"没啦。"

"嗯，你晓得个毛毛虫，你晓得！"

趁大家都在笑，袁木快速翻了翻手里的试卷，先找裘榆的再找自己的。忙着默记分差对比往期，他往后传时没回头，干巴巴地把试卷举在脑后等人接。

裘榆看到试卷，即刻倾身去拿，嘴里说："袁木同学，你传试卷的态度好一点儿。"

袁木等手一空，头也不回地比了一个"OK（好的）"的手势。

裘榆无言。

黄晨遇和王成星看他又在袁木那儿吃瘪了，张大嘴无声大笑。

今天下课后教室里没多少疯玩疯闹和睡觉的人，多数人在扎堆讨论题目，连黄晨遇都拿着差两分及格的试卷和王成星争论双曲线渐近线方程到底怎样写才正确。这属于数学试卷讲评课的后遗症。

不过裘榆和袁木不在其列，他们都习惯自己钻研，如果别人来问题目的话，还得转换思维去交流。

一旁的王成星和黄晨遇没争论两句就动手，没打上几下就误伤了裘榆。分不清谁的手肘猛地捅到他背上去了，骨头撞骨头的声音引得袁木回头。黄晨遇和王成星霎时僵住，屏息去看裘榆。

裘榆伸左手捂了捂背，一个眼神也没分给他们。刚好苏秦雨拿着试卷走来，那两个人一前一后踩着风火轮溜远了。

"裘榆，最后一个大题你做出来了吗？"

裘榆言简意赅地说："没。"

"那倒数第二题的最后一问呢？"

"在做。"

苏秦雨没走，在黄晨遇的座位上默默等着，中途裘榆把草稿纸用完了，她还跟着在桌上帮他翻找。

裘榆不紧不慢地写完最后一个公式，打上圆点，问苏秦雨："哪题？"

"还有最后一个选择题，谢谢。"

裘榆没说话，抽出草稿纸开始画图。苏秦雨看了他几眼，问出口："一个周末不见，你脸上的伤是怎么回事啊？看起来好严重。"

裴榆说："被人打了。"

苏秦雨："啊？是校外的人吗？"

裴榆把解题的图摆在她面前："嗯，我爸。"

袁木："……"

袁木举着纸笔转身，倚着裴榆的课桌对苏秦雨说："那个，最后一个选择题我有比老师更简单的方法，你们要不要听一下？"

裴榆捏着笔，挑了挑眉。

中午放学后，裴榆没让袁木去挤食堂，打包两份饭菜带回了教室，两个人一起吃。

"转过来吃。"裴榆压着饭盒说。

见袁木不情不愿，他又说："我端去你那儿也行。"

袁木拦住他："等等，我拿筷子。"

等到袁木真转过来，裴榆埋头专心吃饭嚼菜，反而是袁木话多。

"老李早上找你说什么？"他小声问。

"就问我脸上的伤。"

"你怎么说的？"

"什么都没说。上课了他就让我回来上课。"

袁木震惊："那你课间的时候对苏秦雨说那么干脆？"

裴榆抬眼看了看袁木，想着：是不是就为这个，袁老师才开金口主动给人讲题啊？

"还有一件事，"裴榆转移袁木的注意力，"老李说那大赛我过初赛了。"

袁木睁圆眼睛："计算机那个？"

"嗯。"裴榆看着他，等他的表情，看见他笑了，眼睛亮晶晶的，裴榆又接着说，"学校过初赛的人好几个。"

管他几个，袁木悬着筷子不吃了，追问道："复赛在什么时候？"

"没问。"裴榆低头戳着饭菜，将土豆块捣成了土豆泥。

"地点呢？"

"没问。"

"老李班会课应该会说。"

裘榆依然低着头，对他说："初赛是笔试，还能抱一抱佛脚，但复赛得上机，我可能就去凑凑人头。"

奇怪，这是裘榆说出来的话，袁木确认道："你是在打退堂鼓吗？"

"不是。在打预防针。"他说，"你先别对我抱太大期望。"

"你在想啥？"

"在想高手好多，到时候我拿不到奖，怕你失望，怕你觉得我不好。"

袁木怔怔地眨了眨眼："我们就只是去试一试。"

见裘榆认真了，他也认真起来，说："这比赛很多人是冲着保送去的，专门搞竞赛的人从高二开始集训都算晚了。能拿奖是好结果，没拿奖也不是坏结果，你就当去玩一趟，过初赛在我看来已经很了不起了。"

袁木讲一句"了不起"就足够裘榆汲取很多力量了。

"知不知道？"袁木问。

裘榆笑了笑："知道。"

李学道每个周一下午第四节自习课都会给同学们听半个小时的新闻，这周轮到第三组上交录音，但袁木早上出门忘记拿磁带了，吃完饭擦擦嘴就要回家一趟。

裘榆接过袁木手里正收拾着的垃圾袋，说和他一起下楼消消食。

路上裘榆把车钥匙给袁木，两个人冲大陆那串粉红挂件发表意见。

到了车棚，裘榆问："要不我送你，你那腿行吗？"

袁木摆手让他回去："得了吧，我坐前面骑车这腿还能抬低点儿。"

裘榆给他把车推出来："那晚上回家你载我。"

袁木爽快道："也不是不行。"他回了一下头，递给裘榆一包创可贴，抬了抬下巴意指裘榆的鼻梁，叮嘱道，"你记得自己换。"

裘榆懒洋洋地走近："你先给我把这次的换了。"

袁木当他懒病发作，撕下一张捏在手里，剩下的叫他自己放好。单腿撑地不好挪动，袁木弄开创可贴，等人凑过来。

不用袁木开口，裘榆自觉地贴过去，弯腰撑着膝盖配合他坐着的高度。

如果是袁木独自回家，为了不经过水果店，到街口他通常绕小路。所以他到了家才知道，今天水果店没开门。

推门看见鞋架上有袁高鹏常穿的皮鞋，袁木心里奇怪，袁高鹏每个月一贯只有四五天的假期，这次该回厂了怎么还没动身？

袁木打算悄悄来悄悄去，在卧室书堆里找到磁带就准备出门，但撞见了袁高鹏从房间里出来，端着一盆血水，脸色凝重地抬往卫生间。

他看到袁木，顿了顿，神情大骇："袁木——"

面对那盆血水，袁木头脑发蒙："怎么回事？"

他想也没想径直冲去袁高鹏和方琼的房间，袁高鹏什么也说不出，只会喊："袁木！"

门打不开，里面被人用东西抵住了。袁木听见了方琼的声音："别进来。"

"妈！"

"别进来。"方琼好像连说话的力气也没有，虚弱地多讲了一句，"上你的学去。"

袁荼原本在午休，听到动静寻出来，怯怯地问："哥，怎么了？"

袁木默不作声地撞门，露着狠劲，誓要把这扇门破开进去看方琼。

袁荼赶紧找去卫生间："爸——"

袁高鹏起身挡在她身前低喝："看什么？！回你的房间去！"

袁荼不明不白，只知道是方琼有事，奔去和袁木一起破门。她出不了力，一着急慌张就出哭腔，胡乱拍门："怎么了呀？！妈妈，门为什么打不开？妈妈开门啊，让我进去看看！妈妈——你怎么了？……"

袁高鹏在清洗着什么，门被大力踹开打在他背上，又"嘭"地弹开抵到袁木的鞋尖。袁木的目光似刀剑，毫不掩饰自己的怒、恨和攻击性，他问："为什么不带她去医院？"

与此同时，地板传来"咔嗒"两声，是另一个房间内顶门的扫把被人撤掉了。袁木转头，看见袁荼冲了进去，跪在床边，终于哭出声，把恐与慌全宣泄给妈妈听："呜呜呜，妈妈你怎么了呀？……"

耳朵里响起类似虫鸣的噪声，淹没袁木，也淹没袁茶的恸哭，他眼前这一幕成了无声默剧。他的喉结滚了滚，皱着眉，拳头慢慢松开，食指无意识地动，轻轻去碰刚才不慎被门把手剜去一小块肉的中指。

袁高鹏换了一盆温水，绕过门口中央的袁木，衣角也没碰到一片，抬去方琼床前。

袁木弯了弯脖子，摊开手背，看那个失去表皮保护的地方，血被揩尽又密密地冒出，反复如此。他放来嘴里吮了吮。

快到上课时间了，袁木被袁高鹏拎着书包送出门。袁高鹏轻手轻脚地进门关门，转身时看了看沙发上的袁木，定了一会儿，犹豫着说："你……你也准备一下回学校吧，别迟到了。"

袁木埋着头全神贯注地弄自己的手指。

袁高鹏叹了一口气，然后去看方琼的情况。

房子里静默了很久，袁高鹏掩门走来客厅。他思来想去，认为应该解释。

袁高鹏坐在袁木旁边，隔得远，空出两个人的位置，说："你妈妈肚子里的那个，是我们共同商量决定了不要的。你和小茶都这么大了，我们的经济负担……"

"为什么不带她去医院？"

袁高鹏说："在家吃药，也是我和你妈妈商量……"

"去医院做流产的钱没有吗？"袁木用寻常和他聊天的语气说。

袁高鹏一时半刻找不到话接。

"袁木。"方琼叫他的名字，声音从狭小的门缝里飘了出来。

袁木看向那道门，打不开时拼了命想进，打开了却又少了迫切，不是非进不可了。他甩了甩手，走过去，立在门边。

方琼身上的被子一层又一层，她嘴唇苍白，十分憔悴，头发凌乱地散在枕头上，被汗浸过的几缕贴在脸上，遮了一半五官。

"别这样说话，去上你的学。"方琼说。

袁木没动。他从来没想过把妈妈比喻成花，但怎么脑海里的形容词是枯萎？

他问出一直想问的话："妈，你现在还痛不痛？痛的话，我们去医院。"

他想伸手帮妈妈拨开眼边的发丝，但最终没有。

路灯的光照不进楼道，裘榆拿钥匙在门上划半天没找到锁眼，准备爬到四楼拉灯，许益清从里面给他打开了门。

在发生这事之前，裘榆从来想不到许益清还会抽烟。他边解鞋带，边再观察锁眼的高度，说："少抽点儿吧，对你眼睛那块伤的愈合不好。"

许益清把指间的烟摁在随时抬着的一次性水杯里，说："嗯，我知道。你最近别学太晚，早点儿睡。"

裘榆："裘禧呢？"

"现在该睡着了。"

裘榆把钥匙丢到鞋柜上，有意无意地说："既然门换了，就别把新锁的钥匙给他了。"

许益清转头看他，指了指鼻子，问："消毒之后才贴的吗？"

"没。"

她拢了拢睡衣，起身拿酒精棉签，招呼裘榆："来擦一擦。"

近了，她身上的烟草味更熏人。裘榆看着她眼周的皱纹，平淡地提议："和他离婚吧。"

许益清偏头去拿新的创可贴，裘榆把包里的递上去："用这个。"

"有什么不一样？"许益清奇怪道。

"这个舒服点儿。"裘榆说。

鼻梁上时不时传来由按压引起的酸痛感，裘榆分神想：妈妈能再温柔一点儿吗？

"好了。"许益清收拾垃圾，"去睡吧。还是说要先吃点儿东西？"

裘榆挠了挠眉毛，碰到疤时住手："你别想着为了维持这个家表面的和谐忍他，该离就离，我和裘禧巴不得。"

"不要想不该你想的事。不吃东西是吧？那就去睡觉。要看会儿书也行，去自己的房间，安静一点儿。"

"为什么不该我想？他再踏进这个家一步，我和他总有一个要住医院。"

许益清又点了一根烟，说："你是他生的，以后不要说这种话。再来一次，你让那天那些邻居咋个（怎么）看你？"

"我是你生的。"裘榆默了几秒又说，"随他们，我不在乎。"

"你看，太幼稚了。很多事情你都不懂，脑壳太简单了。"

"事情本来就这么简单。是你们想得太复杂了。"裘榆问，"你是不是确定不离了？"

"我为什么要离？"许益清质问他，"你说他在外面花天酒地了，出轨了，证据呢？有没有？"

录像在手机里，手机在书包里，至此裘榆却不忍拿出来。他看着许益清，想说什么，话梗在嗓子眼里不上不下的。

"反正我亲眼看到了。"他说。

许益清："那你就把它忘记。"

裘榆领略到一种残酷，分不清是许益清对他的，还是裘盛世对许益清的。巨大且无名的悲哀和荒唐感令他失语，然后他在对峙中败退。

强势几句过后，许益清也颓软，说："你现在要做的事就是把心放到高考上，好好学习，到时候天大地大，你不用再忍他，他也烦不到你。"

"不是我。"裘榆被她的论调激起情绪，"离婚是你和他离，是你要远离他，你总想我总想我，关我什么事？！是你不要忍他！你叫我忘记，你那眼睛，我这脖子，裘禧挨的那一脚，这些总忘不掉吧？"

"裘榆，离婚不是我和他离，不是我和他两个人的事，这关乎我的家庭和他的家庭，甚至你的家庭、禧妹的家庭——你以为容易，离了以后你和禧妹从此就是没有爸爸妈妈的人了，你晓不晓得？！"

许益清走到他面前，红着眼睛说："你叫妈妈离婚，离了然后呢？然后怎么办？"

"然后找一个真正对你好的人。"裘榆顺着说出所想。

"你以为——"许益清笑，笑完他，笑自己，"你以为好找？你出去看，你爸爸算好的了，还知道留点儿钱养这个家。我费心费力地找，再找来另一个裴盛世，甚至不如裴盛世！

"这个世上真心没几颗，你妈我也没那么好运气遇到。"

许益清挥散了烟雾，去阳台散味了。

袁木双臂搭在窗沿上，埋头借着月光观察自己中指上的破口。白日里他总呡，伤口干干净净，不见血丝，甚至隐约泛白了。

他费了很大的气力都死死闭着的门，被袁茶几句话轻易敲开了。袁木历来擅长放过自己，一件事发生便发生，能躲过便躲，躲不过便承受。他从不试图探究原因，也不执着追求结果，所以他很长时间没被什么事纠缠过了，他由衷希望这是最后一件。

对面三楼阳台上在此时出现一个人影，那人点燃火柴，冥冥夜色里又多了一个红色火点。

裴榆一到阳台上就看见窗边的袁木了。

下午时，临上课的几分钟，裴榆提前为袁木接了热水放他桌上，想着袁木喝可以，焐手也合适。他等了袁木很久，第三节课下课，袁木才出现。

裴榆问他怎么了，他只摇头。裴榆知道有事，问不出也不着急，袁木只要还能出现就坏不到哪儿去。

两个人都没想过会在凌晨三四点相遇，这在意外中。两个人默契地只是站着，沉默，趁暗体会当夜彼此存在的意义。

裴榆先动了。他朝袁木晃了晃手里的火柴，高举起来，背对袁木在空中画字，点点火光连成亮红色的线。

袁木一眼看出，裴榆在夜幕上写了个英文单词——hi（你好）。

袁木拿起桌上的手电筒，朝裴榆闪了几下，也开始自顾自地乱画。他不求裴榆认得出。

g-o-o-d-n-i-g-h-t（晚安）。

袁木写完后把手电转向，光柱直指裴榆的胸膛。裴榆指间的火柴早燃尽了，他按了按手电筒，也按了几下。

袁木撑着下巴看他一会儿，挥了挥臂，让他回房睡觉。

袁木看裴榆毫不留恋地转身离开。

楼下有流浪狗打群架，嚎得凄惨。脚边书包里传来一阵振动声，袁木心有所感，蹲身掏出正亮屏提示有一条新信息的手机。

你也晚安。

当夜的不安宁情绪，由微弱的火与光消释掉了一些。

天刚亮，好似制冷一夜的冰柜缓缓掀盖，人裹在被子里也能感觉到凉飕飕的气四处游窜。起床之后，裘榆穿着件单衣站在衣柜边，一面刷牙一面审视眼前的一排衣服。他的手指在几件夹克和羽绒服之间徘徊几趟，最后还是挑出角落那件毛茸茸的立领外套。

不知道这衣服用的什么绒，摸起来柔软暖和，是去年春节时裘榆的姨妈精挑细选送给他的。也是因为柔软暖和，所以看起来很显女气，他便挂到横杆上整年没碰过。今天第一次换上，裘榆在镜前别扭好一会儿，盯得自己习惯了，觉得勉强"能看"了，才出卫生间。

裘榆抓上钥匙准备出门，换鞋前又去裘禧的房间把人叫醒。她应声挣扎，团着被子坐起身在床上迷瞪，说："好冷啊——为什么冬天要上学？想当青蛙，蛇也行。"

裘榆往外走，没搭理她。

裘禧眼睛半睁，一直瞧着裘榆的身影，接着说："哥，你这新衣服还挺好看，上面的毛毛看着好舒服。"

裘榆靠着鞋柜穿鞋，低头回道："废话好多，注意时间别迟到了，青蛙精。"

他说完，"砰"的一声关门走了。

裘榆按惯例把车推到对面的楼道口，然后坐在车上默默地等。他这天等了很久，亲眼见这冰柜的盖子由半闭到全被揭开，天空白了个彻底，风更狠厉，却迟迟看不到袁木现身。

支在地上的腿被冻得既僵又麻，裘榆打量了一下斜前方避风的棚子，但考虑到袁木下楼后有可能找不着自己，于是只放下踏板车的脚撑，换了个姿势继续抱臂仰脖望着那扇窗。

风往脸上刮刀子，裘榆耳边"嗡嗡"响，导致脑子想不了多余的事，他只知道辨别路过的人里有袁木无袁木。

裴禧后面有鬼追她似的冲下楼，差点儿撞上人。她在裴榆跟前急刹车，惊讶道："哥你怎么还在这儿？"

裴榆没反应，垂眼看着手机，手指仍停留在编辑短信的界面上。他直接摁键返回首页，时钟占了半个屏幕，上头显示早自习已经开始十来分钟。

裴禧绕着车转了一圈，打主意："哥你在等人是不是？介不介意多带一个我？我不占地方。"

"介意。"

裴禧熟练地接受被拒绝的事实，二话没说迈腿朝公交车站疾跑。

你今天不来上课了吗？老李来教室了。

裴榆点开袁木的这条新信息，同时看到刚才被自己搁置的短信框，文本后的光标依然在不紧不慢地闪，也是等待的姿态。

裴榆把打好的字挨个删除。

之前他想打电话，太唐突；想发短信，不好措辞。他们从没约定过每天早上必须在楼下见面，所以每次同行都像是凑巧。是他自己心甘情愿要等人，一通电话或短信过去，倒像催促，像要将责任推给袁木一起承担。

将手机放到包里，裴榆不知不觉地向虚空哈了一口白气，戴好头盔，扣紧手套，把脚撑踢上去，目视前方启动车。

按惯例，其实按的是他一个人的惯例，等待嘛，就是这样，有时候他等得到，有时候等不到。

裴禧在公交车站牌下搓手跺脚，裴榆的车停在她面前。

"咦，你被人放鸽子了？"裴禧歪头问。

裴榆木着脸按了一下喇叭。

裴禧赶紧解下后座上的头盔，爬上去戴好。

裴榆问："坐好了？"

头盔有点儿大，裴禧还在调节暗扣，说："你要接的人是不是袁木哥？我闻到小茶的味道了，她家的洗发水就这个味。"

"狗鼻子。"

骑行过程中，裴榆的宽肩为裴禧挡去大半风。她缩头缩脑地半抱着裘榆的腰，夸他的衣服好暖和。

裘榆在等红灯时把她的手扒拉下去，其间闲着无事用掌心在自己腹前捋了两下，茸茸的手感确实不错。

他们到校门口时，高三的早自习刚结束，裘禧跳下车往教室狂奔而去。裘榆停完车，从车棚里出来，看见袁木捧着保温杯站在二楼走廊上，远远地，视线正对上他。

裘榆移开目光，有意放慢脚步。他背着书包走在操场上，优哉游哉像散步。

高三年级的主任站在办公室门口吐茶叶，一抬头逮住人，叉腰大喊："哪个班的？旷了早自习还给我大摇大摆，第一节课马上响上课铃了，赶紧跑起来！"

裘榆盯着主任的方向，走得更慢了。

他巴不得上课铃快点儿响，因为还没想好自己要以什么情绪和袁木面对面打招呼。他在楼道里把鞋带解了再系，又磨蹭了五分钟。

走廊空荡荡的，进教室时裘榆自觉地在门口停住，李学道问他："早自习怎么没来？"

"起晚了。"他说。

"念你是第一次，"李学道吓他，"下回我要给家长打电话的。"

"谢谢老师。"

"坐吧。"

上课懒懒地支着下巴，下课就趴在桌上，整个上午裘榆没和任何人讲过半句话。可能是他周身的气压低得明显，几次课间，黄晨遇和王成星也破天荒地没闹腾，放学了离开座位都踮脚贴边走的。

裘榆原本不困，只是觉得没劲。不过他一旦闭了眼，思绪便是一团糨糊，起初是耳聪目不明，将前座的动静仔仔细细地听了个全，那人拧几回杯盖、喝几口水都能数得一清二楚。后来他脑子混沌，断断续续地竟睡了几觉。

裘榆转醒，发现教室里没剩几个人了，一动，又发现身上盖了一件校服，接着抬头，见肘边有饭盒，饭盒旁的水杯满了三分之二，透明的杯壁爬满氤氲的水汽。

见前边座位是空的，裘榆蒙了几秒。

袁木不在，但东西绝对是他准备的。

裘榆吃饱喝足，一直到上课前几分钟，才盼到袁木急急忙忙地回来。袁木进门第一眼目光投向他，他反而立马垂下眼皮正经做题。

等于绣溪让座，说了声"谢谢"，袁木一眼看见自己的校服被团成一团放在自己凳子上，笑容僵了一下。他顿了顿，扭头去看裘榆。

裘榆的精神比早上时好，但袁木看他这副沉默做试卷的样子，拒人于千里之外的气质好像没消弭几分。

袁木捡起校服放回桌肚里，校服拉链坠下去碰到了裘榆的小腿。两个人都想借这一瞬说点儿什么，又无端什么都没说。

下午的袁木和上午的裘榆状态颠倒，上课无精打采，下课倒头昏睡。不过袁木是真困，最后一节课，历史老师还总戴着小蜜蜂扩音器在第三组踱步，明里暗里提醒他别打盹。

第四节自习课没有老师站岗，袁木一觉睡到放学，且大有睡到上晚自习的架势。

等大家都散得差不多了，裘榆霸占了于绣溪的位置，看了看袁木的睡颜，指尖戳了戳他。

凉意激得袁木皱眉。知道是裘榆，他睁开了眼。

袁木睡得久，眼里有血丝，也盈盈的，盛着两汪水，有点儿可怜，有点儿懵懂。他的双眼皮折得比平时深，显得眼神幽深。

裘榆问话的声音低了几度，搞得睡不醒的是他一样。

"中午没休息？"裘榆说。

袁木没怎么动，以半张脸枕着手臂的动作向他轻轻摇头。

"那要不要去吃饭，还是说我帮你带？"裘榆也轻轻地说。

袁木没回答，一双眼睛盯着裘榆，真像两汪潭水，静静的，不淌，但凝视的人晓得水是活的，没起风而已，波澜全藏暗处去了。

"你心情好点儿了？"袁木哑着嗓子问，还那样看着他。

裘榆忽然觉得上午的消沉是场怪梦，自己做什么去了？发什么病？为什么一整天没和他说上话？

裘榆坐下了，移近凳子，面朝袁木，问："中午干啥去了？不睡觉。"

"回家了。"袁木说。

有那么几秒钟，袁木想跟他抱怨，讲今天好累。他凌晨四五点起床，忙到七点多也没能吃早餐，上完课赶回去饿着肚子做饭，气人的是做完饭没胃口了，应付几口又马不停蹄地接着忙。

但他也只是想。

袁木捏着拳头捶裘榆的肩膀道："问你，你现在心情好了？"

和上一句截然不同，这一句话带刺儿。

他一拳接一拳，故意几个字几个字断开地说："用完校服，就给我，扔那儿，一句，表示的话，也没有。"

裘榆一动不动地等他的话吐尽了。

袁木抱着手臂："趴一上午，腰酸背痛了没，是不是还免费给你松筋骨了？"

裘榆垂下眼皮，扬着嘴角在笑。

教室里只剩他们，没有灯，窗外的天将黑未黑。

他们去食堂时比别人晚，也就踩着上课铃回的教室。劳动委员坐在门边，纳闷："欸，今天是什么日子，这两个人，迟到大王争霸赛吗？"

晚自习课间，劳动委员宣布周五的大扫除名单，安排了两个组互相合作。名单里多加了两个人，袁木和裘榆，原因是迟到。

裘榆问："我是早自习没来，我认，袁木是怎么回事，刚才这也算迟到？"

黄晨遇抬头瞧黑板，说："不是，袁木今天早自习迟到了。"

袁木听见自己的名字，转头："怎么了？"

裘榆确认："你早自习迟到了？"

"晚了几分钟。"

裘榆半张着嘴，茫然地看着袁木。见鬼吧，他从天半黑守到天大亮怎么没见着人影？

黄晨遇碰了碰裘榆的胳膊找共鸣："是不是！不可思议，百年一遇。"

袁木耸耸肩膀，坐正了。

今天教室的饮水机出故障了，流水是很细的一股。班里有同学为了节约时间，按了接水键后会搁下杯子走人，等接得差不多了再掐点去拿。其余人有样学样，这都成了普遍现象。

袁木不这样，而是站在原地守候。

裘榆今晚做题很顺，但注意到袁木拿着杯子一去不回，便打断思路抬头转笔，佯装思考，看见袁木背对众人，两手揣在上衣口袋里，脊背笔直，微微低头。袁木的视线长久地定在饮水机处，看似心无旁骛，但裘榆知道他一定在思虑些别的事。

他像棵搬离森林来到城市的树。

裘榆想到袁木中午等热水时八成也是这副姿态，感觉一颗颗木棉的果实爆开了。

没料到袁木只接了小半杯水，他回身时，裘榆捂着后脑勺弯颈写字，手肘不慎磕到桌沿也没表情，装作投入。

袁木规矩地落座后，裘榆才把抓错的笔换去右手。无形的棉絮还在他的胸口乱飘，他咬了咬嘴前的衣服拉链，怨自己狼狈。

做一套数学真题花了袁木快三节课，好不容易做完，他喝着水看时间，离晚自习放学还有十来分钟了。

神经紧绷两个小时，他刚一放松，缺觉引起的头疼和疲倦感全被热气蒸了出来。他一只手攥水杯，另一只手揉按太阳穴，不自觉地就合眼了。

坐里边的杨岚清请他让座，袁木才醒了，恍恍惚惚，居然没听见打铃。

后边的裘榆以为他要走，跟着摁了摁圆珠笔。

然而袁木只是站去过道边让杨岚清的路，若有似无地看向裘榆。见圆珠笔笔尖弹进弹出，闲逸得很，明显这人没有回家的意思，袁木也就挪回位置，稳当坐着。

黄晨遇收拾课桌，说："榆哥，我走了哟。"

"滚。"

王成星紧随其后："榆哥，我们走了哟。"

看裘榆恢复正常，他们是要把白天没作的死补回来。

一个人贱兮兮地说："你不要想我哟。"

另一个人更贱兮兮地说道："你不要想我们哟。"

裘榆没兴趣和他们废话，玩着笔连"滚"也懒得讲了。

后来连住校生都稀稀拉拉地结伴离开了，两个人再耗下去，锁门关灯的差事就得揽他们身上了。袁木侧了侧身，胳膊横到裘榆的桌面上，压在他的文件夹上，不动，不吭声。

裘榆没抬眼，无缘无故地笑了："马上，最后两个步骤。"

袁木站在车棚外等裘榆推车，掂了掂手上的头盔，自言自语："为什么变紧了？"

裘榆偏了一下头："早上带的裘禧，她调的吧。"

"哦。"

袁木腿上的伤结痂了，等于好了大半，动作利索很多。但棉服长而臃肿，他跨上车时腿差点儿没迈开。他伸出两手往上提了提棉服，掖了掖。

这一连串动作被裘榆在后视镜里捕捉到，裘榆又笑。

袁木："干吗？"

裘榆："没。"

袁木："总笑，不正常。"

裘榆："对。好怪。能走了吗？"

"走啊。"袁木坐在后面。

裘榆问："冷不冷？"

"你冷吗？"袁木反问。

"有点儿。"裘榆垂着头，许愿似的说，"就这样吧。"

袁木的双手渐渐收拢，紧紧抓住柔软的绒外套。他没问这样是哪样，理解对了最好，理解错了，那就把错推到裘榆语焉不详的罪名上。

"暖和吗？"裘榆这样问。

"嗯——"戴着头盔，袁木应的声音很长。

裘榆应该是再次笑了。

车在大街小巷间穿梭时，袁木想把头盔摘下来，最后却忍着没有动。

今天早上袁木在走廊上第一眼看见裘榆，惊觉裘榆和平时不太一样。冬天真好，让他被毛茸茸的衣物包围，棱角被藏起来，冷硬感被削减去一些，露出点儿温柔之意。

红灯漫长，街边的红薯摊还在，路人行色匆匆，目光所及之处，全是毛线帽、耳罩、围巾、手套、雪地靴、到脚踝的羽绒服和一缕一缕上飘的白气。

"你觉不觉得，大家都在尽力抵御寒冷的样子有点儿可爱？"袁木说。

裘榆答："冬天挺有意思的。"

"头盔硌到你的背了吗？"

"不会。"

"你的手冰不冰？"

"有手套。"

"我看看。"

袁木作势捏了捏手套。

"还行。"袁木笑了笑。

绿灯亮，车群通行。

到家时，袁木的腿麻了半边，因为肌肉紧紧绷了一路，屁股也好像暂时失去了知觉。他没表现出来，迈着碎步和裘榆去锁车，想起一事，说："明天你早的话就先走吧。"

裘榆解扣的手顿住了："为什么？"嫌说得生硬，他又接了一句，"怎么了啊？"

袁木还在弯腰抻裤脚，说："有点儿事。"他把头盔放好，听不出来懊恼情绪，"今天早上也是被耽搁了，忘记跟你说了。幸好你起晚了。"

裘榆怔了怔："要是我没起晚呢？"

"那不是害你白等？"

袁木笃定自己会等他的样子让裘榆止不住地笑，裘榆故意说："谁说我会等你？"

袁木不抻裤脚了，又腰瞪他，瞪了几秒，打他的头盔一掌："稀罕。"

"你有什么事？"裘榆问。

袁木不愿意细说，搪塞道："你就先走吧。"

钱进拎着个口袋吊儿郎当地走来，惊讶道："我去，你们才放学？"

裘榆没心思睬人，袁木回："啊。袋子里装什么了？"

"夜宵。"钱进上前揽住他们，"我都串一晚上门了，你们居然才结束学习，一起吃点儿？"

裘榆像扒拉裘禧一样把钱进扒拉开："不想吃。"

"袁儿呢？"

袁木先问："是什么？"

"拌面和烧烤。"

"那来点儿，去你家吃。"

"好嘞！"钱进又碰了碰裘榆，"榆哥真不要？够吃！不够的话我再买。"

裘榆垮着一张脸，天太黑倒也看不出什么："你们去吧。"

他转身就走，有手拉他，他回头一看，又是钱进。

钱进招呼他："欸，一起啊，刚好三个人都顺路。"

裘榆更烦了："一起，一起，来，让你们走我前面。"

快到楼梯口时，钱进考虑着，还是得加几瓶冰冻可乐才带劲，索性把袋子给袁木攥着，赶紧折回去买。

和钱进聊了一路的袁木知道回头了，找裘榆："你们周四还是周五走，老师定好了吗？"

"定好了，周五。"

裘榆参加的比赛没在渝市设置赛点，队员由老师带队赴京市。

"坐火车还是飞机啊？"

"火车。"

"你想吃什么水果，走之前要不要给你准备点儿？"

这时裘榆才转脸看向他。

袁木推测："石榴？"

裘榆问："怎么冒出来个石榴？冬天有石榴吗？"

他们停在楼道口。袁木等钱进，裘榆等袁木。

"有啊。"袁木踢了踢楼边的垃圾盖，"找找就有了。"

"麻烦，而且不应季，就算有品相也不好。"裘榆提醒他，"你也不嫌脏。"

袁木站稳没再动，那边钱进咋咋呼呼地来了，身后跟了条追人的狗。

"白问你，我自己看心情弄吧。"袁木又小声说。

袁木从水果批发市场出来，像从一个世界穿至另一个世界。凌晨四点多，市场里热得要死。空气是热的，灯光和声音也是，像一口大油锅，翻炒一群群为生活奔波忙碌的人。在那里面，袁木也不属于袁木了，只是一个值得方琼放心依靠的儿子，成为男人，成为顶梁柱，去找货、选货、抢货，比完价接着讨价还价，心里只装着生计。

他感觉被大网缠得够久了，好不容易逃出来，天居然还黑着。

袁木坐在三轮车上喘气，看看沉沉的天，再看一会儿死寂的街道，把胸腹中的热全散掉，把刚和别人建立起的蛛丝一样乱七八糟的联系全清理干净，才矮身拧钥匙，回水果店。

在市场里一筐一筐搬上车的货，停车后他又一筐一筐地卸到店里，一筐一筐地倒在货板上，再一个一个地摆整齐。剩下需要清洗的水果，袁木没空准备热水。他咬了咬牙，便眼也不眨地伸手进冰水里一颗一颗洗干净。

时间紧迫，袁木吃了昨天迟到的亏，今天丝毫不敢懈怠，憋着一口气忙得脚不沾地，两个多小时他一秒没停过。

夜幕被一层一层拨开，袁木把最后一个塑料篮撂去角落，扶着墙靠了几秒。眩晕感来袭，涟漪似的一圈圈散开后，他转头去看柜台上的钟表，却看到拉开一半的卷帘门外，裘榆骑在车上，也在看他，不知看了多久。

腿和腰还软着，但袁木放下撑着墙的手臂，在那毫无波澜的眼神下站直了。

"你就这事。"裴榆开口。

他大概是等很久了，袁木揣度着。

面前的裴榆一身冷气，眼尾、鼻尖、耳郭都是红的，嗓子哑，仿若带冰碴子，更证实他一言不发地看了自己很久。

"对啊。"袁木避开与裴榆对视，转身找书包，"你今天还挺早的。"

"这事怎么也轮到你做了？"

袁木拎着书包，走出来，单手把卷帘门推到顶。

"我妈她最近身体不太好。"

"她怎么了？"

"不适合做这些事。"

"昨晚十一点了她还在我家嗑瓜子看电视，和许益清笑得挺开心的，脸色挺好的。"裴榆的语气和他那眼神一模一样，没波澜，一字一句真像冰天雪地里"嗖嗖"而过的箭，有声音，没人气，"哪儿不好，我没看出来。"

袁木把书包挂上一边肩膀，另一边的带子老够不着。他也不找，听了裴榆的话，脸上的表情变得模糊，然后手慢下来，不动了。

人前，方琼唤他"袁儿"，待到人后，改回"袁木"。摸索出这个规律，耗费了袁木好几年光阴。

但裴榆这个人很可怕，聪敏非常，眼睛像利剑，在他眼皮子底下，好像什么事都藏不住，什么事他都看得透彻。他看透了，捅不捅破只凭他的心情。

关于方琼不怎么爱儿子这件事，袁木暗地里明白后，裴榆也就可以跟着看明白了。

每每提及方琼和袁茶，裴榆三番五次话里话外带着刺，话里是怨，话外是愤然，那时袁木才识破他已识破。

袁木真害怕他捅破事实。

袁木确实总抱希望方琼可以多爱他一些，可这种愿望哪里说得出口？方琼听不到就作罢。不过如果被另一个人听到了，就完全变味了。尤其是被裘榆听到，比当时被他看到手臂上的伤疤还令袁木羞耻难堪一万倍。

他从里到外不正常。正常人顺理成章地得到爱，他靠祈祷。他已经够卑微了，再被裘榆明明白白地捅出来他没人爱，地底尘埃也能比他高半截。

今天奇了怪了，也许是太累，特没劲，听裘榆又这样说话，袁木没力气像以前每一回那样佯怒着堵裘榆的嘴。

裘榆看袁木的表情，难过不是，生气不是，无言以对不是，欲言又止不是，沉默不是。裘榆仔细辨，竟然是没有任何情绪的。

他故意夹枪带棒地讲话，想让袁木清醒。他明知道这样做是错的，不该说，也说了，说出口，没承想先打痛自己。

裘榆盯着袁木的脸，心脏缩着疼，被人狠拽了一把一样在滴酸水。

"吃没吃早餐？"裘榆说。他的嗓子不哑了，怪的是心口的酸劲泛上来，字音老往喉咙口咽。

"没。"

"我今天也没带，去学校买吧。"

"嗯。"

"上车。"

袁木抬了抬眼，不是去望裘榆，而是偏头望路口："我坐公交车吧。"

裘榆几乎要笑了，自己怕他多走两步路腿疼，专门觍着脸去借辆车来天天接送。结果他倒好，拖着条伤腿围着个店跑上跑下全为他那个妈。现在车就在跟前等他，他还说"我坐公交车吧"。

裘榆把袁木掉在身后的另一边书包带牵上前来，一面帮他整理好一面问："门要拉下来吗，还是说敞着？"

"不用。"袁木又看了看表，"她一会儿就下来。"

"那快上车。"裘榆说，"再不走又得扫地了。"

直到裘榆伸手去后座解挂着的头盔，袁木才慢腾腾地往前一步接住。

"上车要我帮你吗？"裘榆像第一次时那样问。

"没到那步。"袁木的回答也和第一次没差。

裘榆喉结一滚，发出点儿笑声，懒懒的。同时他将头转正看车头表盘，不让袁木知道其实他没有笑。

路上裘榆把车开得很快，不是他想，他也控制不住。他装笑缓和气氛，骗了袁木，却没骗到自己，只觉得心越来越酸，越来越软，成了一块烂肉摊在左胸里。

斑马线边，没追上绿灯，车被迫停了，裘榆没法发泄，又找不到东西撑着他，情绪失控地膨胀。

他的耳朵没被呼啸的风占领，反而是袁木的"我坐公交车吧"在耳边一遍一遍回响。他的脑子也富余了，蹿的全是袁木弯腰挺背在那几尺地上忙来忙去的景象。

他觉得店里的天花板太低，差点儿要压垮袁木，也觉得那堆水果面目可憎，差点儿要就地埋葬袁木，还有一桶接一桶的冰水——他都忘了问袁木的手冷不冷。

裘榆松开车把手，想绕到身后去探袁木的温度。

一路驶来，他就松了这么一下。可就这么一下，令他眼睛睁着，泪忽然扑扑簌簌地落下来。他的手僵住，刹那间呼吸困难，往后伸的手改道去把头盔的玻璃罩掀开。

裘榆弄不清自己是为了什么哭。

他无声无息地掀起面罩，让风灌进来，任它将泪抹掉了。

第二天早上，袁木又看到裘榆在等他。

凌晨四点，裘榆用袖子捧着热乎乎的红薯，说："不是烤的，水煮的，也将就吧，比没有好，吃了再干活。"

袁木看着裘榆，还没到批发市场呢，他身上先热了，热得要出汗；还没忙完呢，他先晕乎了，昏头昏脑地想，供他取暖的炭到底是红薯还是裘榆？

他们一起去水果批发市场，轮流坐三轮车驾驶座，一起装货卸货、摆货洗货，一起收拾一地的脏泥和残叶。什么事都两个人一起做，节约出一半时间，省下一半力，他们得以慢悠悠地、有一句没一句地说笑，在苦中作乐。

他们就这样一直持续到周五。

裘榆不用上课，九点须去学校门口集合，他六点和袁木坐在店前聊天。

"方姨什么时候身体能好点儿？"裘榆问。

"不知道，先养着吧。"

裘榆至今没追问过方琼生的是什么病，只是说："要养多久啊？总不能天天让你这样，别到时候你副业干成主业，学不上了，开店得了。"

"你累吗？"袁木偏头看向他。

裘榆回头看了看店内，说："就这点儿东西。"

袁木："火车上补不了觉吧？"

他们谁都没坐过火车，不知道火车上东西在哪儿吃，能吃什么，也不知道觉在哪儿睡，睡不睡得着。

裘榆却干脆地说："能。"

袁木起身去把书包旁的塑料袋拎在手里，走回来放裘榆怀中，说："你可以提着，放背包里也行。"

"什么？"裘榆边问边解开袋子。

几个石榴、几个苹果、几块面包、几瓶奶，还有些零嘴，裘榆一样一样拿出来，样样都两手捧着，像鉴宝专家鉴宝。

"你什么时候搞的这些东西？"

天哪，每天二十四个小时，他们二十个小时都待在一块儿吧。

袁木"啧"了一声："装得好好的，你又拿出来。"

"我再装一次啊。"裘榆这么说，却掂着石榴不放，上次他有句话说错了，袁木这冬天的石榴怎么比夏秋的还漂亮？他这么想，却讲别的："我不爱吃苹果，还给我装。"

"苹果经得住放，火车上吃不完，你在京市的几天也能吃。"袁木说，"不爱吃的是我，你也不爱吃？"

裘榆将东西一样一样装回去。他低着头，说："爱吃的。"

其实他不爱吃，也不讨厌。

"有点儿不想去了。"

"什么？"

裘榆说第二遍："有点儿不想去京市了。"

袁木将腰弯得很低，认真地看着他的表情，分析这句话有几分真几分假，为什么真为什么假。

他们坐的是台阶，裘榆两腿屈着，手搭在膝盖上。他垂着眼睛，笑着盯着袁木的脸。

"你不会是又怕了吧？"袁木说，"拿不拿奖不是关键，关键是你能去京市玩一趟，费用全报销。"

"你想去吗，京市？"裘榆笑的意味不同了。

袁木没回答。

裘榆再次问："嗯？想吗？"

袁木说："你要捎上我吗？跟带队老师说说情，补张票？"

他自己判自己的罪，有插科打诨的嫌疑。

裘榆看了袁木一会儿，往后靠了靠，说："这次有什么好玩的？有机会的话，放假我和你单独去一趟，你的费用我报销。"

袁木支着下巴，看着他："裘榆，你怎么对我这么好？"

他指的不止这一件事，只是借这一件事说出来而已。

裘榆的手指拨那塑料袋的结，他漫不经心地说："这就叫好了？"他抬眼与袁木对视，"你对我不也挺好？"

他两只眼睛紧盯袁木的表情变化，以此判断嗓子眼上一句"还你的"说辞需不需要说。

最终是不需要，因为袁木坦然地点了点头，说："好歹十多年了嘛。"他又叹，"感觉是转眼一瞬间。"

之后，袁木在周五这天做了一件错事。

七点，裘榆和他一起去学校上课。八点半，看裘榆从后门默默离开，袁木紧跟着举手请假去厕所，追上裘榆说刚好送他上车。

快要到校门口时，裘榆好像临时起意："不如我们一起考去京市，大学四年一起拿奖学金，也是费用全报销。"

可能天气也知人情晓人意，大冬天挂轮暖太阳，为这辆大巴上的人送行。

"你说好不好？"

裘榆问完，没等到袁木的回答，被眼尖的带队老师瞧到，招呼他上车。

老师认得袁木，也笑着喊他的名字。

裘榆被老师拉走，袁木朝他们招招手，要转身回去，又听见一句喊："好不好？"

裘榆上车没坐，跪在座位上扒开车窗伸出头。见袁木看自己了，他露出很大一个笑容，问第三遍："袁木，去不去啊？"

袁木被阳光刺得眯眼睛，眨眨眼，眼里全是水光。

大巴车发动机"轰隆隆"地响，屁股喷着尾气，马上要走了。裘榆巴巴地看着他，不再问第四遍了。

全车人也不知原委地看着他们。

袁木点了点头，裘榆愣愣的，没反应。袁木以为是距离吞掉了点头的幅度，放下遮阳的手，拢在嘴边，说："好。"

Chapter 08

天台

卓知越知道袁木，他是一班的数学课代表。高一他去办公室帮老师办事时，常听他们提及这个名字，后来在办公室里和袁木迎面撞见过几次，一来二去便把名字和人对上了。

卓知越觉得袁木很像是自然数中的一个质数。这是一个粗糙的、没根据的论断，是与袁木第一面的接触中闯进脑子的灵感。后来高中几年，办公室的门槛上两个人无数次擦肩，他从未试图和袁木搭话，只是径自记住这个人，像当初在小学数学课堂上记住质数这个排斥大多数的、孤零零的存在一样。

卓知越也知道裘榆，裘榆的气质比脸更具辨识度。卓知越第一次远远见他是此学期刚开始没多久，对他印象深刻，原来学校还有这么一号人。

第二次见他也是远远的，不过那次卓知越离人群近些，才明白其实人群的视线方向大多时候是出奇一致的。同行几步，卓知越轻松从其他人热烈密集的谈论声中提取到信息：裘榆，刚从实验中学转过来的转学生，唯独和一班的袁木走得近。

真是，之后他再偶然望见的裘榆，总是和袁木在一起。

大巴平稳地行驶了很长一段路程，旁边座位的裘榆始终没有把头转回来。车厢喧嚷，队员们七嘴八舌地讨论着比赛以及京市，只他一个人侧脸朝着窗外，沉敛安静，像是睡着了。

"你去不去啊？"

"好。"

刚才那一幕里的袁木和裘榆都和卓知越以往对他们的认知不符，尤其当裘榆跪在座椅上喊出袁木的名字，笑着问他的时候，十分奇怪，二十分生动。

思及此，卓知越忍不住扭头看了一眼身边的裘榆。太近了，好似此刻他才得以和他们处于同一次元，将他们重新认识一遍。

车轮滚过一个大坑，裘榆动了，在颠簸中坐正，单手紧护怀里的袋子，伸臂摸索安全带。

卓知越看在眼里，想建议他把袋子放到上方的行李架上，也想告诉他安全带的位置要比他想得更靠后。

但因为裘榆垂着眼皮，没什么表情，神情也并不怎么专注，貌似又恢复成了那副生人勿近的模样，卓知越最后没有开口。

清脆的一声"咔嗒"声响后，卓知越借这声响再次微微转头瞥向裘榆。裘榆依旧异常沉静，目光没有聚焦点，虚虚落在袋子上。他一动不动地坐着反而比方才做事时看起来更聚精会神，像在思虑某件要事。

卓知越念头发散，或许裘榆此前的一路并非在睡觉。

裘榆眨了眨眼睛，在卓知越的注视下抬起眼皮，眼神投向他。

卓知越惊了一下，慌张地撤走目光，眼珠不择路地四处乱转，却无论如何逃不出眼眶。

"你听到他刚才说什么了吗？"裘榆问他。

卓知越没想到裘榆会主动开口和自己说话——说着这么一个无厘头的话题。卓知越更没想到自己居然就是听懂了他在问什么，但反应不及，目光定在裘榆认真的脸上，没有回答。

"开车前我在窗边和他说话，我问他要不要和我一起去——哦，不是，是问他好不好，去不去。你当时听到他的回答了吗？"裘榆耐心地叙述原委。

卓知越微张着嘴，愣愣地点头。

裘榆平静地看着他，等他的答案。

卓知越说："他点头，然后他又说'好'。"

裘榆不自觉地缓缓点头："点头，然后说了'好'，对吧？"他寻求第四次确认。

"对。"

"谢谢。"

裘榆靠回椅背上，发了一会儿呆，接着在身前的袋子里找寻一番，拿出一瓶碳酸饮料递给卓知越。

"啊？"卓知越伸手接过，"谢谢。"

"不用。"裘榆对他笑了笑。

到了火车站，票由老师统一买，上车之后大家的座位号连在一起的，便熟与不熟都凑一块儿，挤在几张下铺上玩桌游聊天。

裘榆一个人躺在上铺上，没一点儿声响。老师怕他不合群，使劲招呼他下来和同学玩。他应了几句，不为所动。

卓知越在人堆里仰头叫他："裘榆，你会玩这个吗？我们三缺一。"

裘榆头也不露："三个人也能玩。"

"你在补觉吗？"卓知越知趣道，"你要睡的话我们小声一点儿。"

"不是。"裘榆抖了抖手里的编程书，伸出护栏，把书亮给他们看，说，"在传播焦虑。"

接到几句笑骂后，裘榆收回胳膊躺平，翻开的书胡乱摊在胸口上。

火车顶近在眼前，他坐起来得弯腰驼背才能防撞头，车厢小得跟鸟笼似的。哄笑声乍起，底下一群人叽叽喳喳的，正应景。笼子长轮，圈着群鸟上京。

裘榆翻了个身，手伸到枕头底下摸手机。他觉得自己是困了，困的时候脑子就容易生出这些没边际的想法。可能是他起床太早，把一天过长了。长得，他觉得才刚分别的袁木已经离他很远了。

可袁木送的东西还在眼前呢。

裘榆拨弄着枕边塑料袋里的牛奶盒上的吸管，最终没有把手机拿出来。

车窗外的枯树飞走一棵又一棵，底下的人陆陆续续上床休息。裘榆还睁着眼在看，看枯树变成荒田，荒田隆起棕灰色的山。

他这才醒悟，原来不是困，只是有点儿高兴，有点儿难过。

"我发现你最近跑我这儿跑得挺勤快。"陆倚云给袁木结账。

袁木右肩挂着书包，双臂撑在柜台上，头却朝后仰着，回话也慢半拍："我闲的，没什么人管我。"

陆倚云弯腰，顺着他的目光的着落处一齐望去："有月亮？"

"有，挺低的。"显得亮，也沉，月亮本该远远高挂的，现时显得近了，他忍不住一看再看的同时也心有些惶惶，怕它是轮假月亮，更怕它真是真的，却将从天上坠下来。地上的人早早刻好的生活轨道就倾毁在它坠下之时。

袁木垂下眼皮，伸脚将门口的竹凳钩来腿边："云哥，在你这儿坐会儿。"

这条街上工作日比周末时收摊早，晚上十一点多的街道只有零星的灯光和人影，冷清至幽静。竹凳矮，袁木背靠玻璃柜伸直腿，近乎半躺，盯着天空。

柜台是四合的，陆倚云懒得出去，探头看了一会儿袁木，问："学累了？"

半晌，袁木才说："不累。最不累的就是学习。"

"那是被其他的事累着了？这么蔫。"

其他事？也没多少。累？也不是。袁木只是浑身没劲，想着明天也得像今天这样过，觉得自己快要抓到生物生存的真谛。活，是不停不停一直一直无聊地度过时间。

袁木自顾自地发呆，陆倚云摸摸下巴上的胡楂儿，又问："裘榆呢？有几天没见他来我这儿消费了。"

听见这名字袁木才动了动，回："比赛去了。"

陆倚云惊讶，音调拐得差点儿撞上头顶树枝："他比赛？什么比赛？"

"计算机竞赛。"袁木补充强调，"大赛。老师带队去京市了。"

"哟，看不出来，他还挺有出息。"陆倚云问，"什么时候回？"

"不知道。"

距裘榆离开快一个星期了，要说回来……应该没几天了吧？

"怎么样，京市好玩吗？"

袁木愣愣地回头看向他："我怎么知道？"

陆倚云站直了，懂了："哦，没联系啊？啧，看你们这形势，在跟前的时候是好兄弟，不在跟前就是陌生人哪。"

袁木松手，手里的东西掉到地上。他埋头去捡，顺便把凳边的书包抓起来甩背上，准备起身离开。东西是他故意掉的，佯装去捡，是为了躲那话茬儿。

但没等步子迈出，袁木还是开口反驳："没啊，谁跟他好兄弟。"

楼道里，袁木的腿脚软绵，他爬完十几级楼梯都没惊动楼层间的声控灯。之前他浑身没劲，现在好了，心脏多跳一下他都嫌费力气。

袁木恹恹地插钥匙开门，确实有些累。

方琼和袁茶没睡，在沙发上看电视。

"明天你别起那么早了，店我去开吧。"方琼看袁木进门一声不吭，神色疲惫地换鞋，思及这段时间他的辛苦，她心下也不太好过。

袁木蹲身把鞋放进鞋柜，愣了几秒才知道方琼在和自己说话。

"没事，店的事不多，你先把身体养好。"他说完就进了房间。

袁木脱了外套趴到床上，眼睛紧闭，没有睡意。他眼皮微颤，又睁开，翻身看着白墙上斑驳的污迹。他的眼神顺着那些黑黄的线游走，像随意地看完一幅无名地图。

盯着地图的边缘，右手捏着黑屏几天的手机，袁木"噌"地翻身起床，去客厅找充电线。

不如，他不如就问，裘榆的比赛结果有没有出来。

开门声如风啸，袁木毫无预兆地闯出来，吓到方琼和袁茶，两个人坐直了瞪圆眼睛看向他。

"哥……"

"帮我拿一下充电器，我记得你前几天借去用了。"袁木说。

袁茶马上去自己的卧室，说："哥，你要万能充还是线充？"

"线充。"袁木低头看向手机。

他抬眼看了一下方琼，方琼看着他的手。

袁木垂头，一句话没说，接过袁茶手里的充电线又回房了。

充电后，手机启动需要时间，袁木躺回床上，继续盯着天花板。

继开机铃声之后，是接连几声急促的振动声。袁木滚了两圈侧躺在床头柜边上，拿起手机不紧不慢地翻阅。正好想说的词还没想好，拖延这点儿时间使他感到怪异的轻松。

确实有几条移动公司的套餐营销短信，还有几条他忘记取订的未接来电的通知短信。所以收件箱里"裘榆"两个字在一众长号码里显得简洁端正，"裘榆"那一栏后的灰溜溜的"4"也很醒目。

袁木点进去后，有两条彩信。

第一张图片是夜，深蓝色，日期是裘榆离开的第二天。裘榆写着：*七点半的车站很像电影里的海。*

第二张图片还是夜，昏黄混雪白，日期是裘榆离开的第四天。裘榆写着：*袁木，这里今天下雪了。*

许久，手机在胸口振动，牵起一片酥麻感，袁木不觉。直到铃声渐强，他蒙在眼上的手臂才放下来。

袁木的手机其实用来接打电话的时候很少，所以他对来电铃声和来电显示都很陌生。

"裘榆"两个字明晃晃地在屏幕上跃动，跃动得强烈，袁木重新恢复知觉。

袁木用力揉了一下眼睛，按绿键接通时短暂地祈祷过——这么晚打电话过来他很怕是出事，最好是裘榆那个人在发神经。

电话通了，静默了一两秒。

"喂。"裘榆慵懒、镇定的声音传了过来。他应该也是躺着的。

怪，听起来他也是没什么力气的样子。

袁木张嘴呼了一口气，没有接话。

"舍得开机了？"

"喂。"袁木吸了口气,说,"对,之前关机,前几天一直没电,今天才打开。"

"我后来猜的也是这样。"裴榆说。

袁木纠正自己的话:"是刚打开。本来打算问问你比赛怎么样,结果突然看到你拨电话过来,巧得吓我一跳。"

"巧?"裴榆比他坦然,"不巧。我每天这个时候都会打电话给你。"他说着笑起来,"不过今天听到'嘟嘟'的接通声,第一下我好像也有点儿被吓到。"

"打电话给我?干什么?"

裴榆说:"记录你哪天才能记起开机。"

袁木失语,沉默了那么一下,说:"是不是有病?"却和他一起笑了。

裴榆忽然直指他:"你的声音好像感冒了。"

袁木撒谎:"是有一点儿。"又问他,"你什么时候回来?"

袁木没等到裴榆的回答,电话的那头突然闯进一串快乐的喧哗声。杂乱的脚步声、少男少女的笑闹声,还有人不先叫裴榆的名字,直接说:"快起来,我们打包了夜宵。"

"等一下。"裴榆说。

不知道他是对谁说的,于是袁木没有说话。

门锁的"咔嗒"声响过,喧哗声消失,裴榆的说话声变得清晰又空旷:"袁木。"

"嗯?"

"我后天回去。"

"哦——好。"袁木说,"你现在是……"

"在厕所,坐在马桶盖上。"裴榆说,"他们太吵了。"

袁木替换成褒义词:"是热闹。京市和渝市有时差吧?"

裴榆笑得咳嗽,想看袁木说这句话时的神情。

裴榆说:"那是他们今天出去玩了,刚回来。"

"你没去啊?"

"没。"

"怎么不去？待在酒店里多无聊。比赛累了？"

"去了肯定也无聊。"裘榆仰着头说，"我想留着，和你一起看。"

后半夜，城静得像是死了。袁木靠在窗沿边。

袁木想起那天裘榆在临行的大巴上说一起去京市时的画面。

他怎么想到的？简直是天才。

月亮在泪眼里更美，月光盛在眼眶中银水似的漫开。

袁木看着月光，宽容地想，你要坠便坠吧。

下午第一节课，李学道沉着嘴角走进教室，半个字没多说就发试卷，面容严肃，表情凝重。大片午休的同学认铃不认人，从桌上慢悠悠地直起身子，有的还大咧咧地打哈欠伸懒腰。

李学道逮住一只出头河马："黄晨遇，教室不好睡，想睡你收拾东西回家里舒舒服服地睡。"

黄晨遇会看眼色，察觉今天李学道吃的火药货真价实，没接话茬儿，哈欠打到一半强行闭嘴。

袁木把试卷往后递，悬停几秒没人来接。

斜后方的黄晨遇缩着脖子小声叫袁木："嘿，这里！咋子（怎么）又忘了？"

袁木回头瞥一眼那个空座位，无奈地笑："记性不好。"

王成星说："是记性太好，肌肉记忆，条件反射。"

黄晨遇说："没事，榆哥明天一早就能坐在这儿接你的试卷了。"

趁试卷还在传，李学道站在讲台上开口："知不知道你们现在这个状态很糟糕，极其糟糕，丝毫没有高三的样子？！我问你们，请问你们，你们高考，打算拿什么考？"巡视一圈，他语气放缓，"你们应该都听到消息了。这次值得高兴的是我们学校又有几个同学拿到保送资格了，略感悲伤的呢，我们班一个名额都没占。现在的情况就是，'清北'的门槛，其他重点大学的门槛，对别人来说轻轻一抬脚就进去了，对你们呢，是石墙，再照这样继续懒散下去呢，是大山。"

李学道在上面讲他的，黄晨遇在下面聊自己的。

"听其他班的人说，我们班去的那几个，就榆哥拿奖了。"他比了个"二"。

王成星叹道："二等奖也牛啊。"

黄晨遇捂嘴笑出气声，穷乐和："但裘榆的学籍在实验中学啊，你说气不气人？"

王成星摇头咂嘴："老班的心态就不行。你看，竞赛，什么叫竞赛？要是去了个个都拿奖，那还竞什么啊？你说哈……"

李学道忍无可忍："黄晨遇、王成星，滚到后面站着考！"

竞赛的一批人是下午到的，特许不必回校参加晚自习，直接挨个送回家里休整。

袁木撑着眼皮苦学三节课，直到晚自习结束神经才慢慢松下来，却没走，靠着椅背捏捏指节转转笔，然后抽出草稿纸，列起竖式。

他没来得及打听，这个竞赛的二等奖是加分还是降分？加分是加十分还是二十分？降分录取的学校是指定还是任选？降分幅度是定死的三五十分还是随本科线沉浮？

袁木把裘榆平时的各科考分相加，再留出半年的空间将每科分数适度拔高，接着圈出加分政策的变量，旁边画了个问号。

算起来，袁木觉得裘榆的面前不是石墙大山，也不至于轻轻一抬脚就能跨过重点大学的门槛，门槛大概是他们家属宿舍楼的两级台阶那么高吧。

于绣溪提着书包离座，说："走啦，你也早点儿回。"

袁木抬头，发现教室里就剩他们了。

"好，你先走吧，明天见。"

袁木捻着白纸，觉得自己就这样把裘榆的后半生算出来了。他举高白纸，透过白炽灯去看，纸上的未来是不错的大学、缤纷的校园生活、稳定的工作……

门外响起一声轻咳声。

裘榆从学校门口移到教学楼底下，再从教学楼底下挪来教室门口。他站了很久，最终等到只剩袁木一人。他想敲门的，又怀疑会吓到袁木。

袁木心一抖，单手迅速把纸抓成团握在手中，扭头看着裘榆，怔怔地说："吓死我了。"

裘榆也看着他，手插兜倚着门框，笑着问："你要留在这儿过夜吗？"

裘榆清楚袁木，袁木是从不愿意做锁门关灯的最后一人的。但刚才碰见于绣溪，他们聊了两句，于绣溪说袁木这几天都这样。

"一星期不见就转性了。"裘榆一面说一面帮他扣上挂锁，使劲合上。

袁木伸手拽了拽锁，检查有没有锁好。

要去京市的话，肯定要比以前努力啊。袁木这么想，没这么说，转头端详裘榆，看他没胖没瘦棱角依旧，也才反应过来没见他的日子只有十天。

两个人一起抬脚下楼。

"在家没事做？"袁木意指裘榆大老远来接他。

"对，闲得要死。"

"黄晨遇说你拿了二等奖。"

"嗯，没拿到一等奖的保送名额。"

袁木半路停下来，抬眼瞧裘榆脸上心情不错的笑容，然后低头踹他的鞋边："拿到二等奖的人也没几个。"高强度学完三个多小时的袁木现在还头昏脑涨，又踹一脚，"嘚瑟吧。"

对了，就是这样。在鸟笼般的硬卧上、充斥着84消毒液味道的酒店标间里、摆置了两张大圆桌的庆功包间内、提前熟悉考场的那天、胡同里侧身给车让路的瞬间、看到太阳或月亮的刹那、看见雪或黄叶子的时刻，裘榆的脑子想的都是袁木的这种为他高兴的样子。

"笑什么？"裘榆问。

袁木自己也不知道。

后来，袁木问裘榆京市大概是什么样的。裘榆注视着他，却没开口。

裘榆经常玩这种幼稚的把戏。他喜欢听袁木讲话，于是常在袁木发问时有意沉默，企图让袁木得不到回应的话可以朝他追问第二遍、第三遍。虽然通常情况下是袁木以沉默对沉默，但裘榆乐此不疲。

比如那夜他的运气就不错。

"问你。"袁木说，"京市和我们这里比，更热闹吗？还是说——"他措辞，"更庄严？"

"繁华，但不热闹。"裘榆说。

袁木想了想，转过身去看他，好奇地问："区别在哪里？"

裘榆闷声笑了笑："有你在的话可能会不一样。"

袁木还是不懂，但记住了。

眼前的语文试卷袁木已经看了半个小时，还干干净净的没字迹。

后排座位上，黄晨遇抱着裘榆的胳膊左右摇，要他给画一下各科的期末复习重点。突然，他摇不动了，随即被裘榆两指捏着衣袖提起来甩开了。

裘榆说："我也第一次知道期末考试前还需要复习，没……"他还没说完，被前面那人撂笔的动静吸引了注意力。

旁边的杨岚清问袁木："怎么了？碰到啥题了？"

袁木换一张数学试卷盖到表面，说："题出得好怪。没水平。"

杨岚清瞟到没遮全的"真题卷"三个字，哑口无言，递上英语单词册："还有几分钟就下自习吃饭了，温习一个单元的单词刚刚好。"

"没什么？"黄晨遇浑然不觉。

裘榆维持原样把袁木和杨岚清的对话听完全，才若无其事地接着回黄晨遇："没经验，带不动。"

下课后，裘榆在袁木身旁戳他的肩膀。

袁木翻页，扭头看向他。

裘榆被他的表情逗笑："在想啥？你这个眼神。"

袁木又埋头："我还差半个单元的单词。"

裘榆在杨岚清的位子上坐下了，说："慢慢来，看完再去吃。晚上吃面吧，中午就没吃成。"

袁木慢吞吞地回："嗯。"

裴榆不安分，巡视袁木的课桌，抽出那张语文卷，粗略浏览一遍，自言自语："哪里怪？"

整张试卷，袁木没怎么认真落笔，倒是作文题目下方被他用黑色水性笔着重画了几横。

裴榆视线上移，看到同样空白的语言交际题。他撑头看着袁木，手里又在玩笔。

袁木垂着眼睫，留给他一张安静专注的侧脸。

"还要多久？"裴榆低低地问。

袁木轻轻地答："嘘。"

裴榆趴在桌上，看试卷。

交际题：两个同学要去参加运动会，他们都邀请好友为其助阵。请分别拟出两个同学的邀请语。一位同学含蓄地说——

笔身旋了一圈急停归位，用指腹退去笔盖，裴榆一笔一画地答题——一位同学含蓄地说："袁木袁木，求求你来给我加油！"

袁木放平册子，仰头几秒放松颈椎，转眼看裴榆奋笔疾书，问："你写什么呢？"

"帮你做试卷。"

"我看看。"

袁木捧卷，把裴榆写的一行字读了两遍以上，指着其中两个字说："答题不能出现实名。答得很好，下次别答了。"

裴榆看一眼自己的大作，又看一眼他，展颜笑起来："知道啦，袁老师。"

裴榆从京市比完赛回来后，周围的人都发现他一直都挺高兴，都以为是因为那个二等奖。前两天他甚至被李学道半路截住，李学道夸奖他状态很好，又耳提面命让他不要骄傲。

总之最近裴榆脾气格外好，连黄晨遇和王成星都大着胆子来闹他。

裴榆和袁木吃完面，天已擦黑，回教室的路上被黄晨遇领头的一帮人拦下了。

"榆哥，你们考前要不要去拜小花园里那个孔子雕像？我们几个刚才都去拜了，学长学姐都说很灵。"

黄晨遇回头煽风点火问那一帮子人："是不是？"

"是，是，是。"

"真的灵得很。"

"就在前面，顺路拜了嘛，万一呢？"

王成星说："晓得期末考你们瞧不起，那就为高考拜一拜嘛，保佑高考心想事成。"

杨岚清和几个女生也混在其列，捂着嘴笑，附和道："真的，真的。"

裘榆把王成星搭在袁木的肩膀上的手扯开，心平气和地看他们装神弄鬼。

倒是袁木发话："哪种拜法？"

他一松口就被众人推推搡搡着架去小花园前。

着急的人："随便怎么拜都行。"

坏心眼的人："像拜菩萨一样，先鞠三躬。"

周全谨慎的人："不要一个一个分开拜，裘榆和袁木一起，声音大点儿好让孔子听见。"

裘榆转去揽袁木的肩膀，凑近说："你信他们的。"

袁木知道有猫腻，但不清楚他们憋的到底是什么坏水。他有私心，头脑一热真就想：万一呢？

"不管，试一下不亏。"他说。

几个人紧紧围着他们，七嘴八舌地喊流程，闭眼——许愿——推！他们对着孔子将要鞠躬时，被身后数只手猛地一推，原地飞扑进草丛，滚了一身土。

裘榆倒时手一拐，给袁木垫了底。好在衣服厚，土也松，裘榆摔得不疼，就是下巴被响亮地磕了一下。

裘榆有点儿晕乎，没急着起来，撑着上身问袁木："我看看，磕你哪儿了？"

黄晨遇等人还在外边前仰后合地笑。

红不红、肿不肿天色暗看不清，裘榆生出点儿恼火情绪，先喊：

"黄晨遇，你还笑，想被埋哪儿先找好地方。"

王成星从斜后方蹿出来，手里喷雪的罐子摇得"丁零当啷"响。袁木刚把裘榆的羽绒服上的土拍掉，就被白色泡沫喷射袭击。

袭击者蹦蹦跳跳地大叫："Merry Christmas（圣诞快乐）！"

开了头谁都别想跑，王成星"持雪行凶"，所过之处引起片片男男女女的怒骂和尖叫声。

圣诞节玩"喷雪"是一部分人的传统活动，但袁木以往是站在走廊上观战的那一个。他愣愣的，还想伸手擦头发上的沫。

泡沫化了就是湿水，天寒地冻的容易感冒。

裘榆拉着袁木往超市跑，也在大叫，好笑地说："袁木，你是不是有点儿傻啊？"

后来是大混战，不止一班的人在胡闹，那栋教学楼里最喜欢闹腾的人都加入进来了。他们把小花园当阵地，把超市当补给站，不是在被追就是在追人，直到晚自习铃响，大多数男生成了湿发——平日招人嫌的人湿得"滴答"滴水。

铃响收兵，大家都没急着回教室，地上全是坐着喘气复盘战况的人，讲究点儿的人去超市买干毛巾了。

袁木和裘榆共用一条白毛巾，裘榆让袁木先擦，又腰站在旁边仰头灌水，完了之后笑着学袁木："啊，裘榆，救我——"

之前有个回合，袁木莫名其妙地被女孩子们围攻，没法突围。他捂着头毫无还击之力的时候，逮到裘榆在外围看热闹，就吼了那么一声："裘榆，来救我！"

袁木把毛巾丢他头上，先往教学楼走了："自己擦吧。"

裘榆立马跟上："啊？原来是打算给我擦吗？"

裘榆动作马虎，擦了一路，到楼梯口了额前碎发还有白沫。袁木把裘榆挂在脖子上耍帅的毛巾扯下来，站高一级台阶擦他的脑袋。

"你说今年冬天渝市会下雪吗？"袁木问。

"不知道。"裘榆乖巧地站着，朝他微微仰头，说，"下雪的话我送你礼物。"

李学道从办公室到教室，在走廊上观望了几个班级，发现今天的学生们极其躁动。尤其自己班，远远地他就听见聊天声，门口还有一个于绣溪在发呆。

李学道问："晚自习开始多久了？还站这儿？"

于绣溪被吓一跳，慌张地转身看他："老……老师。"

"看什么呢？"李学道把一沓自制的志愿表递给于绣溪，"这个在班上发一下，人手一张。"说完他抬脚往教室走去，嘀咕，"怎么回事啊？纪律这么差。"

李学道往后看到于绣溪还呆立着，叫他："嘿，干吗，罚站啊？"等人动了，又问，"你们组怎么缺那么多人，黄晨遇和王成星那两个小王八就不说了，怎么袁木和裘榆也不在？"

"他们……"于绣溪嗫嚅，"们"半晌也没"们"出个结果。

"行了，你回去坐着吧。"李学道搬了张椅子坐在讲台上，说，"纪律委员呢？班上怎么那么多人缺勤哪？从现在起，来的人都不准进教室，记上名字包圆周五大扫除。翻了天了。"

一月上旬，年级组织期末考试。最后一科文科综合结束后，大家在走廊上碰面，一对视，彼此脸上的表情都颇为绝望麻木。倒不是题有多难，而是考完试高三生得续两周课程，算上提前返校的时间，他们的寒假也就半个月。

黄晨遇佝腰塌背地泄气，迎面遇到两个例外的人，一个四平八稳，另一个意气风发。

"榆哥，考得不错？"

裘榆正和袁木说话，讲完最后一句了才转脸去看前面的黄晨遇，没什么表情地点头："还行吧。"他上前两步揽人，虚锁住黄晨遇，差点儿把祖国的花朵压残了，"才说要去谢你前几天带我们拜孔子。"

"小事一桩，小事一桩。"黄晨遇两只手吊在裘榆的手臂上，发现扒拉不动，接着夸张地吐舌咳嗽，看向袁木："袁木，袁哥，救救我，你的这个后桌过于客气了！"

袁木推开伸到人行道上的树枝，等他们走过了才放下手，落后一两步在身后装模作样地说道："我感觉我也考得还行，也想谢谢你。"

考试这几天不用上晚自习，裘榆和袁木慢慢悠悠地并肩走在回家的路上，路过飘香的路边摊便停一停，吃一路。两个人到家时不到五点，胃里装了一大半。

裘榆给裘禧带了一把烤串，进门时发现她缩在椅子上看电视。他把烤串放玄关柜上，塑料袋"哗啦"响也不见裘禧有反应，才后知后觉人在发呆。

"拿过去吃，再放凉了。"裘榆换了鞋先去卧室放包，"电视不看就关了，吵人还费电。"

裘禧听见裘榆说话就回神了，猛地站起来，追过去跟在裘榆的屁股后面跑。

裘榆握着门把手转头看向她："往我这里凑什么？玄关柜上。"

裘禧屏息看他，没有出声。

裘榆看不懂裘禧的眼神，但余光瞥到另一个房间，霎时全明白了。

主卧床上的棉被敞着，裘盛世背对他们侧躺在一角。男人裹着臃肿的外套蜷在床的最里边，占据窄窄的一条，不知道有没有睡着。他的头发被剃光了，剩青白交杂的一颗脑袋。

裘榆看着那个连背影都很显老态和萧索的人，竟有些恍惚。这和前些日子出轨家暴的是同一个人吗？那些事真实地发生过吗？

他推开自己的门，不紧不慢地对裘禧说："不用管，你该做什么做什么。"又问，"妈呢？"

"妈妈去买菜了，一会儿要请小茶一家人来吃晚饭。"

裘禧手掌挡嘴，还支支吾吾想继续跟他说点儿悄悄话，许益清回来了。许益清手里提满了菜，扬了扬，示意裘禧来接，眼睛却一直看着裘榆，有些躲避，倒像是不得不看。

许益清勉强笑着："考完了？"

裘榆面无表情地与许益清对视。

他突然对之前裘禧的那个眼神有所体会。此时看着许益清，他也明确不了自己究竟想表达哪一种情绪。他搞不懂的事，却寄希望于许益清，希望她懂，然后来告诉他，教他该如何面对。

裘榆垂眼，"砰"的一声关了门，隔绝视线。过了一会儿，裘禧擅自开门进了他的卧室。

裘榆坐在书桌前将头扭正，不再无意义地盯着那面与隔壁房间相连的白墙。

"敲门。"他说。

裘禧"哦哦"两声，重新退出去："哥，我进来了。"

"不准。"

裘禧："……"

她还是把门推开一道缝，声音飘进来："妈妈叫你去厨房帮她看着锅。"

"她呢？"

"也在厨房里。"

"你去。"

裘禧早料到是这个结果，张圆嘴巴："哦。"

她背着两手站在锅前，偷偷瞟妈妈切菜的侧影。

厨房里两个人一言不发。裘禧想说话，但不知道说什么。那些想和哥哥说的悄悄话，她对妈妈是讲不出口的。

床上那个男人是她和哥哥的爸爸，同时是妈妈的丈夫，那么就意味着面对那个男人时，她和哥哥永远站在一起，而妈妈不是。妈妈在他们身后——也可能是在他们身前。

她胡思乱想着，听到防盗门又"砰"的一声响，裘榆出门了。

裘榆提着一袋鲜虾回家时，裘禧又在看电视，这次是瘫在沙发上。他看她那个放松的姿势，心口无端松了一下。

许益清在炒菜，炖锅底下依然开着火。

裘榆把虾放在菜板上，淋水洗手。

许益清把抽油烟的排气扇关了，方便和他讲话时声音清楚一点儿："怎么买虾了？我不会做虾啊。"

因为这个家里历来没人爱虾，许益清便没钻研过。

"我来弄。"

许益清惊讶："你会弄？要怎么弄？"又说，"你要什么配菜？我帮你备好。"

"回来就回来了，我不会说什么。但他要再在这个家里做乌烟瘴气的事情，但凡影响到裘禧和你一点点，我把我的命赔给他也要送他进医院。"裘榆说，"我想过了的，他是你的丈夫，你要怎么和他相处轮不到我决定，我确实也管不着。"

他低着头把袋里的虾倒去大碗里，接着说道："但他不是我爸爸了。"

裘榆说完，垂头看着炒锅中"刺刺"冒油却没人翻炒的菜，伸长手把许益清头顶的排气扇重新按开了。

袁木听袁茶说晚上要去裘榆家吃饭的消息，讶异之余十分想不通，不年不节的日子为什么要聚餐？疑惑持续到袁木在裘榆家门口看到屋里的裘盛世。

什么聚餐，聚什么餐，这分明是为裘盛世回到这条街开的告知会。主题是大事化了、不计前嫌，届时大家举杯一碰，没事就好，和和美美最重要。

袁木心头慌乱，旋即去找裘榆的眼睛。

而裘榆老早就在瞧他，这时提了双拖鞋弯腰放他脚下："穿这个。"

袁木没动，微蹙着眉直等他起身，担心地说："谢谢。"

裘榆看着他，笑了笑："没事的。"

虽说就两家人，但吃饭时气氛很热闹。裘榆和裘禧两兄妹在厨房里配合盛饭，袁木、袁茶要去帮忙，被许益清抓了回来，分好筷子招呼他们落座。她的心情似乎是真不错，嘴里说着什么眼睛都笑成一条缝。

袁木观察许益清许久，也没分析出她到底是不是假装的。眼睛看得生涩，他移开目光，想：也不稀奇，这是成年人的特技。

"这个虾还是裘榆放学回家了又出门去买回来的。"许益清说，"他说他自己弄的时候吓我一跳，我还以为他从哪里学了做大菜，结果就是下锅用白水煮熟又捞上来。"她这么说着，却把虾和蘸料碟往大家近前摆，"蘸料还是他调的，都没让我插半点儿手。"

裘禧没听出许益清的欣慰和暗褒之意，端着饭过来维护道："我偷

213

偷尝了一只，我哥的这个蘸料超——超级好吃。"

方琼笑："你儿子比你懂，虾这么做最好吃。袁儿试过一次，哇，后来我家就爱这么搞。"

"真的吗？"许益清挨着方琼坐下，"我一会儿得监督你们多吃几只。"

"裴禧，还差几碗？"裴榆拿着勺和空碗在电饭锅前喊。

袁木回头说："齐了，把你的盛上快过来坐着吃吧。"

裴禧跟袁茶聊得火热，后背被人用膝盖捅了一下，痛得她龇牙咧嘴，不回头也知道是裴榆，气呼呼地问："干吗啊？！"

裴榆一只手拿着筷子和碗，另一只手拎高凳，不想引起旁边方琼的注意，只对她比口型：爬。

裴禧挑座位时只心心念念要和袁茶坐，没注意到左边就是袁木。她以为裴榆是不想挨着袁茶，嘴里说着"小气鬼""麻烦精"，不情不愿地让出位子。

袁木歪了歪身子，小声对他说："怎么那么凶？"

裴榆给袁木碗里送了一只虾："当裴禧的哥，不凶就需要讲很多废话。"

裴榆又绷着脸夹两只虾丢给右边的裴禧和袁茶："不要客气，多吃点儿。"

许益清察觉到袁木看她，抬头刚好遇见这一幕，高声夸道："可以呀，可能是今天有另一个哥哥在，裴榆难得有一点儿当哥哥的样子了。"

裴榆笑了笑，然后埋头扒饭。

后来餐桌是四个小孩儿一起收拾的。许益清第二次要把袁木和袁茶逮回来，被方琼拦下了："没事，没事，娃娃嘛，在家都是他们收的，到你这里来是一样的。"

袁木蹲在厨房垃圾桶前清理剩菜的时候，裴榆望着他的侧脸，倏地想到暑假结束后新学期开始前，许益清说要去给袁木封家教红包道谢的那个下午。

裴榆有点儿难过，说不清道不明地感觉很后悔。那天自己应该和许益清一起去他家吃饭的。

从裘榆家离开时已经晚上十点多。袁高鹏酒气很重，在最前面走得很快。袁茶挽着方琼的手，头埋在妈妈的臂弯里，身体的一半重量都靠妈妈支撑。袁木落在最后，还回头看了一眼身后那个三楼的位置。

上楼时，袁茶开始好好走路，并问出了今晚一直想问的话："妈妈，裘叔叔怎么回来了？"

方琼说："这里是他家啊，他不回来还能去哪儿？"

"但是他之前好恐怖，做了错事还敢回来。他自己不觉得……无颜以对吗？"袁茶无法理解，"虽然我看他今天笑得挺灿烂的。"

"一家人打断骨头连着筋，有什么无颜以对的？"

袁茶摇了摇头："我反正无法接受。"

方琼也喝了些酒，半抱着袁茶说："许孃他们能接受……"翻来覆去没什么新颖的值得说，她接着说道，"因为他们是一家人嘛。他们能接受就好了呀。"

袁木跟在她们后面，沉默不语。其实他有更新颖、更无用的论调来敷衍袁茶：我们就生活在这样的世界里，这样的世界就是会发生这样的事啊。

袁木心想，他长袁茶几岁，唯独就长在他可以比她平静地接受令人无法接受的事实上，不发问，不摇头，不讲"无法"。

好就好笑在——也不是说，他以这样的态度面对这样的世界，这个世界就会对他好一点儿。

进门后，方琼拈着今天下午来不及签字的志愿表，看向立在门口略显疲倦的袁木。

灯管老化，眼睛承受不了乍亮的光，袁木首先看见空气中布满密密麻麻的黑点，接着它们又在方琼的质问中一粒一粒消失。

"袁木，这个政法大学，在哪里？你记得我之前怎么跟你说的吗？"

"记得。"

"那这个怎么解释？"

"但后来我的想法有点儿变化。"

"变到京市去了。为什么？你当时答应了我的。"

"我……"

有吗？袁木忘记了。按理说他对承诺这件事时常持谨慎态度，但怎么接二连三地都来问他的承诺？

"我想去京市看看。裘榆也想去。到时候我可以和他一起。"他调换顺序颠倒因果，没有隐瞒——应该也是算不上说谎的。

"我们在说你。关他什么事？"

也对。袁木点点头，耷拉下眼皮不说话了。

"你不要这副消极抵抗的样子。"方琼有些窝火，"过来改了，我再签字。"

"妈，我真的很想去这个学校。"袁木积极起来。

"道理我跟你讲得还不够多吗？你在本地读书，回家住，不用和人挤宿舍，回家吃饭，不用和人挤食堂。京市那么远，消费那么高，四年下来的路费和生活费你算过没有？你想去看，我支持你，暑假就拿钱给你去旅游。但是你想去读书，我直接告诉你，不可能。"

"费用我可以自己解决的。"

"谁解决重要吗？钱依然还是钱。换你解决钱就能是大风刮来的纸了吗？"

"不是，我只是说我愿意为这个决定付出这样的代价。它值得我这样做。"

"它值不值得我不清楚，但是袁木，你就这么急着摆脱这个家吗？"

袁茶正审时度势要插话缓和气氛，被方琼这个问句吓得钉在沙发上。

袁木茫然地抬头看过去："我从来没有过这个想法。"

"你没有过？"方琼站起来逼近他，"那你想没想过在京市读完四年大学之后你的去留问题？"

他和裘榆还真未谈论过这么久以后的生活。

"袁木，最了解你的人是你妈。见过大世界还会想回到小水沟的人有几个啊？何况是你袁木！"

袁高鹏原本在卧室床上躺着缓酒后眩晕感，听见外面的客厅里方琼话语偏激，马上跑出来拉她："少说两句，少说两句。"

他转头朝袁木劝道："你妈今天晚上喝酒了，她迷糊，你选学校的事等她明天冷静了再商量，啊，你快早点儿休息吧，明天还要早起上课。"

袁高鹏自己也踉跄，反而要方琼扶着他回卧室。

"确实是我们家拖累了你。"她离开之前对袁木丢下这么一句话，倒像是她心灰意懒失望至极了一样。

何况是你。"何况"二字的道理在哪里，袁木睁眼半宿，想不明白。他自以为他不是蹚过大海就回不去小溪的人，也尽力找理由，方琼为什么这么看待他？不过，最了解他的人是谁还有待商榷，但最懂拿捏他的软弱处重伤他的，一定是方琼。

第二天，袁木如常早起去水果店帮忙。

方琼流产的事邻里街坊没人知道，前段时间看袁木为那个店起早贪黑，也只听说她是生病。最近她的身体调理得不错，她能顾上店了，袁木依旧会去把搬卸的活揽来做完再去学校早读。

袁高鹏休假，被方琼叫来店里。

袁木一走近，方琼立即停下和袁高鹏说笑，牙关一咬眼尾一垂便冷下脸只忙手里的事。

袁木熟悉妈妈这个表情。他从没告诉过任何人，小时候他甚至羡慕过裘榆。许益清生气的方式是打骂裘榆，而不是视他为无物然后抱着妹妹摆弄玩具，也不是把他晾在一旁然后被什么也不懂的妹妹逗得乐不可支。

袁木识相地没再往前走，原地立定看着她。

方琼泰然自若，权当这个儿子是个隐形人，也是敌人。拿货需路过袁木身旁，她专门绕一个大弯避开了他。

袁木的脑子空了一下，说不清身体的哪处就塌了一块，但他能坚持住，于是不吭声地转头离开了。

中午放学后，袁木不打算和裘榆在食堂吃饭，而是借口拿资料回了一趟家。他要沟通，要交流，要把早晨塌掉的那一块补上。

因为袁高鹏在，他守店，方琼得些轻松。袁木到家时，她正边择菜边看电视，见他回来并不意外，瞥过一眼目光重新转向屏幕。

"妈。"

铁门的锁芯转动。方琼端着菜篮去厨房，袁茶刚好打开门。方琼和袁茶说："马上吃饭了，你快洗洗你那手，脏的哟。"

"最后一节课练习打篮球，学校没有热水。"袁茶笑着吐舌。

袁木很少在中午回家，袁茶很惊喜，一直拉着他聊他们班上体育备考的趣事，还向他讨教中考时需要注意的事项。

饭菜摆上桌，袁茶突兀地不讲了。

方琼独独拿了两只碗，盛着饭嘱咐袁茶："你吃完再给爸爸送下去，菜我都提前匀出来留在厨房里了。"

袁茶看看方琼，再看看袁木，终于觉察气氛怪异。她跳下凳子说："少了一个，我去把我的拿来。"

"坐好。"方琼放一只碗在她面前，"不缺。吃吧。"

虽然圆桌不大，但两菜一汤也占不了多少地方，所以袁木面前那大半部分桌面空荡荡的也不是很难理解。

"妈。"

方琼给袁茶夹肉。

"你不要再这样了。"

方琼又为她夹蔬菜，说营养均衡。

"妈妈，哥跟你说话呢。"袁茶说。

方琼放下筷子，叹气："你叫他哥这么多年，他应过你一次吗？以后别叫了。"

"妈妈你……"

袁木截断袁茶的话："你不要再这样了。"

方琼拾起筷子吃饭。

"你不要再这样对我了。"

方琼将手心的碗重重砸在桌上："怎么了？你不要这个家，这个家就不要你。这么简单，想不通吗？"

"我没有不要这个家。"

"说，说，说，谁不会说？！"方琼从电视机顶上把那张志愿表抽出来，来到袁木身旁，"你倒是舍得做一下给你妈看看哪！"

她连不作数的拟填志愿表都不肯退让，非要袁木那颗远走的心死绝。

袁木出神地看着方琼颤抖的手，呆立了一会儿，把纸接了过来。

"我没有不要这个家，我去了哪儿都会孝顺你。但是这个，"他说，"我不会改的。"

两周的课放别人身上很难挨，但在裘榆看来就不尽然。如今没几天就要迎来寒假，他还意犹未尽。上课的日子，他和袁木待在一起的时间超过二十四小时的三分之二，放假一定会少些。

不过也不是不期待寒假，裘榆想和袁木一起过年，凌晨十二点两个人在天台上放烟花。

因为马上要放假，班长在课间催收志愿表，举着"小蜜蜂"喊了几遍，袁木才回神，报上自己的名字，并说他会尽快交上。

班长好说话："没事，还有好几个人也没交呢，你们在放假前给我就行了。"

"袁木，你怎么还没交！"黄晨遇见他举手了，便问道。

袁木放下手，趴在桌上不想搭理他，但感觉到裘榆也在看自己。

"在家，总忘记带。"袁木说。

"你最近怎么都郁郁寡欢、无精打采的啊？进了前十名不值得你喜出望外、欢欣鼓舞吗？"黄晨遇为袁木的状态担忧。

王成星："你这，境界就低了，人家这叫不以物喜，不以己悲。"

"别学我转成语。"

"啊？你有吗？你那不是四字词语吗？"

黄晨遇懒得和他吵，以袁木听不见的音量对裘榆说："是不喜了，但很像在悲啊。"

连黄晨遇这种神经比桶粗的人都看出来了。

裘榆说："管好你自己。"

下了晚自习，裘榆回到家，许益清照例打了三个鸡蛋等他。

裘榆放下包投降："今天真的吃不下了。"

许益清妥协："那我和禧妹帮你分担，你吃一个。"

"行，最后一个。"

许益清又添两个碗，送一碗去裘禧的房间，出来后和裘榆坐在桌边边吃边聊起择校的事情。许益清不知道志愿表的存在，因为裘榆是自己签的字。

"我选哪个学校，你有什么建议吗？"

许益清摇头："我只是问问你现在有什么想法了没，我不左右你。"她说，"你们长大了，有自己做选择的权利。"

纵然知道这几年许益清变化很大，从她口中得到"我不左右你"几个字，裘榆还是有些想笑，也有些不信任："真的？"

"真的。看到你方姨家那形势，我越发觉得自己想得有道理。"

"她家什么形势？"

方琼家的袁木已经为志愿学校的事和方琼斗了半个多月，两个人都油盐不进互不退让，几乎要断绝母子关系。

"不过也怪，袁木一向是个乖孩子，现在就非要去读京市那个……什么学校我忘记了，你方姨对他一丁点儿好脸色都没有，他好像也不在意，把方琼气得够呛。"许益清说，"我劝方琼不要太偏执，劝不听。你和袁木同龄又同班，适当和他交流一下想法，也劝劝他。毕竟是儿子和妈……"

没听完，咬一半的鸡蛋掉回汤里，裘榆推开桌子拔腿跑出了家门。

"欸——这么晚了你去哪里啊？"

劝劝他，自己的确得劝劝他。

袁木不会不在意，他可太在意了。方琼不懂他，最懂他的是我。裘榆边想边飞奔下楼。

袁木是被裘榆敲门叫出来的。

"你……你在这儿，"袁木先惊后怕，惴惴不安地问他，"出什么事了？"

"没事，没事。"裘榆喘着，"突然想起来，有事要跟你说。"

袁木关上门："那我们去楼下说。"

"就在这里。没几句。"

"好。"

"袁木，你有事解决不了你要和我说。"

袁木想，裘榆是今天把黄晨遇的话记在心上了。他的声音有笑意："我没事，有的话会跟你说的。"

背着光，裘榆看不清他是不是真的在笑。

"好，我知道。有的话你告诉我，我陪你。到时候就算……就算解决不了，你想一下我，有我陪你，你也别太轻易放弃，好不好？"

袁木呼吸一窒，微偏了一下头。他就刚好以此角度看裘榆，小声说："你的头发怎么长这么快啊？又该剪了。"

袁木做了个噩梦，梦见自己生来是一只小鹿。

第二天他在上学路上将梦讲给裘榆听，裘榆不解，小鹿挺可爱的，怎么成噩梦了？

袁木低着头缓慢地回忆："梦里总想跑，但跑不起来。可能因为我对操纵四蹄不熟练，永远是没蹦跶几步就摔了，一直到醒。"

说完他还弯了一下腰，任双臂垂直落向地面，试图找回一点儿梦里拥有四蹄的感觉。

裘榆陪他站在路边，看着他点评了一句："现在看来，你确实像鹿。"

袁木侧头见他笑，想直起身抬脚踹人。

裘榆有先见之明地在袁木蓄势时退后，袁木便不理他了，径直往前走。被丢在后头的裘榆收敛揶揄的神色，郁郁的目光沉沉地凝视着袁木的背影。

没过几秒，他小跑两步追上了，顺势在袁木面前跳起来无实物表演空中扣篮。

"嗷。"落地站稳后，他挨了一肘。

一群男孩儿大课间去超市买饮料，回教室时偶遇李学道，问过好，袁木被他单拎出来带到了办公室。

李学道找了旁桌老师的椅子给袁木，叫他坐，看见他手握的瓶体表面在不停滴水，一阵牙酸："到底是小年轻，大冬天还喝冰的？"

袁木兜里没纸，也不好将水瓶放桌上搞得四处湿淋淋的，就放在校服上擦干，说："冰冻的醒神。"

李学道从他手中拿过瓶子放在桌角的毛巾上："蔡老师用来擦手的，他应该不会介意。"

袁木应景地笑了笑，坐下了，等李学道开口说事。

李学道和他面对面，看了他一会儿，问出口："袁木同学，你最近是不是不太开心？"

袁木愣了愣，睁圆眼睛，喉结滚了几下，笑容更大了："没有啊老师。"

"你有什么困难可以和我说，老师会替你保密，也会想办法帮你解决。你们每一个人的状态我都会关注，在我眼里，你们的情绪和心理健康远远比成绩重要。"李学道联想到袁木的期末成绩进步可观，引导道，"是不是最近学习上给自己的压力太大了？"

袁木不敢再看李学道的眼睛。手指上留有水迹，他搓着手指摇头。

"好吧。我很早就发现你在我的课堂上频频走神，之所以今天才找你，是因为想给你时间自己调整，但效果好像不明显。为什么这样，你找到原因了吗？"

水珠溃散，极容易蒸发，袁木手上湿润的触感已经不见了。他点头，并说："老师，我可以自己解决的。"

应该。

"好吧，那老师也相信你。"李学道强调，"今天这次谈话目的不是指责或警醒，只是说可以为你提供一条解决问题的途径。马上放假了，离高考也不远了，虽然老师之前很期待看到你全力以赴，但你也要注意自我调节，好吗？"

"我会的，谢谢老师。"

"好，去吧。"李学道起身后又说，"哦，班长明后天请假，就提前把志愿表给我了，他说就差你还有于绣溪没交，到时候你们直接放来办公室。"他指了指办公桌上的一小沓纸。

"不过你怎么这么久还没交？是不是没考虑好？还没有心仪的院校吗？"

袁木的汗瞬间从身体各处毛孔里冒出来，觉察到脚后跟都在发抖，他不得不屈腿跌回椅子上。他在家要面对方琼，不在家要面对裘榆，终于独处时要面对自己，现在在办公室里，还要面对李学道。四面八方竖满逼袁木填答案的白纸，窒息感铺天盖地地袭来，也只是一秒，之后是精神虚软引起的强眩晕和大喘气。

李学道瞧出不对劲，赶紧来扶他："怎么了？"

袁木捂着胸口："没……没，有点儿……低血糖。"

离开时，袁木朝李学道深深又久久地鞠了一躬。当他问"你最近是不是不太开心"的那个刹那，袁木是很想流泪的。

袁木认为办公室那一幕算不上崩溃，顶多是在崖边徘徊时一次无关紧要的失足滑倒，又踩塌一些沙石，但有惊无险。他重新爬起来继续徘徊，等待后天，看最终时刻自己对自己将做何审判。

但最终时刻比他想象中来得早了一些。

晚上他回家时是十一点半，客厅亮着灯，方琼坐在沙发上什么也没做，很像在等他。

"志愿表交了吗？"她问。

方琼上一次和他讲话是十一天前的晚上，她当着袁木的面把他放在脏衣篮里的衣服挑出来抛去了矮凳上，说："以后分开放吧。"

"没有。"

"我不会签字的。"

"我知道。"

"但你想去哪儿，我都不拦你了。"方琼在灯下远远地望着他，"近也好远也好，只要你乐意，妈妈再舍不得，也不管了。"

她走进卧室，取了东西又折回来，放了一个小方盒在袁木手里。

"前段时间给你买的手表。给你手机，发现你老不爱用，我想着手表看时间比手机方便。"方琼比袁木矮，如今他埋着头也看不清她的表情，只听见一段悠长而发颤的吸气声，"本来想期末考完试那天给你的。不过不重要，什么时候给都一样。这是块好表，能陪你的时间很长。"

"妈……"

方琼抬起头，举手想摸袁木的头发，够不着，转而去捏他的肩膀，笑道："长大，真的是一转眼啊，总以为你还是那丁点儿大的小孩儿。"说完她拍了拍他，"我不逼你了，我不逼你了。"她苦苦地摇头。

"今晚你好好睡一觉，妈也好好睡一觉。你要去京市的话，必须得比以前辛苦很多啊，吃好，休息好，有缺的资料找妈要钱买。"

方琼一步一步走回房间，缓缓关门，其间抬起胳膊，有揩泪的动作。

袁木扶着玄关柜，鞋单单换下一只。他把表盒抱在怀里，全然呆住了，纹丝不动地站着，站到整副身体毫无知觉。

某一刻，仿若被空气中某样无形物重击，袁木疼得发抖，痛苦地蹲下了，眼一闭，昨晚的梦境浮了上来。自己依旧是跑不远的鹿，奔跑着摔倒，又被狠狠抓住，有声音讥笑他："网这东西吧，远了你看不着，摸不到，得近了，身处其中了，你才知道它的厉害之处。"

方琼又赢了，她没输过。在梦里也是她赢，现实中一样的，他又被她的网捆住，动弹不得了。

袁木的眼眶源源不断地淌出泪，他的手肘撑在膝盖上，双掌蒙着眼，泪越流越停不下来，他越疼，越像即将就此死掉。

他怎么能疼到这个地步？袁木喉咙里破了一口气，"呜呜"地哭出声来了，声音细细的，沙哑得一听就让人心碎。

袁茶被吵醒，开门见这情形，奔过来跪下差点儿一同哭了。她被吓得不断叫袁木的大名。他像疯了，像失心丢魂的残体，她潜意识里以为得喊名字才能把他找回来。

袁木在袁茶逐渐失态的喊叫声里渐渐止声，但依然控制不住地抽泣，开口却是冷静地说："没事，别管我，睡吧。"

袁茶真的哭了，使劲憋着，跟小猪哼一样："哥你怎么了啊？"

他始终蒙着脸，不看她，也不让她看自己："没事。"

袁茶看见掉在他脚边的表盒，激愤道："是不是妈妈反悔了？是不是？她明明说要答应，答应让你去京市的，又反悔了是不是？"

她自顾自地说："哥，你别，别伤心。实在不行，我就去跟妈妈说我也要去京市，她肯定就同意你去了。你别为这个事哭了。"

他静了一会儿，问："为什么啊？"

袁茶也发蒙，但就是觉得她这样说一定能让方琼答应："不知道。我试试，你就……就信了。"

袁木双臂垂下来，看袁茶几眼，捂着肚子低头，没什么力气地笑："行。你去吧。"

袁茶也看袁木，看他满脸晶莹泪水，眼睛却红得骇人，像流的是血不是泪。她转过头向后望，妈妈的门自始至终没有动静。

隔日是阴天。冬季的阴天比其余三季的阴得吓人，像天死了，压下来要吞人。

袁木没和裘榆一起上学。他吊着一口气，怕见着人气就散了。

于绣溪意料之中到得也很早，袁木没和他客气寒暄，刚放书包就问："志愿表你填了吗？"

"没有。"于绣溪有些怕和他讲话，又忍不住和他讲话，最近总这样，"我……"

于绣溪还想说，一向敏锐又敏感的袁木今日失灵："借我，复印之后还你。"

"哦哦，好。"

后来裘榆没再在教室里见过袁木，听李学道说袁木请假了。秋季学期匆匆结束，在学校的最后一顿饭两个人也没能坐在一起吃。

袁木的志愿表在最上面，第一张，因他是最后交的。

他将"西南"二字写得极重，大概是写第一遍时笔没水，描了第二遍。那一横一竖都像粗壮的钢条，凿进裘榆的眼睛，看得他脑神经一阵抽痛。右下角方琼的签名极轻盈，迫不及待似的，最后一笔往里勾，字也又腰，似在炫耀。

办公室里有一位姓蔡的老师，教语文，他说道："你们班那个袁木，怎么只填了一个'西政'？按他的成绩，那肯定亏大了！这还只是拟填呢，这个娃志向太小了呀，梦都不敢做啊。"

袁木这个人总让他头痛，裘榆早就习惯了，所以没真正预料过有这一天，袁木的本事这么大，让他头痛得——痛得都不痛了。

李学道不满，反驳："你说的志向孰大孰小，你如何给它定义呢？你的志向是很牛的大学，孩子的志向是安逸的生活，不是一路的嘛！怎么论大小？"

"老李，你可以这样想，但你作为老师不能这么说给学生听的啊。"

"对，我不倡导，也不反对。"李学道瞧了一眼旁边的裘榆，朝他走过去，脸还对着蔡畅，正色道，"但你也应该学会接受并尊重不是大多数的存在。"

"我接受，我接受，百分百尊重。"

"小裘，找到了你的没？"吵赢了一架，李学道神清气爽，才发现裘榆脸色差劲。

李学道连忙扶裘榆的手臂，着急道："怎么了裘榆？不会吧，你也低血糖？"

裘榆侧头看向老师，歉意地笑了一下，眼神空洞，茫然地说道："不知道。"

他说着"不碍事"，在那一沓纸里翻翻找找，抽出了署了自己的名字的志愿表，五指蜷曲，纸张缩成一团捏在手心里。

"你这是在干吗？不是说要我给你分析分析院校吗？"李学道瞪目结舌。

"算了。有点儿丢脸。"裘榆拎上书包走了，"老师明年再见。"

"欸，你给我看有什么丢脸的？你别听蔡老师瞎扯淡啊！"李学道还在他身后大声挽回，他却很快消失在楼梯口。

有六行空格，裘榆便填满了六个学校，六个学校归属地无一不指向京市，和那人云淡风轻独填一个"西政"比，确实很丢脸哪。

下楼太急，踩空一级楼梯，裘榆眼明手快地单臂挂住护栏，还是难避免往下滑了几级，最后狼狈地半躺在台阶上。他没有立马站起来，只沉静地坐了片刻，松开护栏去捂脚踝，额角和手臂在沉静中暴起青筋。

黄晨遇在校门口等人时远远看见裘榆走过来，打招呼："你真不去了？"

班上一拨人早早约好放假当天一起吃饭玩耍，碰上袁木请假，裘榆变卦。

"不。"

黄晨遇去迎裘榆，又跟着裘榆一道往校外走："没什么要紧事的话一起去玩玩呗，上次出来你和袁木提前撤了就没怎么玩。"提起袁木，他说，"刚才他们还说要拨电话问袁木能不能出来呢。这次期末考试全靠他整理的重难点能过个安心年，得请出来好好伺候一下。"

裘榆笑了："那最该伺候伺候我。"

黄晨遇也乐："嘿，趁人不在抢功？"

"那提纲他为我做的，没我就没资料白让你们沾光。"

黄晨遇瞧他的嚣张样，质疑真实性："耍我好玩呢？"

袁木怕裘榆。

他背叛——不对，或许是辜负和失信于人，但——对，他背叛了裘榆。无关裘榆怎么认为，如何感受，袁木放弃了，这一点没有误会。

他怕裘榆知道，又怕裘榆不知道。这件事在六月会有结局，于是他怕裘榆早早知道，又怕裘榆迟迟不知道，如懦弱的樵夫面对将倒的树。

裘榆致电袁木，是在袁木躺在床上，脑子里刚好演到裘榆将鄙夷厌恶的目光投向自己的时候。

他惶惑而英勇地接通电话，听筒里传来黄晨遇的声音："袁木！你在忙什么？要不要出来吃晚饭？现在！"

"我吃过了。"袁木说。

"这个电话怎么是你打的，裘榆在你身边吗？"袁木意识到自己错了，他并非既怕又怕，而是有点儿怕和最怕，他问，"他没什么事吧？"

"在啊，能有什么事？"黄晨遇将身边的人上下打量一番，当玩笑话讲，"就是我猜他刚才绝对摔了跤狠的，暂时是跛的，问他他还不承认。哦，对了，袁木，正儿八经问你个事。"

袁木的心跟着悬空："嗯。"

"裘榆告诉我说你做的那个重难点，原本是为他搞的，后来看我们可怜才分享出来，是不是真的啊？"

袁木恨黄晨遇领他坐了第二回过山车，语气没有起伏地回："这是值得正儿八经问的事吗？"

黄晨遇："是啊。"

"是啊。"袁木也说。

黄晨遇愣了一会儿："我不信，不要故意气我。"

裘榆招了招手，手机回到了他手里。

裘榆说："在家吗？吃饭了没？我在学校。吃完了的话，半个小时之后去楼上吧，回去有事问你。"

事物固有事物的名。你想擅自篡改某一物的名，那你需要付出无法与人交流的代价。小时候袁木还不知道天台被称作天台，用匮乏的词语向每一个人描述"楼上"，没人听得懂，除了裘榆。但他们长大太久了，像上辈子才用的"楼上"这个词。

明明是忐忑的，可袁木听到裘榆用低沉的声音讲出这两个字时又想笑。不过这种快乐很薄，轻轻一敲，不费什么力气就碎了。他挂断电话，胳膊搭在眼前，仰躺在床上。

袁木没有听话地等半个小时，将浓的忐忑和淡的快乐消化掉只花了十分钟，洗把脸趿拉着棉拖鞋就去了。

天台上可做的事挺多的，袁木首先清理墙角搁浅的纸船。

暴雨后天台通常有积水，裘榆空闲时碰上下雨天会来这里放船，折一只船许一个愿望，船漂得远则愿望大概率实现。

将纸船丢进橡胶桶前，袁木先拆开看，五只纸船有四只是空白的。他一面以为裘榆不屑玩这种幼稚的许愿游戏了，一面坚持不漏不缺地拆完最后一只，纸上出现浸水又被风干的字迹：期末成绩单上名字离袁木的近一点儿吧。

裘榆到时，见袁木正蹲在墙边给长得很好的向日葵浇水。天已经黑了，他攥着银色手电筒，看背影就很有勤勤恳恳和贤良的味道。

听到来人的动静，袁木转身将光柱横扫过来，避开裘榆的眼睛给裘榆光亮。

"过来吧，还有一株。"袁木说。

裘榆心头忽地涌来一股热意，朝他走去，接过水壶，与他并排蹲下。

腹部硌到那团纸，裘榆伸手从兜里掏出来交给袁木。他浇第四株的动作专注，话语显得漫不经心："这是我的，我也看到了你的。"

那张表格被轻柔地剥开，舒展开来，举在眼前。

袁木耐心地一笔一画看一字一句读，心里想：志愿表上的字迹和小船上的毫无差别，尾巴后面顿的圆点也一样，可是连这皱皱巴巴的委屈样儿都复刻了是怎么做到的啊？

他有一刹那昏了头，觉得被揉烂的纸像条艰难的荆棘路，一个一个坚毅的字，是裘榆不声不响的脚步。

袁木就这样望着，右眼猝然掉出一颗泪，脸边擦过一线温热触感，他才惊觉是哭了，拿手电筒的那只手旋即贴近鼻梁，水被指关节无声无息地擦得匿迹了。

直到放下水壶，裘榆没等来袁木的任何一句话。于是他把志愿表接过来，学袁木看的姿势，也学袁木沉默，之后两手轻轻地前后一错，纸被撕掉了。

"方姨做了什么让你选了'西政'，可以跟我讲讲吗？让我也学一学。"将纸撕碎，叠起来，再撕碎，裘榆在做这些动作的间隙发问。

夜是柔韧且包容的，但这个声音也一定刮伤了它。

"我还在想什么时候跟你说。"袁木喃喃道，"幸好你知道了。怎么知道的？"

"骗李学道说想请他给我讲讲志愿的事，他带我到办公室——你的志愿表就在第一张，都省了我去找。"

"你故意去的？"

"我故意去的。"

像被当头泼了一瓢冰水，袁木的脑子蓦地清明，他正要将那些草蛇灰线拎起来看个明白，裘榆却说："那天晚上我去你家找你，你以为我叫你不要放弃什么？你以为我想讲但不敢讲的话是什么？看到结果是'西政'，其实对我来说也不是太难接受。我做过心理准备。虽然很……只是为什么，你什么都不告诉我呢？"

一直一直，原来他全部的犹疑与软弱都没藏好过，都赤裸裸地暴露在裘榆眼下。袁木忽然把灯摁灭，眼前是幅巨大的黑色幕布。他问："那你那天晚上，又为什么不敢跟我讲？"

"不敢讲，怕你真的走投无路。方琼不会退步，那我退。"裘榆将那沓碎纸不均匀地分作两堆，左手一大捧，那一大捧就这样被投进了橡胶桶，他说，"我知道的，在你心里，妈妈占这么多。"

"裘榆。"

"嗯？"

"不要太讨厌我。"

"有一秒恨过你。"

"没有讨厌吧？"

"没有。"

"我做错了事，你应该恨的。没有讨厌就很好了。"

"错事。"裘榆转头看向袁木，嘴角一弯，像在说笑，"哪一件？能改吗？"

如预想中的没有得到答案，裘榆松开指尖，看右手剩的两张碎片飘去桶里。他说："没有错。不能改的话怎么可以定义成错呢？何况，京市没那么好，没好到非去不可的地步。袁木，你要选'西政'，我就和你一起去'西政'。"

听毕，袁木周身的汗毛竖了起来。仿佛灶边昏昏欲睡的人被火燎得痛了，萎靡整晚的袁木一改之前听之任之随便其宰割的样子，站直身子，俯视裘榆，说："裘榆，你在说什么？清醒不清醒？"

裘榆也缓缓站起来，略高于袁木，却不想用这高度差让袁木感到压迫。他定定地看着袁木，温和地说："我清醒。"

躲开对视，袁木恨恨地踱了几步，深吸一口气，手指向北方："往前，光明大道。"他又指向脚下，"这儿，臭水沟。你清醒？"

"你在这儿。"

袁木的手垂落，无力地拍在腿侧，他仰头看着裘榆："是啊，所以要你走啊。"

裘榆拽下肩上的包，从里面翻扯出厚厚一本教科书，使劲抖落一张成绩单，捡起来拍在袁木眼前，戳着序号"20"对应的"裘榆"二字说："如果不是你，我不会在这里。"

袁木蹲身帮他捡起被丢在地上的书和包，放到他怀里，说："你本来就该在这里，往后会更向上，会遇到无数个我。"

"袁木！"裘榆猛地朝他凑近一步，被他伸臂挡住了。

袁木埋下头，另一只手半掩着脸，肩缩得窄极了，声音像潜在瓮中："你真的不能待在这儿，求你了，别说这样的话，裘榆。别害你自己，也别害我。"

裘榆最疼也最怕的是袁木在自己眼前袒露脆弱的一面，袁木不负他所望——

袁木再抬眼看向裘榆，眼神如刀如剑，不疾不徐地开口："你不是想知道我做错哪一件事吗？周五那天早上，答应你去京市，是我唯一后悔的事。答应你之前我从没动过这个念头，答应你之后怎么努力也想象不出和你在京市上大学的情形，甚至答应你的当时，我都在想，如果再不对你说'好'，在场的老师同学就该催了。"

裘榆的手臂滞在半空中，悄然收了回去。裘榆问："那你是说，根本没真正想过要和我一起去京市，答应是因为无话可说，所以拿个'好'字来敷衍我，骗我？"

"是。"

裘榆很久很久没有出声。他看着袁木的眼睛，方才的刀剑渐渐颓丧，刺向裘榆的同时似乎首先捅伤了他自己。

"袁木。"

"嗯。"

"开始有一点儿讨厌你了。"

"可以的，随你的意吧，现在不重要了。"

"你也清楚这儿是不能待的地方啊？那为什么偏偏宁愿烂在这个地方也要听她的话？你不就是想要爱吗，不就是要人爱你吗？你冲她去要，你能得到几分哪？"

裘榆继续说道："袁木，这件才是你做得最离谱、最该说后悔的错事。"

两个人都静下来。

"历来是你比我更容易看破我。不过你说什么也不重要了，只要别再讲因为我要留在渝市一类的话捆我、吓我，也别做，不然我一辈子恨你。"袁木声音虚弱地说。

"那以后怎么办呢？"裴榆没头没脑地问道。

袁木抬眸看才发现裴榆不知道何时已经淌过泪了，脸颊上有蜿蜒的水迹，眼眶盈满了新一轮的泪，要坠了。

怎么办呢？袁木猜自己在他眼中是模糊的影，也因的确不受控，放心大胆地蹙眉抿嘴露出了欲哭的苦表情。

在一呼一息间平复情绪，袁木平静地建议："如果你实在很难过，也实在是讨厌的话，我们不要再一起吃饭，不要再一路回家，非必要也不要再说话了吧。"

袁木的三个"不要"让裴榆脑海里突然冒出很多个夜晚，从夏走到冬。但他同意了："好。"

袁木点了点头，像是交涉的任务彻底完结，干脆地转身要走。

"这些向日葵——"裴榆盯着他徐徐又从容的背影开口，顺利牵住了他不留情的脚步，"我不送你了，你还我吧，好不好？"

可能是因为这次裴榆只问一遍了，也或许是没有其余人在场不必担心被催促了，不远处，袁木呆滞地站定，迟迟不见回应。

裴榆便先其一步离开，流畅地路过袁木身边。他倒是在天台那扇门前停了一下，提起手边的石头砸两下毁了曾经亲手钉的锁。两声沉闷的"咚咚"声之后是一声清脆的"啪"的响声，钥匙被他从包里钩出来丢了门后。再不存在"楼上"了。

下楼的脚步声渐远，然后消失。

那天袁木的运气不错，夜尽迎来昼，他在渝市的冬天也遇到了日出。倒霉的是凌晨的天台冷得要命，新生的太阳像颗坏掉的糖。

Chapter 09

雾

除夕过的是夕，白天则少些年节的氛围。

方琼大清早便在厨房里忙活，陀螺似的转到中午。其间袁木和袁茶也没能偷闲，在方琼的吩咐下擦桌、拖地、洗杯、刷鞋、贴对联、用扫帚绑着抹布去擦角落的蛛网。起先袁高鹏也跟着他们干活，没注意什么时候就不见人影了，临近饭点，去楼下扛米扛油的任务落到了袁木头上。

在楼道里遇到裴禧，袁木还在踌躇怎样开口，她先兴高采烈地问好："袁木哥，你要去哪儿啊？"

"家里要囤点儿米油。你来这边做什么？"

裴禧晃了晃手中的保鲜袋："去你家啊！我妈在刘姨那儿杀了几只鸡，送你们一只。都处理干净了，我妈说让方姨直接塞锅里炖行。"

袁木道着谢折返脚步，朝她伸手要帮她提上楼。裴禧"噔噔"几步往上躲开，说："没事，没事，袁木哥，我来就行，你要买什么东西快去买吧，可能还会遇到我哥呢，我妈使唤我和我哥跑腿，他选超市，我选小茶！"

袁高鹏是溜到路边了，和一条街上的几个叔叔围坐着玩扑克牌，腿边有两个柴火正燃着的小炉子，边上烤着一圈土豆。袁木远远看见，想绕开，却被其中钱进的爸爸抬眼逮住。

袁木的名字被高喊出声时，和大家一起望过去的，还有站在陆倚云店前的裘榆。避了第一次，结果又在这里遇见，说明避大概率是不可行的，裘榆也就认命地转头去看了。

那天过后，裘榆不再去自家阳台上，走在路上却有意无意地抬头。头顶那扇小窗通常是蒙着帘的，曾经秋天里窗台上用来插金桂的玻璃瓶也不知所终。

在袁木即将看过来的前一秒，裘榆睫毛一颤，别开了目光，结束这些天的第一眼。

"云哥，一袋米四桶油，我妈说牌子你知道。"

首先听到"我妈"二字，裘榆想冷笑，忍住了，接着在袁木越过自己身边递钱时闻见他身上换回了熟悉的青柠味。裘榆心里又什么都没想了，几乎把面前的纸币盯出洞，竭力僵着脖子不去觑着脸质问：倒成你厌我、烦我到这种地步了？

光打在浅青的玻璃面上，模糊地映射出袁木的脸。他眼睛朝店内望，神情淡然，不哀不愁也不故作冷漠。比起裘榆，他更决绝，也更体面。他旁边的裘榆不再是裘榆，而成了街头万千擦肩而过的陌生人。

裘榆很轻地皱了一下眉，垂下眼皮不看那面玻璃了，头偏向没有袁木的另一边。

陆倚云先把裘榆要的酱醋烟茶打包，然后找零，从袁木递来的一沓钱里抽出两张五元，钱货都摆到了裘榆眼前。

陌生人？他不如袁木，他做不到。

裘榆两指把纸币推回原位："不要这个，换一张。"

"你——"陆倚云叹气，拉开抽屉补了一张十元纸币，"今天怎么这么挑呢？"

裘榆没回答，将钱丢到塑料袋里，拢了拢袋口，用手指钩上袋子转身走人。

陆倚云开始备袁木要的东西，小声问道："你们吵架了？"

人离开了，袁木才挪着视线瞧裘榆的背影，不知不觉就目送他走进楼道，说："不是吵架，是绝交。"

陆倚云闻言大笑："我说，他已经够幼稚了，你怎么也——多大了，还玩绝交这套？确定油要四桶吗？你几只手啊？"

袁木扭回头，正视陆倚云："永远断绝交往又不是小孩子发明的专利。只是小孩子会下决心摊开讲，大人是悄悄的，不认真的，执行不彻底的。"他又说，"我跑两趟吧。"

"等会儿找个推车给你。现在年轻人的关系还真是，天气一样说变就变，你们这样低头不见抬头见的怎么永远断绝交往啊？"

袁木回想刚才裘榆的所作所为，说："也不难。"

陆倚云略略思考，赞同他的话："嗯——对。我跑到这儿来，也是因为跟人绝交。确实不难，时间一晃就没。绝交好，绝交快乐，绝交之后不用再忧虑光阴似箭人生苦短。"

"跑到这儿来"的意思是他在这条街开了个商居两用的小超市，袁木说："哦，大人也彻底。"

陆倚云说："当时算小孩子。"他说完心虚，加了个"吧"，又接着笃定地说道，"不过我看你们很危险。"

"什么？"

陆倚云将推车的把手转去袁木手边，直起腰讲道："无论任何关系，分离、交集消失，这些才是人与人之间正常的走向和普遍结局。但——欸，你刚才说的那个……嗯，但你们太认真了。"

最后袁木只搬了一趟。推车只能到楼梯口。他往左肩置放一袋米，稳稳地半蹲下去，每手抓起两桶油，咬牙一气爬了二楼。起初他没感觉，以为尚在能力范围内，靠着门喘几口气累劲就算过了，但坐到年夜饭的饭桌边他才发现手臂肌肉发软，抬起来端碗拿筷都发抖，夹菜得蓄力。

他便只吃自己跟前的一盘菜。

方琼把两个肉菜换到袁木面前："别光吃凉拌丝啊，赶紧夹肉去碗里。你今天胃口不好？"

袁木摇头："没有啊。"

方琼伸手来摸他的头发和额头："大过年的，怎么这么没精神呢？"

以前方琼从不这样对袁木，导致他现在才有机会知道原来自己排斥和妈妈有这类亲密接触。血缘竟然不讲理地成为障碍。他歪头闪开后低下去大口扒饭："没事。"

此时对面六楼有人大声说话，是钱进的声音："裘榆，一会儿去买炮放烟花怎么样？早点吃饭等我通知！"

袁木吞不下去米饭。他的脑袋总浑浑噩噩的，嗓子眼儿总隐隐作呕，他还以为这些病灶是无端的，乍听见裘榆的名字才意识到也许是因为老在想和裘榆绝交的事。干呕的欲望强烈，他生生忍得眼泪兜在眼眶里，挣了几个来回。

没等到窗外的回答声，袁木才不慌不忙地起身去了卫生间。

呕完之后查明不关胃的事，纯粹是喉咙眼儿的原因，袁木简单漱过口后出去就只喝汤了。

袁家的晚饭吃得很早，收拾桌上的残羹剩饭时天刚黑，春晚刚上第一个节目，整条街也刚热闹起来。家家都为除夕夜点燃鞭炮，陆陆续续一通乱炸。

方琼和袁高鹏相继出门，去麻将桌和牌摊上凑人头，穿鞋时嘱咐兄妹俩："收拾干净了你们也出去玩，消消食。锁门就行，不用关灯。"

袁茶陪袁木洗完锅碗，呆呆地看了一会儿春晚就坐不住了，奔喧闹的街面去了。家里一下空了不少，袁木放松地瘫在客厅沙发上。躺半晌后他觉得吵，摸到手边的电视遥控器摁了待机键，房子霎时静了，剩头顶大灯管依旧亮着，寂静难得亮堂堂的。

在亮堂堂的寂静里，袁木想早晨那口混了血的牙膏沫，想昨晚去混乱年代杀伐的梦，想方才厨房里手软打碎的两只碗，想天气阴冷满心以为今天会下雪却没有……想这些无关紧要的小事。

对面楼顶响起一阵惊呼声，接着是烟花爆开的声音。

袁木辨别声音，是钱进率领一帮人上了天台。他原本迈步朝开放式阳台走，转念去了自己的房间。

紧闭的窗帘拉开一截，袁木仰头望见了站在人群边缘的裘榆，裘榆正仰头望着绽放的烟火。其他人或笑闹跑跳，或手持一根烟花瞄准天空当炮手，他什么也没做，只目不转睛地望着。

裘榆将手掌垫在脑后横躺在床上，盯着铺贴着黑色卡纸的那面墙，几度陷入空茫茫的无措状态里。他已经以此姿势平静且清醒地度过四个小时了，离新学期开学报到只剩另一段四小时。

那自己就不看他。嗯，那就不看他。

矮柜上圆盘时钟的声音渐渐变大，秒针开始跨一步响一遍咒语。裘榆等不及，翻身起床，抓过枕边的外套随意穿上后走出卧室，蹑手蹑脚地去了久不光顾的阳台。反正夜深人静。

以前见识过冬天的凌晨，黑沉下来真能伸手不见五指，裘榆在短短几步间担忧着袁木的小窗会被融进暗夜，但没有，那里居然还亮着灯。

现在他的窗帘反而是大开了——细想也合理，半夜的话，再没有避人的需求。

袁木在书桌前坐得不端正，执笔半趴着，穿的那套深蓝色睡衣，外面披了件裘榆没见过的夹克。

裘榆只望见偌大的夜里剩袁木的房间的那一盏孤灯浮着。

裘榆第一次站在这个阳台上窥望袁木是很久很久以前的事了，他犹记得那时心底存有一股淡淡的羞意，因为自视之后觉得蠢、不光彩。

如今他找不回来那份羞耻感了，想着，面前这个旧房间怎么像座落寞的岛。又想，他忘记在两个人尚能一来一回说话的时候认真问袁木：和我待在一起时是不是快乐更多？

开学日，黄晨遇天不亮就爬出被窝，把他妈感动得汤面里多卧了两个荷包蛋，也没想过他是为了早点儿进学校借鉴其他同学的答案补假期作业。

操场半路遇到裘榆，以为他是同道中人，黄晨遇上前去寒暄，将此项目讲出自豪感："你的卷子还差多少张没做？我攒了整整一个假期的文综简答题。"

裘榆实在不想和他同步调，走快了些："不要说得好像假期很长一样。"

"是不长。欸，怎么都开学了你还惦记着这事呢？多想想高考完有三个月，亏不了。"黄晨遇跟在裘榆身边小跑，进教室前多问了一句，

"欸，袁木怎么没和你一起？"

裘榆甩开黄晨遇的胳膊："问他呗。问我有用？"

黄晨遇在他身后嘀咕："过年的炮仗没放完哪？"

裘榆到了座位没卸书包，扛了自己的课桌椅往最后一排的空旷位置走去。

黄晨遇都拿出政治试卷来准备好冲刺了，被裘榆这番动作弄得傻眼，连忙追着人问："你搬到这儿来做啥？"

"清净。"

"清……你嫌我吵吗？"饶是平日爱贫爱闹又不看重脸皮的黄晨遇，当下自尊也有点儿被伤到。

恰巧袁木从前门进来。人的目光有惯性，四目遥遥撞在一处，这次裘榆先错开视线，低头对黄晨遇讲："不是你。"

袁木刚进门发现裘榆离那么远了，愣了好几秒，迟钝地认为还可以像黄晨遇一样问。不过裘榆一不看他，他便醒过来，心想：这样好，这样最好，裘榆做得很周到。

身后突兀的空位像被活生生剜没的，景象残忍。直到黄晨遇回来了，袁木才惊觉自己一直在看它。被问手里拿着笔是不是作业没赶完，他摇头否认。至于什么时候坐下攥的笔，他没印象，一系列动作是肌肉记忆叫他怎样做他就怎样做的。

黄晨遇站着挠头："你要不去跟裘榆说说？裘榆说图清净，我觉得是因为王成星。他也不怕李学道啊，看那态度怕是暂时不回来了。"他自顾自"噼里啪啦"讲一通，又叉着腰和袁木一起审视空座位，说，"中间这位子空着是不是有点儿难看？看着有点儿难受。"

"要帮你移过去吗？"袁木只是问。

高三的第二个新学期最不像新学期，以往，轻松愉悦的开头是惯例，但在这轮二月里，沉默的拼搏取而代之，有人偶尔想懈劲都难找缝隙。所有人埋着头，一半写字一半补觉，不愿学的人也安静下来，温顺地随着大浪漂完最后百余天。

对文科生来讲，数学和英语是拉分的大头，冲刺阶段很少有人会再把精力放在语文上。语文老师也默许了死气沉沉的课堂氛围和学生不听课的行为，只要不扰乱课堂纪律，他一般视而不见。

这天这堂最无聊的试卷讲解课，大家却少见地活跃起来，蔡畅不知道自己讲的哪个点触到他们的神经了，同学堆里隐隐骚动着。

蔡畅觉得新奇，问："你们在讨论什么？"

他问第一遍没人敢出头，问第二遍黄晨遇就说了。

"老师，你看字形题第二行最右边的一个成语。"他脸上带着点儿促狭的笑。

蔡畅："我看看，什么东西？"

有人忍不住给他和其他不明就里的同学指路："缘木求鱼！"

同时听到两个名字，袁木放下了刷数学压轴题的笔。

蔡畅大笑："还真是，在我们班齐了。"

"什么？"袁木询问中间的于绣溪。

于绣溪凑近他说悄悄话："你看真题卷。"

"哪……"

"就我们市的。"

"谢谢。"

袁木在文件归纳袋里把试卷扒出来，发现是当初心不在焉做的那一份。

"袁木袁木，求求你来给我加油！"

字能灼眼似的，袁木的手指一根一根摸上去并拢，他用手心盖住那行昂扬肆意的字迹。

"这个成语我们居然现在才遇到，它也常出现在辨析题里，大家可以摘抄记录一下。那我现在请一位同学来解释一下缘木求鱼的正确含义，就第二排最右一个怎么样？"蔡畅意有所指地看过去，笑着，以为自己很幽默。

袁木僵着没动："我不会。"

"嗯？'缘'这个字在文言文部分考过很多次了呀。"

全班同学的目光聚在袁木身上，他坐得很直，却不起身，也不再抬头回应。

当气氛陷入鸦雀无声的尴尬境地时，后排响起一点儿木椅摩擦地面的声音，所有目光又被吸去那边。裘榆弓腰屈膝拎着椅背将其转向搁远了点儿，才昂首挺胸地站直了。

站高乍一看，像被一群群探射灯围攻了，裘榆觉得好笑，瞥到唯一没回头的那一个，又觉得有什么好笑的？

"欸，另一个来回答也合适。"蔡畅给自个儿打圆场，"裘榆你说说。"

袁木捏皱了试卷。

"一个人企图得到他渴求的东西，却去了错的方向。"裘榆朗声说。

袁木折断了手中的水性笔。

裘榆在脱口之前考虑过结果——应该说是后果，总之，不会太好，甚至是坏的。但他没来得及再仔细地衡量一下这句话可能给袁木造成的伤害，以至唯一没回头的那个人终于回头的刹那，他心底蓦地一痛，后悔了，做错了。

在袁木眼睛通红却面无表情的注视中，裘榆缓缓坐回椅子上。

袁木低着头有序地收拾着狼藉的桌面，手心兜满红墨，抓着残卷断笔于众目睽睽下走出了教室。

裘榆独自咂摸袁木方才那一眼里所有的怒和恨意。而他应该是疯魔了，竟感到沉重的痛快，心想：恨哪，恨才好，你也恨我才公平。

红墨洗不净，袁木索性关掉食堂外的水龙头再使劲搓。冰天雪地里，手又红又肿，他不知道哪块是脏哪块是冻伤。

一粒一粒，指缝间多了几点白色的东西。袁木抬头，天空掉雪了，是落在衣帽上会有清脆的"咔嚓"声响的那种雪。打记事以来，这个冬天是他头一回看见雪。偏偏是这个冬天。

半梦半醒间有一阵胃像被火燎，袁木本能地蜷作一团，四肢聚拢抵御疼痛。挨到天微微亮，起床换衣时他也没分清到底是不是梦。他重新倒下去，摸索着记忆将膝盖抵到胸腹上，双臂围环，坚持几秒后散开了。

去他的最有安全感的睡觉姿势，他只觉得好累。接着他舔到左腮新生的两处溃疡，想着，那么胃疼应该是真的。

他洗漱之后没吃早餐直接回房做题，写了会儿试卷。

方琼提着一个电暖器进袁木的卧室，说用上这个手脚要暖和一些。

夏天的电扇、冬天的烤炉，其实单品价格不是太贵，咬咬牙买几件也可以勉强负担，但后续的电费是笔大支出，方琼便都只配置必需的一个，它们大多数时间放在袁茶的房间里。

袁木下意识地先拒绝："我还好，不冷。"

方琼已经替他插上电："开着，多多少少要好过一点儿。"

"袁茶不用了吗？"

"她这会儿也用不上，大清早出门去玩了。"

袁木才知道自己误会了——并非就给他了，时限今天早上，用完要还回去的。

他反而心安："哦，好。"

"别学忘了时间，记得弄早饭吃。"方琼离开时带上门，免得热气跑掉。

"好。"

运行的电器持续发出低沉的嗡鸣，袁木静静地听了几分钟，最后伸手关停了。

周日没有晚自习，袁木早早出门，去学校之前先坐在陆倚云的店门口吃完了一支冰棍。他和陆老板聊了几句有的没的，转头瞥见裘榆和钱进正往这边来，就拿下嘴里的木片敷衍地说句结语匆匆逃走了。

他有些不敢直面裘榆。无论是裘榆拒接他碰过的零钱，还是裘榆搬离座位不愿坐他后面，或是课堂上裘榆那句专门说给他听的隐喻，其实他是切实被裘榆重伤到了。愧疚、怒、怨，所有理不清的情绪经过时间发酵之后就剩害怕了。

因为罪魁祸首是袁木，比之，裘榆做的事并不算什么，归根结底是袁木脆弱。

钱进皱眉："我怎么感觉，袁儿在躲我？"

裘榆没和他争。

陆倚云听见了，笑盈盈地拆台："没啊，他躲的是裘榆。"

钱进："啊？"

"袁木不是说和裘榆绝交了吗？你这怎么，他也和你处崩了？"

钱进连忙摆手："没，没，没。"

原来袁木将这件事定义为绝交。

那么裘榆就是在看见袁木吃冰棍那一瞬间发现了绝交这件事比自己想象中要复杂。

袁木对冰棍一类的东西毫无兴趣，突然在冬天吃冰一定是他的生活发生了某种改变。这种改变将可能是裘榆永远不得而知的。

不过，单单要求裘榆放下对"这种改变"的执念就已经十分困难，遑论其他。

"他怎么大冷天在你这儿买冰棍吃？"裘榆的问题跳脱。

"说是——"陆倚云指了一下脸颊，"里头长溃疡，拿冰缓缓。"

两个人买了可乐掉头回去，钱进问裘榆为什么和袁木闹到绝交的地步。

首先绝交这个词就很怪，绝交意味着交情必须得是深厚的。可是袁木和裘榆之间的交情是什么时候变深厚的，钱进一概不知。

裘榆点头顺着他说："就怪太深厚。"

钱进又问："既然深厚，那绝交之后就绝交了？"

裘榆摇头："等。"

钱进再问："等什么？"

裘榆说不知道，赶他去买烧烤。

钱进告诉他："我好像知道一点儿。我上个月和我的朋友闹别扭，后来我也好像在等，总觉得我和对方还会有机会和好，不可能就这么算了。就等时间走到某一个节点，会有对应的事顺其自然地发生。你懂吗？然后，初雪那天真的和好了。"

"你觉得我和袁木能跟你和你朋友比吗？"

"好像不能……"

裘榆看起来不像生气，笑着说："哦，那你瞎知道什么？"

周日晚上，街面的几个妈妈组了牌局，裘榆和钱进对晚饭的打算是汽水配烧烤再加一碗面，然后裘榆上课钱进回家。他们等烧烤时，遇到了薛志勇在摊旁的红棚里和人喝酒，天还没黑他就半醉，嘴里不干不净逮谁骂谁。

本来事不关己，但听到了袁木的名字，裘榆和钱进无声对视了一下。刚开头一句"爹死了妈不爱"钱进就要蹿进去，被裘榆钳住了一只胳膊。

钱进低吼："做啥？你拦我？你和他掰了我可没有！"

裘榆先付钱，接过一部分烧烤，拉着钱进淡定地继续听着，说："等天黑吧。"

在裘榆家的阳台上一直守到薛志勇吃饱喝足要结账，两个人才准备出门。钱进递给裘榆一顶鸭舌帽和一条围巾，裘榆挑眉："干什么？"

钱进看一眼他："蒙上好一点儿。"

裘榆走在前面："不让他知道是我，那不就是白费力气？"

最终钱进无法，围巾蒙不了裘榆就只好用来蒙薛志勇。

街尾有条废弃的堆放杂物的小巷，里面传来了薛志勇醉醺醺的一顿号叫，像是被鬼吓着了。

裘榆回到家看表，晚自习还剩一节，就先洗澡，然后洗衣服。

裘禧刚在麻将局那边观摩完，见者有份分了五块钱的红，买了夜宵请袁茶一起来家里吃。她见裘榆在家，问："来点儿吗？烤串。"

"你们吃吧。"

"欸，你要出门先把头发弄干，外面冷死了。"

时间来不及了，裘榆直接开门走了："没事。"

裘榆带着满身冷气回屋时已十点多，钻进卧室倒去床上，还是同样的姿势，凝视那张黑色卡纸很久很久。太阳穴依旧狂跳不止，像号角。

他暂时没办法。

口腔溃疡比胃痛磨人，长在食物必经之处，碰点儿辣和烫的东西它就警铃大作反馈十倍疼。但冬天不就吃这些吗？袁木被扰得不耐烦，冰镇之后用牙齿咬破，破了算创面，没溃疡敏感。

袁木以为还得反复拉扯几个回合，但是，晚自习放学路过陆倚云的店被他塞了一瓶喷剂和一盒胃药，好灵，一夜好了大半。

这算件好事，次日袁木在早餐桌边听袁茶例行聊天都要认真些。她说以后想去湘南读大学，袁木没有建设性意见，答"哦，那就好好学习吧"。她改聊提神的事，说刚去买豆浆的间隙听大家都在讲，薛志勇昨天晚上被人寻仇了。为什么是寻仇呢？听说钱财都在，没多余的伤，但被吓得够呛。

袁木舀豆浆的调羹停了一下，节奏乱掉。很巧地，薛志勇那仇人做了袁木想做又一直没做的事。

裘榆料定薛志勇不会找上门。这样风平浪静地过了几日，找上门来的是另一位。

从裘榆走过街口的水果店起那人便一直尾随，脚步细碎而犹疑。那人内心慌乱焦灼的情绪如此外放，让轻易洞察到这些的裘榆也陷入不耐烦和烦躁情绪中。隐忍一路，他停在楼道口不再往上迈步，转身冷冷地看着那个本不同道的人，并不打算率先开口。

方琼后退半截，喉咙发紧，为了面对面这一刻她酝酿了很久。

"裘榆，你和我们家袁木关系很好吧？"她面部发僵，硬要笑。

裘榆沉默，因为发现她嘴角肌肉竟然在细微地抖动，眼里被企盼和恐惧之色分割。他不解，她在怕什么呢？

"袁木和你约好了要去京市上大学，是吗？他是因为你才想去京市吗？你想带他走？"

方琼瞪大两只眼盯着他，候着他的答案，专心得要命，初春的天气竟令她鼻尖发汗。

"你问过袁木吗？"裘榆想着最好是问过，关于这件事，他也很想听袁木怎么说。然后，袁木如何说，他就如何说。

很遗憾，方琼摇头，呼吸渐渐急促："没……我……"

"可你最应该去找你家的袁木啊。"裘榆说道。

方琼的表情沉了下来，眉头恢复平展，企盼和恐惧之色消失，之前的一切像是肉汤上浮的脏沫，被人利落地一勺挖干净了。她被裘榆不严肃、不配合的态度激怒："我会问他的，在此之前决定先来问问你。"

"哦。"昏黄的灯下，裘榆开始一点儿一点儿堆出乖巧的笑容，"有什么好问的，搞不懂，他不是都已经选了你吗？"

于黑暗中独自待了很久，裘榆从容地拧锁推门。许益清在卫生间里洗东西，他找去门口干巴巴地站着。

许益清奇怪地转头看向他："今天回这么晚？怎么了，你这副样子，有事找我？"

裘榆垂目："你没有我就没有。谁的袜子？"

许益清不答，手指划了几下脏水。

裘榆从盆里一把将袜子捞出来，掷到裘盛世床边，对许益清讲："他没长手吗？"

床上的裘盛世动了动身子，撑起手肘看着裘榆。

裘榆挑衅地回望："怎么？"

裘榆很期待裘盛世给出一点儿强硬的反应，但他没有，他只是狠踹几脚被子，将袜子抖落在地，又平躺回去，床单上留下一摊湿水印子。

裘榆提着书包在卧室门口静立片刻，转身拿毛巾给许益清擦手，问："你为他做那么多事，他还过你几次？"

许益清不知是乐观还是有意打岔，小声说："这还要还的呀？"

裘榆用毛巾包住许益清的十指，低头说："那不然呢？一个人唱独角戏不会难过吗？爱……"他咽了回去，没说下去，"最重要的是他不值得你这样。"

"你说爱什么？"

"没什么。"

裘榆摊开毛巾，第一次端详妈妈的手。伤害他也养育他的这双手，还算白皙，生了很多茧和细纹，指头浮肿，指甲剪得抵到肉，指缝因做家务事泛黄，指纹嵌着积年粉笔尘一样白。

这双手平凡，不漂亮，柔软，蓄满力量。

"妈。"他紧紧捏着她的手。

"嗯？"许益清有些惊讶，他很久很久不这么叫她了。

"你真的没有话要问我啊？"裘榆始终垂着头。

"有啊。"许益清将毛巾挂回原处，"今天夜宵的鸡蛋给你搁点儿猪油、酱油和葱花试试，怎么样？"

夜晚，云乘着风，成群结队飞得很快。窗外的树和二楼齐高，无人修理的枝丫蹿升，然后不堪重量地垂下去，比起田里一株成熟的稻穗，更像某人刚睡醒时头顶的呆毛。

袁木坐在书桌前，知道自己不该浪费时间去观察无关紧要的这些——欸，有几只鸟在暂时无云的夜空里追来追去，鸣叫声散落四方。

捕捉到方琼换鞋进门的声音，袁木收回目光拿起笔。

房间被打开，方琼神色疲惫地说道："袁木，我们聊一聊。"

她踏进狭窄的曾经的杂物间，只能坐在床沿，膝盖躲不开，任由它被落地衣架上挂满的衣物扫到。

袁木等她发言，她的眼神却陷进那堆衣物里，于是他们之间陷进一阵诡异的静寂状态。

"袁木，你为什么想去京市？"

"什么？"

"为什么想去？"方琼咬牙切齿地说，"我去找裘榆，你猜他怎么说？他说你选了我，什么意思？你来和我说，他这话是什么意思？"

"怎么说……说得没错，就是选了你啊。"袁木失神喃喃道。

"你说什么？"

"我和他，现在已经绝交了。"

"现在，"方琼抓到关键词，"你们一个两个和我玩文字游戏是不是，以前呢？"答案越发明朗，她临近崩溃，"别再阴不阴阳不阳地说话要你妈了行不行？"

"以前……"终于得到自白与自毁的机会，袁木的目光和方琼的目光交汇在那件白色外套上，他轻声说，"以前，我想和他一起逃走，逃得越远越好。"

他还想说：以前，我跟你谈起很多次他，你都没听完过。

方琼呼吸一窒，随即举起拳用力捶自己的胸口。

袁木慌忙倾身去帮她抒背："妈……"

之后几天，是方琼擅长的冷战，只不过这一场冷战似乎不是她有心，也不是她非要袁木屈服，倒像实在没有解决问题的办法，实在没有面对荒谬现实的勇气。

袁木比任何时候都淡然。他深知结局不可能会好，也无法变得再坏了，直到——

"以后不会让你留在本地了，你想出去是对的。多留意湘南的大学吧，说不定，我们将来就搬去那个地方生活。"方琼轻描淡写地推翻建议，重造建议。她抿着干燥苍白的嘴唇，昂扬的斗志回来了。

湘南，耳熟，有谁兴致勃勃地跟他提过。袁木看向袁茶的卧室的门，看着看着就笑了："凭什么啊？"

"什么凭什么？"

"凭什么……"还没开始讲，袁木被自己的满腔哭意阻断。失控很难看，他闭嘴，别过头沉淀情绪。

"没有凭什么，你现在没有资格质问我凭什么。凭什么？凭你做了乱七八糟的人，袁木。"

袁木重新抬眼看向方琼，重新认识妈妈。

"凭什么把我一个人丢到乡下？凭什么十岁时禁入的杂物间，十三岁时就成了我的房间？凭什么你从来只对袁茶笑？凭什么天冷你只提醒袁茶要添衣？凭什么耳聋的不是我？凭什么我爸不是袁高鹏？凭什么当初要把我生下来？凭什么孩子蠢得只晓得认一个妈？凭什么我天生就懂无条件、无止境地去爱你？但你……凭什么偏偏是我，做你方琼的儿子！"

袁茶刚拉开卧室门，袁木抢起手中的玻璃杯狠狠朝她砸了过去，玻璃杯碎在门框上，惊起两声尖叫。

"她每次喊我一声哥，我都想这样做。每一次。你害的。"袁木深呼吸，卷起左臂衣袖，"妈，看到过我这里的刀疤吧？为什么你从来不问呢？我一直以为多做一点儿事，多分担一点儿东西，就可以让我在你的家里看起来不多余，可以让你多喜欢我一些，为什么从来没起过作用啊？"

方琼呆滞地看着他："当年我一个人怀着你既要赚钱又要伺候你爷爷一家，一个人去医院破肚剪肉生下你，再一个人把你拉扯到这么大，原来是我有错吗？"

袁木用胳膊揩了一把脸上的泪，已然塑了一个全新的他："不是，妈妈，是我的错。"

袁茶顶着满心恐惧情绪要追开门而去的袁木，被方琼叫住。她方才也掉过眼泪，但手一用力抹脸就全不见泪痕，她说："不准追，在家待着，随他去。"

她心里忽然划过一念，最好……最好他就此消失在这个世界上。

袁茶退回来，自觉地跪在地上捡碎玻璃。只剩最后一片，她猛然爬起来跑去阳台上，竭尽全力大喊："裴榆——"

下一秒，袁茶被方琼捂住嘴扯摔在地上。方琼用力扇了女儿一耳光，怒瞪着低吼："你也想要你妈的命！"

步伐越快，离那条街越远，袁木紧绷的神经越放松，眼涩、头疼的症状越明目张胆地显现。

几颗雨点试探地掉下来，周围人还抬头质疑天，一阵大风呼啸而过，霎时变成暴雨，人们作鸟兽散。袁木直视这一幕，很像误入原始森林。

雨势磅礴，在其中很容易醒悟其实自己万分渺小。

袁木站在人行道上的一棵树底下，雨一捧一捧地淋他，他脑子里没其他的念头了，居然是很想睡觉。很远的地方有雷鸣，他便把百分之五十的思绪分给它——不如赐一道给我吧。

在雨雾里观赏闪电，须时不时抹掉睫毛上的水。雨下得不久，说明雾也将散去，袁木珍惜地揉了揉眼睛，视野明亮，裴榆忽然出现在道路的另一头。

跑！

袁木慌不择路,拔腿蹿进最近的窄巷,被身后的裘榆几步赶超拽着撞到墙上。

"跑?"

袁木趁他讲话提膝顶他的胸口,得了空隙继续逃。

哪知裘榆根本不顾疼,一只粗臂死死截住袁木,把人再次掼向墙面。

"跑。"他用力锁住袁木,发令。

袁木一言不发,剧烈地挣扎,裘榆以更强大的力量抓住他。袁木再没有动弹的力气,身体的对抗渐渐停止。

雨彻底停了。

"一句,就一句,说完放你走。"裘榆舔了舔嘴唇,等袁木的下文。

袁木没有说话,全身肌肉软了下来。

"袁木,要不要重新选?我早就想跟你说了,你要的东西她没有,你要错人了。"

一切都平息,冷气都热了,袁木掐着手心,揣摩裘榆的话。

裘榆穿着工装外套,领边有一颗挂着水珠的银色纽扣。渴、热,他很想伸手碰一碰,这些感觉促使袁木动了动。

"我为什么跑?"袁木冷静下来。

"因为……说真的,每次下雨遇到你,你都是很可怜的样子。"

"重新选,会很难,选的过程很艰难,选了之后就变得更艰难了。"

"好像是,但我会陪着你,之前会,之后也会。人生再长,无非是把我和你的十年翻出来再过几遍。"

三月里,袁木觉得今年夏天好像要提前来了。

雨后,之前躲进建筑物里的人群立马出街活动。有人路过他们身边,方才还张牙舞爪的袁木此刻恨不得做只鹌鹑。

袁木低头:"别这么僵着了。"

"首先,我们算不算和好了?"裘榆问。

"你不介意的话。"

"我不介意。只是……"

"什么?"

裘榆松了一点儿劲，为袁木腾出刚好容他抬起手臂的空隙："首先，首先握个手。"

雨过境，遗留许多东西游荡天地间，强势占据人的五感。两个人仍旧一前一后地走，不同的是这次裘榆领头。像有根隐形绳，袁木跟在他身后，距离恒定，不会近也绝对不会远。

当裘榆再一次侧身停步等袁木时，袁木慢慢地定在路边的树旁，扶着枝干，踌躇道："你先走吧……我还是不想……那么早回去。"

"我知道。"裘榆看着他说，"去我家。家里只有裘禧在。"

裘榆想了想，走回到袁木身边去，只站着等他考虑，不再说其他的。

袁木望了他一眼之后低下头，抠一抠树皮，松了手。

于是他们并肩往前走去。

袁木回程时才知道原来自己跑了这么远。城市无时无刻不在响，更不必说是狼藉一片的现在。哪栋楼撞钟，哪摊水洼在害人，哪根滴水的电线上栖着鸟，哪处残雨砸地变成花——袁木总是不知情地就被这些分散了注意力。他一直都排斥非必要外出，这是一件十分消耗精力的事。

他们走在一段上坡路上，一侧眼，几乎可以俯瞰大半片城。

袁木拉一下裘榆，停在顶点。

裘榆不明所以，尽量揣测："如果也不想去我家的话，给你开一个房间。"要好一点儿的正规酒店，他已经在安排，"找个地方坐着等我回去拿身份证。"

袁木转头看向他，突然笑出来，摇头："不是！你看。"

来不及消散的薄雾团在城市低空中，房屋、街道、群树、穿梭的人群，一切是涌动而寂静的，在他们眼下若隐若现。

"我从来没见过。"袁木说，"像城市刚经历完一场大火。"

居高临下的视角给了裘榆一点儿傲慢：他们像两个神仙，在看人间。

裘榆由衷道："好可惜，不能拍下来。"

袁木眨了眨眼睛，说："那我们多看一会儿吧，一起用力记住。"

这一刻，他们的心脏的跳动变得急躁沉重。

回到那条街上，袁木没有要刻意躲避方琼的意思。他坦然、昂首、目不斜视地路过街口水果店，让自己看起来很平静。

到家开门，裴榆先去卧室找出干净的毛巾和换洗的衣服，一转头，袁木像条甩不掉的小尾巴，一路跟着他，来到衣柜旁站着等他。

裴榆："不是让你在浴霸灯下面等我吗？"

袁木摇了摇头，方才在街上的那股冷漠淡然的神气消失殆尽："我关掉了。浪费电。"

裴榆："不浪费，开着暖和。"

袁木："马上夏天了，我不冷。"

裴榆看懂他接下来还有要说的话，所以端着认真倾听的姿态静静等着。

有那么几秒两个人相对无言。

裴榆把手里的衣物移到袁木怀里，嘱咐："洗完穿这个，你洗完我再洗。"他不追问袁木的欲言又止。

裴禧睡午觉睡到五六点，被尿憋醒匆匆冲向卫生间，结果门反锁，里面有水声。许益清陪裴盛世去医院复查，裴榆在阳台上收衣服，场面有一点儿悚然，她没敢贸然拍门。

裴榆把衣服抱回卧室，路过她身边时说："你去袁茶家借一下吧。"

裴禧是有点儿急，跑之前指了指卫生间，小声说："谁？"

"哦。"裴榆说，"顺便跟袁茶说一声，她哥在我家。"

袁木冲完澡，刚好裴榆从钱进家的面馆打包炒饭回来。见袁木换上与他平时风格大相径庭的衣服，裴榆的嘴角不自觉地扬起些微弧度，一面为他找吹风机，一面说："粉面容易坨，我就买饭了，吃完我们再去上自习。"

卫生间雾气缭绕热气翻腾，第二场雨下在这里。

裴榆将吹风机插上电，摁按钮试风力和温度，然后看向始终默然守在门边的袁木："在这儿吹？"

袁木才赶快走近，摆手说："我去客厅吹，你抓紧洗。"

插座位置高，下面隔着洗衣机，要拔线的话，袁木不得不踮脚俯身去够。他打算这样做的同时，裘榆已经解开长线把吹风机递到他手里。

交接的刹那，裘榆稍弯腰，快速而清晰地告诉他："没关系的。"

袁木怔然，怎么……道歉的话酝酿了很久，还没能脱口就得到了回应？他脑子一转又陷入不安情绪中，模棱两可的这一句话，是劝慰我，还是原谅我？

裘榆以诚挚且轻松的语气让他相信："都没关系。"

说完，裘榆的目光一垂再垂，然后带着一点点赧然忍不住高兴地笑了，裘榆催促他："快吹，吹完我抓紧洗，饿死了。"

晚自习，组内气氛实在诡异。除袁木以外的四个人总时不时挤眉弄眼无声交流，推来推去没个结果。终于在第二个课间，裘榆第三次来找袁木说话的时候，于姓勇士谨慎地问出："你们……不吵架了啊？"

其余人眼观鼻鼻观心，但是竖起了耳朵。

裘榆否认："我们……吵过架吗？"

王成星松了一口气，嘴快道："既然和好了就赶紧把桌子搬回来吧，于绣溪因为往后靠空这事几次都差点儿摔了！"

杨岚清和黄晨遇还在理智地审时度势等待裘榆作何反应，袁木率先积极自荐："我那个……我帮你。"

晚风是二十摄氏度，路灯是一盏白接替一盏昏黄，夜重新恢复温良宽厚的模样，人走在这样的夜里内心重新恢复平和。

裘榆侧头问袁木："你的溃疡还疼不疼？"

袁木机敏，不走了，凑近去笑着问他："所以是你买的药？"

裘榆背后讲人坏话："陆倚云能想到给你买药？"他接着想到什么，"喊"了一声，"某个人和陆老板聊得那么起劲，一转脸见我就溜，跑得比兔子快。"

袁木的账本上账目也了然："不是你先说看着我心烦吗？"

裘榆："不是你先和我连同款洗衣粉都用不得吗？"他记恨蛮久，

喋喋道，"现在倒是橘子味，但几个小时前是青柠味的。"

"嗯，换回来了。"

裘榆想说话，却哽咽了一下。他进行了一次深深的吐息，却毫无效果，只好掩着脸快步走去阴影处，灯光照不到的地方。

汹涌的泪意紧逼向他，他害怕以这样失控的情绪直面袁木。这样很没出息，他也很怕吓退袁木。

袁木一步一步跟上裘榆，默不作声地站了一会儿，靠着墙和他并排蹲下了。黑暗和裘榆都给予他安全感，他仰头，看到月亮是挂在屋檐的，说："裘榆，我好像比我想象中还要重要一些。"

裘榆抬头，手掌按了按眼睛，转头凝视袁木，眼眶依然湿润。

袁木绷不住露出点儿笑容："嗯，有什么要反驳的吗？"

"没有。"裘榆说，"所以你的溃疡到底有没有好彻底？"

Chapter 10

开往夏天的列车

百日誓师大会是二月底举办的。太阳底下，几米长的红布被拉开，白底粗体的字印着"我们疯狂，我们成功"。全年级师生聚在操场上豪情壮志地宣誓完毕，接着轮流上台在铺在地上的红幅上写下自己的名字。

天气逐渐闷热，教室的吊扇已处于需要常开的阶段，午休时间没什么人，裘榆只留他和袁木头上这一架。风力固定至低挡，他们前后对坐，共用一张桌，一半给袁木整理数学错题集，一半给裘榆趴着。

他趴在桌上时，睁眼便误入一个新世界，桌面是片黄色沙漠，沙漠中央混进一只迷路的昆虫，有青绿色的轻薄羽翼、近乎透明的四肢和躯体，身处窗外树叶投来的阴影里。它目标清晰，趋光本能催使其努力向有光的地方行进，却不知为何到了某条线就不再往前，只被困在圈里打转。

裘榆抬高手臂，抓到一点儿微乎其微的风。原来不是迷路，是总被风摆布。

"回家之后她有没有说你什么？"裘榆将腮压在手臂上，问得小声，发音模糊。

不问也听懂了"她"是谁，袁木还差一道压轴题，看起来十分专注，埋头不怎么在意地回："没。她不跟我说话的。"

裘榆摆正下巴看着他："有个事我一直很好奇。"

"什么？"

"她有没有找你问过我们想一起去京市的事？"

"有。"

"怎……"裘榆直起身，捧着脸，"你怎么说的？"

"实话实说。"

"实话是什么样的话？"

袁木合上笔盖，抬头很官方地微笑："你听过了的。"

"啊？是吗？"裘榆佯装疑惑，微微皱着眉，嘴角却藏不住地笑开了，他就是想听袁木再说，于是追问，"什么时候？哪一句？"

"啊？"袁木学他的语气，"真的要听吗？真的要说出来惹你再哭一次吗？"

裘榆闭嘴，不搭话也不看他了。

袁木这时起身去第一排摁下墙边的开关，头顶的吊扇应声停转。他回到座位，当他们再一同扭头看向桌面边缘时，飞虫已经不见了。

"袁木。"裘榆重新趴下叫他的名字，像是真困了。

"嗯？"

"最后这几十天，我们要不要申请去住学校宿舍呢？"

袁木和裘榆下晚自习，在家门口刚好遇见一辆满载的卡车准备开了。

薛志勇或许是特意挑在夜里搬家的，他吊着一条伤腿正下楼，袁木提着一袋子书要上楼。楼道口狭窄，正面相迎，双方谁也没有要退让的意思。

黑暗中无声僵持片刻，裘榆结束观望，从不远处走上前来立在袁木身旁，碰巧小小志坐在车里奶声奶气地催促，薛志勇才收起拐杖侧身瘸着离开。错身时，他冷笑一声来恶心人，袁木及时按住了裘榆。

裘榆到家，街面上发动机的轰鸣声渐远，裘盛世和许益清慢慢走回客厅。他们之前站在阳台上，也就是说他们目睹全程。仔细瞧，两个人脸上挂着相似的疲惫与释然之色。

"薛志勇他家怎么突然就走了？"裘榆状似无意地问。

"待不下去了吧。"许益清倒在沙发上闭目养神。

"以他的脸皮，有什么能让他待不下去的？"

许益清活动一下眼珠，忽然就睁眼问："他的那条腿，是谁打的？"

但没人回答，没人知道，也许他是遭了天谴也不一定。

许益清叫裘榆："我很累了，先去睡了，冰箱里有吃的，懒的话不热也行。"

"有想问的，你问我吧。"少年人始终没搞懂"睁一只眼闭一只眼"的智慧和意义，只热衷于开膛破肚看现实，即使鲜血淋漓，即使知道棱角的唯一作用是刺伤自己。

裘榆要那刀磨得更锋利一点儿："不管是关于什么的。"

"我不问，你也别告诉我。"许益清那一眼太复杂，裘榆只读明白怨恨与哀求之意。

"好。"他说另一件事，"我想……之后的两个月，我想住校。"

"住校？"方琼终于肯看袁木一眼。

"嗯。"

他们拿这事去找李学道，他很干脆地答应帮忙联系后勤部主任，大概明天就能有结果。

方琼嗅觉灵敏："和裘榆？"

"对，他也住校，运气好的话我们会住一起。"

她气结，手掌扶额，使劲按着太阳穴的手指泛白："反正你无法无天，我无论如何管不到你了，去不去都只是通知我而已！"

袁木不像以前那样解释或辩驳，只是点点头，弯腰把书搬回房间。

"不服管，惹出来的烂摊子不也要我求爷爷告奶奶地收拾？你还学会给我摆那副死德行，我说真的，袁木，你让我死了得了。"

猜测好像得到了验证，袁木问："薛志勇搬家是你们出面了？"

"不然呢？你们一次两次三次地恐吓他，就不怕他报复？你们无所谓，我们这些老爹老妈还想要在这条街上安生住下去。"

袁木蹲在地上，把书一本本拣出来，按学科重新分类："我从来没考虑过还有让他搬走这个办法，这样看，确实事事都有缓和的余地，不是非要走极端不可。"

"袁木……"方琼难以置信，表情扭曲，说不清是惊是惧，"你什么时候变成这个样子的？"

袁木觉得方琼的认知存在一部分错误。人是很难被改变的，倒是很容易被添加某些特质。他没变，以前有的现在依然有，以前没有的现在也有了。至于在哪些时刻被添加的这一切，他忘了。

"住宿费我能交，以后的学费、生活费我也能自己负担。不过，欠你的那么多，可能得毕业才能还了。"袁木说。

李学道带来回复是下午第四节自习课，他招招手把袁木和裘榆叫出了教室，带去办公楼缴费拿钥匙。

他们被安排和理科班的同学混住，但是另外两个学生一人确定被保送，另一人正办理手续回家复习，相当于往后的四人寝只剩他们两个人。

裘榆等不及放学，李学道前脚走，他后脚就拉着袁木飞奔去宿舍楼，溜进男寝四〇一。

寝室杂乱，七七八八的行李都在过道上竖着待搬走。裘榆没在里面过多停留，直接开了门冲去阳台。

此时学校和天空都寂静，天空飘满晚霞。

裘榆突然举起手掌拢在嘴边，无厘头地大喊："万岁——"。

袁木笑他的没头没脑，却追随附和："什么万岁？"

"无所谓——"

"无所谓万岁——"

余晖照在他们脸上，两双眼流光溢彩。

他们就是想在这一刻振臂高呼万岁。

他们在方寸高台上站了很久，观赏西垂的太阳和如蚁行的人。

袁木说："此时此刻我就很满足了，我都不敢想毕业会好成什么样。"

裘榆问："我才是完了吧？我又想流眼泪了。"

袁木诚实地回答:"刚才有一瞬间我也想哭,但憋回去了。被开心赶回去了。"

裘榆高深地说:"流泪是流泪,哭是哭。"

"你的区别靠什么定义啊?上个月吧,刚开学没多久,莫名其妙的一幕。当时大课间,教室很吵,我坐在座位上找你,透过玻璃窗和铁栅栏看见你一个人站在走廊上吃面包。"袁木问,"那时候我的难过属于哪一种?"

"哭。"裘榆答道。

其实他自己也不清不楚,全是临时起意胡编乱造的。

裘榆的手指被夕阳晒烫了,袁木的手也伸出来,袁木感慨:"夏天好像真的来了。"

"对啊,树都绿了。"

夏天是树的季节,怎样才可以留住夏天呢?

裘榆眼皮一颤,悠悠掀开半条缝,看见袁木嘴里咬着牙刷跪伏在床沿。牙膏还没起沫,他口齿清晰,但每个字尾音都粘在一起,既是拜托也像威胁:"快起,今天早上一定要吃到烤饼。"

最近两个人都馋食堂的烤饼,但它是限时限量的爆品,去晚了的人就不可能有。但是他们这周每个早晨总有一个在拖延,等磨磨蹭蹭去了大多只剩饼渣。

裘榆由仰躺翻身成侧卧,朝他笑,哑着嗓子发表高见:"我知道了,没有用的,我们输在楼层太高,跑不过那些近水楼台的人。"

为节约时间,袁木边刷牙边在柜里翻找裘榆要换的衣服,听完这话反手抛他脸上,蒙住他吐不出象牙的嘴:"快点儿!"

洗漱池前的方块镜子是住进来之后裘榆自行贴上的,拆掉红绿边框只及巴掌大,同时装两张脸很勉强。

袁木打理好一切。

裘榆这才说:"昨晚就跟黄晨遇说好了,请他今天顺路帮忙带一下。"

袁木气笑了,捏起拳头作势要打人:"不早说!"

后来，无论走多远，过去多久，裘榆总会很轻易就想起高三备考的这段日子，或是被炎热难耐的暑气侵袭，或是被路上少男少女的校服晃目，惊动回忆，便认命地开始回忆，回忆则永远由那最末两个月里的时光碎片打头阵。

十几平方米的房间，一米多的床板，旋转不休的风扇，早六点的霞光和晚六点的夕阳……还有稀松平常，但于裘榆而言是不朽的——多雨的四月。

某个赖床的周日清晨，他处在梦境与现实的交界点，听见袁木喃喃："裘榆，我们的窗户起雾了。"

高考倒计时越近，袁木和裘榆越认为教室是在和监狱牢房竞赛哪一个更令人窒息。尤其是自习期间，一颗颗苦思的头像永动的学习机器，偶尔有机器失控会摔笔叹气，让本来就不轻松的教室压满惨淡愁云。

又一次沉闷的晚自习课间，袁木手一挥，带着裘榆跑去足球场。两个人将校服一铺，书本和人一并扔到草地上，将手电筒打亮，趴着就背文综，躺着就看星月出没的夜空。

袁木呈"大"字躺好，发现夜空深层居然是橙色的。

"如果只有我一个人，我不会这样做。"他说。

裘榆转头看向袁木，学星星的频率眨眼，笑着："还好你不是。"

刚巧裘榆的 MP3 内存卡存满摇滚乐，一人一只耳机，配着被近在咫尺的六月七日压制的不耐烦与躁动情绪。放学铃就此失效，他们通常在那儿待到宿舍门禁时间才离开。

之后，袁木和裘榆的缺席行为被不少同学效仿——大家看到李学道对此类行为无异议，于是都在自习课散落四方，各自寻找舒适的地界自由读书。

于绣溪告诉袁木他的想法："就像一场革命。"

袁木看着于绣溪手里烂边的历史书，清醒道："我们没有彻底推翻自习制度，我们……顶多算改良派吧。"

五月的太阳霸道，趋于残忍。人们耗费过多体力抵御热，牵连夏天又多出几个关联语：乏软、随时随地昏昏欲睡、极其容易在没有冷气的周一下午陷入困的困境。

裘榆按掉两点的闹钟，下一秒是两点二十五。

躺在床上，袁木半睡半醒，暂时没有起身的意思，问裘榆："第一节是语文对吧？"

裘榆："两节都是……老蔡让做试卷。"

袁木："反正已经迟到了。"

裘榆接道："不如再睡半个小时。"

袁木："放学后多学半个小时。"

裘榆又说："学完再去吃饭。"

一来一回醒透了，两个人揉着惺忪的睡眼对笑。

"起吧。"

"罚值日而已。"

裘榆撑起半个身子，要说什么，脑内突袭一阵眩晕感。他以为是午睡后遗症，但对面发出嘎吱声的铁床和杯内剧烈晃动的水都说明事情不这么简单。

"地震——"他们异口同声，慌张地看向彼此。

建筑物的摇晃愈加明显，袁木扑去拉裘榆，手掌攀附他宽阔的背，手臂越收越紧，骨头疼痛，呼吸艰难，闭上眼睛的同时挤出一颗无声的泪。

时间失去尺度，直到震感减弱，楼下爆发警报的鸣响和喧嚣的人声。

如果说人生是亲手垒城堡，每一程都需滤出砖石来为成长做积淀，那么十二号这个下午成就了他们一生中最坚实、最稳固的一块基底——我们惊疑自己可能面临死亡，但我们没有失措没有逃，因为我们一起面对，然后获得前所未有的平静和勇气，参透脱离宿命的真正意义。

五月是一天翻三遍日历过完的。五月的高考生是温水里焖的青蛙，迫不及待地想跨去六月，是死是活只差揭盖那一手。

李学道在五月倒数第二天组织了茶话晚会，这是一班学生在一班教室的最后一晚。过完这个周五，他们就该把书拿回家，再次返校也只是在户外拍张毕业照了。

　　离别的气氛尚不浓重，大家围在一起嗑瓜子聊闲天，像之前每次大考后难得放松的晚自习一般寻常。一些人嫌热也嫌闹，搬了椅子坐到走廊上吹风。

　　裴榆就是在和袁木吹风时被苏秦雨叫走的。其实她约他去花园的决心并不坚定，语气很委婉，留有许多空间供裴榆拒绝。

　　袁木打破无言的尴尬气氛，拍拍裴榆的膝盖："去吧，我在这儿等你。"

　　最终没有去花园，路过教学楼一楼偏僻的一间实验室门口，刚好亮着过道唯一一盏灯，裴榆提议："要不就在这儿？"

　　苏秦雨点头，徘徊了两步，说："你刚转来没多久，那段时间的早餐是我送的。每次我找你问题目，是真的搞不懂，但确实也不是为了搞懂才去找你的。希望……希望这个行为没有给你带来太多困扰。"铺垫了这么几句，她才敢抬头看他的眼睛，继续说，"欣赏你的人蛮多的，一定不缺我一个，但我还是想让你知道，不是，不是说要求有什么回应，我是我，你是你，只是不想让我的欣赏荒废掉。"

　　裴榆确认她没有要再往下说，才说道："谢谢你，早餐很好吃。困扰谈不上，如果有帮到你我也很高兴。谢谢你让我知道。"

　　"行，好的，你……你还有要讲的话吗？"

　　"没有了。"

　　"好的，那个……我要讲的话也讲完了。那再见，祝你金榜题名吧！以后运气好再遇到可以打招呼吗？"

　　"可以啊，当然。祝你毕业快乐。"

　　苏秦雨点头，摆手："那拜拜。"

　　裴榆侧了侧身："那我先回去了？"

　　"嗯，拜拜。"

　　"再见。"

　　"欸——"苏秦雨叫住他。

裴榆回头。

她最终鼓起勇气问出来："可不可以说一下你有喜欢的人吗？"

裴榆笑着回答了她的问题。

班级拍摄毕业照那天早上，裴榆在教室收到花束，花束"噌"一下出现在眼前，让他猝不及防。两株向日葵和粉的花绿的叶，用旧报纸包装，爬着露水，被事先藏在桌肚里，袁木送的。

凭强烈的直觉，裴榆几乎一眼认出它们，带着答案问："楼上那些？"

袁木坐在课桌上微笑地仰头看着他："对啊。你之前不是说你不送我了吗？那我想，我送你吧，已经开得很好了。"

当时教室里面很热闹，男男女女都成堆地在为同伴检查仪容和着装。大概是意识到了即将分别，大家相互整理衣领和涂抹口红时的目光都努力极尽温柔与包容，最底下是难掩藏的兴奋与感伤。

袁木和裴榆不过其中平平无奇的两个人，占据不起眼的一角。

袁木看他的表情既像晴天又像要落雨，琢磨道："我天不亮起床去摘的。你应该要笑吧？"

于是裴榆更明白其珍贵之处。

裴榆伸出手臂，举高了那把黄灿灿的花。

照相地点选在花坛旁边的几级台阶处，个高的人都自觉去最后一排，裴榆害怕别人的头挡了他的花的镜头，特地挑最边上站。

要说袁木的仪式感不可多得，裴榆郑重其事捧着的花是一班唯一的花束，扎眼。摄影师看看显示屏再抬头看看裴榆，指挥他往中间站。

裴榆说不。

他拒绝得干脆也僵硬，同学们嘻嘻哈哈地扭头看他。袁木也忍不住笑了出来，稍稍踮脚大致和他同样高，揽上裴榆的肩膀："不就不。"

"都看我，茄子——"

"好多人闭眼睛，再一张。"

"数一二三，来——"

"还有两株呢？"裴榆突然想起来问。

"还有两株——一半我们带走，剩下的另一半，就让它们留在这儿吧。"袁木说。

清晨的阳光已经逼得人们微微眯眼，后来大家再看定格在六月四日的那张相片，发现其他人都执着地瞪着镜头干笑，唯独右上的两个男孩儿不听话地没看镜头。

因为被安排在不同的考点，裘榆和袁木六号下午看了两个考场，距离隔得很远。之后他们一起吃过晚饭，袁木回附近的宾馆，裘榆回家。

去宾馆的路上，还有几步要到了，裘榆问："你紧不紧张？"

袁木怕自己答不好会影响裘榆的状态，反问："你紧不紧张？"

"我有点儿，但不太多，在正常范围内。"

袁木低下头踢着小石子走："我也有点儿。不紧张才怪了。"

大脑过于智能，已身经百战，即使理性分析过高考不就是和以前大大小小的考试一样正常发挥就算过关，也始终隐约绷紧一根弦无法放松。

"怎么样做才能给你平静的力量啊？"裘榆这么问着，笑不一样，故意提前向他露端倪。

果然，袁木顺着要答案："怎么样做？"

裘榆卸包拉链，拿出一个长盒，说："说好的下雪礼物，在京市就买了，在书包里藏了好久。"

袁木接过盒子打开，里面躺着一支钢笔。

"去一中之后，我就没见你用过小学和初中的那支钢笔了，一直想再买一支给你，没有合适的。后来在京市遇到这个颜色——我一直觉得这个颜色是你的。"他说。

钢笔颜色介于蓝与绿之间，给人就此张扬莽气热起来的希望，但与即将沉敛多思、自我封闭的姿态也很像。总之裘榆眼中的袁木就是这样，他讶异真能有配袁木的色彩。

"好看吗？"裘榆又赶紧从暗袋里掏出两枚学府徽章，分别是"京大"和"清大"，说，"只存了这些，那时候还不知道你想去'法大'，刚好，'法大'的校徽由你自己去戴吧。"

看着手上这支钢笔，袁木说："我会好好保护它，八十岁也用它写字给你看吧。"

"八十岁。"裴榆爽朗地笑出声，然后眼睛亮闪闪的，望着他，"那就是很喜欢了？"

"不然呢？"

袁木的房间在三楼临窗的位置，裴榆便一路送他到三楼。

道别时，袁木突然说："好好考，过完这两天，九号一起逃走吧。"

七号考完语文，裴榆出考场就看到裴禧和许益清在门口等他。接考人群乌泱泱的，裴禧怕哥哥看不到自己，还专门爬上树桩，不知道借的哪家喇叭时不时喊一声裴榆的名字。

裴榆径直走过去把人拎下来："下一场别来了，再这么搞我不认你。"

裴禧："我都不怕丢脸！"

裴榆："我替你怕了。"

后来两天里，家中气氛很怪，他们一面处处在制造仪式感，一面努力不让裴榆感觉到不寻常，太矛盾了。

"几科都发挥得不错。"没人问，最后裴榆自己说了。

裴禧长舒一口气："那就好。欸，我就说能讨论，我哥心理素质没那么差，妈妈非说不准。"

许益清脸上的表情明显轻快不少，她催促："快吃完早点去休息吧，好好放松一下，睡不着也闭上眼睛养会儿神，这几天真的太耗人了。"

裴榆确实放下碗就回卧室了，为叠衣服整理行李。

许益清路过看见了，吓一跳，困惑随即变成了然，站在门口什么都没问。裴榆回头和她对视了一下，手下未停，嘴上也没有话。

"什么时候回来？"许益清问。

"说不准。"

她是期望他远走的，远离糟糕的父亲和曾经糟糕的母亲，挣脱束缚得到自由，说不定他们犯的那些错就可以被他淡忘了。她不必压着他，也不必让内疚情绪继续折磨她。

"袁木和他妈妈之间……怎么办哪？"

"就这个样子，没什么怎么办的。"裘榆弯着腰，动作慢下来，"妈……不知道你有没有想过这个问题，其实，如果不是心甘情愿，任何人是不可能拴得住任何人的。他妈妈现在再对他做什么，好的坏的，他都不会再计较，都没关系了。"

由他人影射自身，许益清说不清为什么眼眶就盈满泪，别过脸去。

关于以前，她时常也困惑自己怎么就这么做了。但现下无法张口，她扭身离开，把客厅的光还给敞门的卧室，将裘榆独自留在那里。

就这么过下去吧，谁都有债，谁也不要企图获得谁的原谅。

离九号还差一个小时，宾馆楼下响起一声清亮的口哨声。原本百无聊赖地坐在床边的袁木赤脚跑去窗边，看到裘榆真的清清爽爽地出现在那里。也许前边他百无聊赖的每一秒等的就是这一刻。

裘榆见他露头就笑了，大声喊："不要告诉我，你还没有准备好行李。"

袁木拽上背包飞奔下楼，半路被前台工作人员叫停。他把钥匙抛过去，继续不管不顾地朝裘榆跑去。

坐上火车是凌晨四五点，当时售票窗口只剩硬座票，要想换软卧得多挨几站，两个人对此浑不在意，不要说几站，全程也能坐下来。

出乎意料的是，硬座车厢的大部分人是醒的，袁木和裘榆找座位时接受许多注目礼。属于他们的四人座暂时空着，过道旁边有两对夫妇，五十岁左右，像是北上务工。不知道那四人彼此是否认识，但各方面很相似，都脱了鞋光脚踩在座椅上，妻子半蜷着身体躺下，头倚在丈夫的腿上，多包零食在手边开着口子。

袁木和裘榆的视线被引过去了，两个人也都可以感受到对方在晃神。他们第一次遇见这种气质的人，一眼看去，人是被完完全全浸泡在生活的泥沼里的，不露头，不挣扎，甚至从容，一身骨头和灵魂都是软的，环境要哪种形他便信手塑出哪种形。

震撼之余，他们想，这算另一类强大，另一种意义的赢家。

慢慢缓过神来，他们开始回望自我处境——又好像没什么值得分析与展望的，前途是未知的，不紧要，反正自由是切实攥在手中了。

袁木和裘榆靠在一起，车窗外晨曦微露。

天光大亮，沉默了一晚的车厢也渐渐苏醒，声响与气味一并杂乱起来。袁木和裘榆穿越两个车厢去接水漱口，裘榆多备了一杯温水，慢袁木几步。

两个人迎面遇到座位旁的其中一个丈夫，他来车厢连接处吸烟，见他们眼熟，就打了招呼："你们两个都是学生吧？"

"对，刚高考完。"裘榆说。

"一样大啊？"男人惊讶，"看样子还以为你们是兄弟，感情这么好，同学朋友一起约出去旅游啊？"

也许人家是随口问，裘榆却想认真回答。

"裘榆！"袁木还没坐回座位，走到半路转身叫他的名字。

原来是车正驶过一片绿色田野，车窗半开，六月不知名的白色花朵"簌簌"而下，风卷过车顶时落了几瓣飘来车内。

袁木笑容灿烂地望向他："裘榆，快看，我们坐上了一辆会下雪的列车！"

Special 01

春天适合说点儿没用的

　　裘榆在初春患上了重感冒，持续头痛咳嗽，在袁木的督促下每天早睡早起按时吃药，仍拖了一周不见好。

　　窗外头艳阳高照，窗里头的裘榆裹着毛茸茸的外套倒在沙发上，等他的合租室友下课回家。临近中午十二点，脚步声渐近，开门声响，裘榆随即睁眼。嗓子不怎么痒了，但他也适时响亮地咳了两下。

　　几乎是立刻，袁木从玄关柜边上探出头来，严肃地问："是不是喝冰水了？"他换鞋换到半途，手里还拎着装水果的袋子，晃晃悠悠站不太稳，却依旧紧盯着沙发上的人，企图用眼神逼供，"说。"

　　"没有。"裘榆马上回答。

　　"那怎么又咳起来了？昨天一声都没有的。"

　　"我装的。"裘榆很会审时度势，老老实实讲真话。

　　袁木反而不信，疑心裘榆是厌烦吃药了。他把水果放茶几上，坐到裘榆身边，手掌拨开裘榆的碎发量温度。

　　裘榆一动不动地让他量温度，等了几秒，请教道："怎么样？"

　　静默片刻，袁木直起腰来，准备去找温度计——其实他还是拿不准怎样用手心量体温。

　　裘榆看穿他，刚扬起嘴角，立即被警告"笑什么笑"，裘榆只好连忙应"不笑不笑"。

卓知越和杨岚清合力提着一个巨型的满满当当的超市购物袋爬上二楼，敲响楼道最里面的一扇门。开门的人来得很快，是裘榆，他脸上还有未散干净的笑意，一见是他们，重新笑开了："来这么早，先说好，没午饭吃啊。"

当年高考结束，大学还没开学，卓知越在学校张贴的喜报上看到裘榆的照片，得知自己竟即将和他成为校友。随之想起裘榆的那位好友，卓知越怀着无端的心绪在密密麻麻的名字里寻找，没花太长时间，如愿找到"袁木"。裘榆和袁木果真去了同一个城市上大学，可惜不在同一所学校，卓知越有些遗憾。不过等到开学见面了，卓知越顺理成章地和裘榆交上朋友，然后他发现袁木的学校和他们的学校相隔不到三千米。

裘榆和袁木的友谊坚固。大学四年，无论忙碌与否，他们俩好像每周都聚会，卓知越有时参与，有时不参与。拆开来讲，卓知越很喜欢裘榆，也很喜欢袁木，但合在一起则不一样了——听说裘榆和袁木是邻居，从小就认识，一起长大，那就不奇怪了，就不一样在这一处。裘榆和袁木在一起时，他们会很容易忽视其他人，可能因为他们默认彼此是最好的朋友，所以聊天时的眼神和不经意的关心照顾多数都留给了彼此。这偶尔会让同行且同为朋友的卓知越略感委屈和生气。

有一天，卓知越决定把自己的委屈和生气告诉裘榆，裘榆听后居然笑出声，状似思考地沉默了一会儿，回答说："没办法。"

这下卓知越倒不怎么生气了，他开解自己，或许这就是同一对好朋友交朋友的弊病。

大学临毕业，裘榆参加校招早早确定了工作单位，随即便提出要搬出学生宿舍。卓知越替裘榆担忧，本地房价这么高，裘榆恐怕很难负担房租，裘榆说他也考虑到这一点，所以拉上袁木，准备合租一套两室一厅的老房子。彼时袁木在备考另一所学校的研究生，恰好需要一个安静稳定的空间，两个人就这样开始了合租生活。直到三年后的今天，裘榆已经从原公司辞职，在筹备单干，袁木已经在做研究生毕业论文的收尾工作，他们俩依旧住在这套周边有很多树、阳台上有很多花的老房子里。

那么，几年过去了，同一对好朋友交朋友的弊病还存在吗？存在的。但卓知越变聪明了，找到了应对之法。这个问题怎么解决的呢？例如今天，他带的人是杨岚清。

杨岚清感慨世风日下人心不古："卓知越早上九点就打电话叫我起床去超市采购，现在我们想多吃一顿你做的午饭怎么了？"

袁木在屋里说道："赶紧进来吧，我们都还没吃。"补一句，"他闲的。"

杨岚清笑吟吟，侧身对裘榆强调一句："闲的！"

购物袋被裘榆拎去厨房，杨岚清推着卓知越进屋。客厅茶几上摆着两碟水果，一碟切好的苹果片，一碟剥好的橘子瓣，都呼呼冒热气，应该是刚烫好捞出锅的。知道是特意为病患准备的，大家都没碰。

午饭很简单，意面配牛排。吃过午饭之后，四个人在客厅地毯上打了几局双升，食消得差不多了，又接着挤回厨房全身心投入晚餐的制作。折腾了一个下午，等到全员围坐在餐桌前，天已擦黑。

卓知越先举杯，对着裘榆："虽然你说你从不过生日，但我们还是要祝福一下，祝你生日快乐，祝你工作室的一切事宜顺顺利利。"

杨岚清紧随其后："祝裘榆生日快乐！祝我们的数学小组长早日迁新居吧，三十岁之前。"

裘榆回敬半晌，等来这么一句，问："你这是祝福呢还是下达任务呢？"

袁木看向空中三个静止的盛满橙汁的红酒杯，堪堪忍住没笑场，他举起杯子去填那个缺口："祝——祝你感冒快点儿痊愈。"

裘榆笑着连连点头，杯口略略一斜，清脆地敲在袁木的杯壁上："谢谢各位。"

这顿饭吃得极慢，一个小时过去了，他们才吃到半程，却已聊了很多。后半程橙汁被喝完了，除裘榆都换上了红酒，三个人眼睛和脸颊全是红红的，尤其杨岚清。杨岚清在师范大学毕业后，磕磕绊绊考了两年，终于在去年考进本市一所中学任语文老师。她说，每天面对年轻面孔的一大坏处，时常不由自主地缅怀过去。

卓知越一听，皱了皱脸，惊恐道："缅怀高中吗？那三年的艰苦生活？"

杨岚清说："对啊，如果真有机会重回十七八岁弥补遗憾，在座的有人会拒绝吗？"

卓知越正经摇头："反正我不回。二十七八岁多好啊，有钱，有自由，有想不做什么就不做什么的权利。十七八岁——简直完全相反，我的青春被毁掉了一大半。"

"如果真有机会，我应该会选择回去。"袁木说。

裘榆原本扶着额头靠在椅背上静观他们辩论，听袁木这么讲，慢慢挺直腰背坐正了。

袁木迟疑几秒，说："倒不是为了弥补遗憾，我想回去是因为我觉得……我的高中，快乐更多。"说完，他还点了点头，肯定道，"是的，快乐更多。"

裘榆听他说完，捏着手指间的润喉糖笑了。

袁木注意到他手上的动作，偏头看他："吃啊，不是说喉咙难受吗？给你了怎么光拿着玩儿。"

"不好吃，一股药味。"

"吃吧，本来也是药不是糖。而且你含着糖说话的声音比平时的好听。"

裘榆低头撕开糖纸。

此刻，卓知越和杨岚清不约而同看向对方。

卓知越仰头哈哈大笑，心想自己真是没带错人，她是心有灵犀的盟友，下次还选她！他笑完之后举高拳头："要听歌！我记得你们家有唱片机是吧？"

裘榆手臂往后甩，为他指了个方向："唱片就在唱片机旁边的柜子里。"

卓知越起身，边穿过客厅去挑唱片，边问："你们想听谁的？"

"随便。"裘榆说。

"也对，你们买的都是你们爱的，当然随便。"卓知越打开柜门，看到半柜子排列整齐的唱片，一眼扫到不和谐之处——其中一张孤零零的唱片被突兀地夹在一本书里。他伸手去拿，一张卡片从书中掉出来。

白色卡片上是短短的一段手写的话，没有落款人，但有落款时间，是五年前的四月，也是春天。

卡片上这样写道：

我近几天在读一本书，读得艰难，见面再分享给你。作者下笔好重，多翻几页仿佛就被页上的铅字钉得头疼，所以寄希望于你，你愿意看那我再疼也和你一起看。这周末不去找你，最近有很多考试和会议。跟你说，刚才偶然遇到和我有同样想法的陌生人，想法太一样了，让我想起前段时间看见我说过的话出现在别人的书里，也太一样了。当时吓一跳，以为灵魂撞到灵魂，后来发现只是一个点撞到一个点而已。我想，为什么人与人，不能大片大片地重合？我的意思是，不是拼拼图那样的重合，而是一张纸叠在另一张纸上，它的阴影覆盖它的阴影。

不过，好像不是什么值得困扰的事，我和你也没有完全重合。如果有，我觉得是我在追随你的脚步。

这不是裘榆的字迹，而且这显然是别人写给裘榆的。卓知越在脑海里搜寻人员名单，一无所获。是谁写的呢？竟然从没听裘榆提起过。

身后脚步声渐近，玻璃柜面映出袁木清晰的轮廓。

"想好听什么歌了？"袁木问。

卓知越满心疑惑地将卡片放回原位，回神说："没有。"

"随意——"裘榆在餐厅那边高声说。

"好吧。"袁木轻声说着，将那本书里的唱片拿出来拆开，自言自语，"那就在这春天里过一个随意的夜晚吧。"

图书在版编目（CIP）数据

两棵 / 绿山著 . — 武汉：长江出版社，2024.5
ISBN 978-7-5492-9427-5

Ⅰ.①两… Ⅱ.①绿… Ⅲ.①长篇小说－中国－当代
Ⅳ.① I247.5

中国国家版本馆 CIP 数据核字（2024）第 075312 号

两棵 / 绿山 著
LIANGKE

出　　版	长江出版社	
	（武汉市解放大道 1863 号 邮政编码：430010）	
市场发行	长江出版社发行部	
网　　址	http://www.cjpress.cn	
责任编辑	李剑月	
策划编辑	鹿玖之	
特约编辑	梨　玖	
封面设计	Kyrja	
印　　刷	大厂回族自治县德诚印务有限公司	
版　　次	2024 年 5 月第 1 版	
印　　次	2024 年 5 月第 1 次印刷	
开　　本	880mm×1230mm　1/32	
印　　张	8.5	
字　　数	268 千字	
书　　号	ISBN 978-7-5492-9427-5	
定　　价	49.80 元	